ÉL DIRÁ QUE ES AMOR

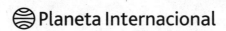
Planeta Internacional

HANNA HALPERIN

ÉL DIRÁ QUE ES AMOR

 Planeta

Título original: *I Could Live Here Forever*

© 2023, Hanna Halperin

Traducido por: Yara Trevethan Gaxiola
Créditos de portada: © Lynn Buckley
Ilustración de portada: © Lynn Buckley
Fotografía del autor: © Judith Halperin

Derechos reservados

© 2024, Editorial Planeta Mexicana, S.A. de C.V.
Bajo el sello editorial PLANETA M.R.
Avenida Presidente Masarik núm. 111,
Piso 2, Polanco V Sección, Miguel Hidalgo
C.P. 11560, Ciudad de México
www.planetadelibros.com.mx

Primera edición en formato epub: febrero de 2024
ISBN: 978-607-39-0967-9

Primera edición impresa en México: febrero de 2024
ISBN: 978-607-39-0497-1

Impreso en los talleres de Impregráfica Digital, S.A. de C.V.
Av. Coyoacán 100-D, Valle Norte, Benito Juárez
Ciudad De Mexico, C.P. 03103
Impreso en México - *Printed in Mexico*

Simplemente, en un día perfecto,
hiciste que me olvidara de mí mismo.
Creí ser otra persona,
alguien bueno.

Lou Reed, *Perfect Day*

1

Charlie tenía la voz suave, pero, cuando cantaba, podía transformarla para que sonara como la de otra persona: Tom Waits, Frank Sinatra, David Bowie. La primera vez que lo escuché cantar no podía creer que algo tan fuerte y potente emanara de él. Nos conocimos en Madison, Wisconsin, mientras yo cursaba la maestría en Bellas Artes, con especialidad en Escritura de Ficción. Tenía veinticinco años; Charlie, treinta y uno. Él había estudiado Escritura Creativa también, pero nunca se graduó; cuando lo conocí trabajaba en construcción. Era alto, de aspecto infantil, tenía el rostro más hermoso que jamás he visto.

Nos conocimos haciendo fila en la misma caja del supermercado. Lo vi antes de que él me viera a mí. Tan pronto como nos miramos, pareció obvio lo que iba a pasar. Primero me felicitó por el cereal que había elegido, Raisin Bran, y luego me preguntó si había probado el Raisin Bran Crunch. Negué con la cabeza. Me sonrojé y morí de vergüenza por lo fácil que me delataba.

Él sonrió sutilmente y levantó la caja morada y azul que tenía en su canastilla.

Fingí no advertir la manera en la que la cajera esbozaba una sonrisita, como si mirara la escena de apertura de una comedia romántica. Acepté salir con él la noche siguiente. Nuestra primera cita fue a mediados de octubre, en un bar llamado Weary Traveler.

Yo llegué primero. Adentro hacía calor y estaba a media luz, bastante concurrido para un jueves en la noche. El interior era todo de madera oscura, salvo por el techo repujado de estaño y cobre. Las paredes estaban cubiertas de un arte muy peculiar: pinturas sencillas de personas al azar. Había estantes empotrados cargados de libros viejos y juegos de mesa.

La mesera me dio lugar frente a la puerta. Cuando él entró, llevaba una camiseta, pero ningún abrigo, aunque afuera helaba. Tenía las manos metidas en los bolsillos, los hombros caídos, como si tuviera frío. Al verme pareció sorprendido de encontrarme ahí, esperándolo. Arqueó las cejas y alzó una mano para saludarme.

Cuando lo vi sentí pena; era mucho más guapo que yo, nuestro encuentro parecía disparejo. Yo llevaba pantalones de mezclilla, mi suéter negro favorito y el cabello suelto.

—Disculpa que llegue tarde —dijo sentándose frente a mí—. Veo que ya empezaste —agregó con un gesto de la cabeza hacia mi ron con Coca.

—Espero que no te moleste.

Ya me había tomado la mitad.

—No, claro que no. Debí enviarte un mensaje para decirte que se me hizo tarde. Tuve que hacerle de cenar a mi mamá y el tráfico al otro lado de la ciudad fue peor de lo que esperaba.

—Qué amable eres —comenté—. Que le hagas de cenar a tu mamá.

—Me gusta hacerlo cuando tengo tiempo. ¿Tú cocinas?

—No mucho.

—Yo empecé apenas hace unos años. Nada muy sofisticado. Hago muy buenas quesadillas.

Sonrió y todo su rostro se iluminó, radiante y adorable. Su sonrisa lo hacía parecer un niño.

No recuerdo bien lo que hablamos esa noche, salvo que me hizo reír mucho y advertí que era observador.

Tardó mucho tiempo en decidirse por una cerveza IPA del menú, pero, cuando se la llevaron a la mesa, apenas la tocó. Me preocupó que esto significara que no se la estaba pasando bien, aunque parecía que no tenía prisa y no hacía lo que algunas personas acostumbraban hacer: mirar alrededor para ver quién más llega. Nunca sacó su teléfono.

En algún momento durante la noche me contó que su padre había abandonado a su madre antes de que él naciera, pero que, cuando era un adolescente, lo buscó en internet y lo enfrentó en su trabajo, una farmacia en Janesville, Wisconsin. Cuando su padre comprendió quién era, Charlie se inclinó sobre el mostrador de la farmacia y le dijo:

—No te preocupes, papá, no vine a matarte.

Luego le dio una palmada en el hombro y se marchó. Extendió el brazo y palmeó mi hombro para mostrarme cómo lo había hecho. Era la primera vez que me tocaba. Podía sentir cómo pulsaba en mi hombro el lugar donde había puesto la mano, aun después de que dejó de tocarme.

—¡Guau! —exclamé—. ¿Qué sentiste al verlo?

—Una de sus orejas estaba muy dañada, como arrugada, contraída, y tenía algo parecido a un pedazo de piel muerta que salía de ella. Me pude haber quedado más tiempo, pero no soportaba mirar su oreja. ¿Te parece extraño? —me preguntó—. ¿Que lo que recuerde sea su oreja?

—No creo que sea extraño. Me parece que casi siempre son esos detalles que no te esperas los que impresionan más.

Asintió con vehemencia.

—Eso es, exactamente. Los detalles.

Luego, yo le conté que no había visto a mi mamá desde que tenía trece años.

Se recargó en el respaldo de la silla y me miró como si lo hiciera por primera vez.

—¿Por eso escribes?

Me sorprendió que me mirara de ese modo; sentí que podría contarle cualquier cosa, pero me contuve. Tenía miedo de que quizá no lo volvería a ver. Nunca nadie me había hecho esa pregunta.

Me encogí de hombros.

—Estoy segura de que tiene algo que ver.

No trató de besarme cuando nos despedimos y, en ese momento, lo interpreté como que no le gustaba. Pero me llamó al día siguiente. Cuando vi su nombre en la pantalla del teléfono, entré en pánico y por poco no contesto. Imaginé que debía ser un error.

—Sé que se supone que debo hacerte esperar tres días —dijo cuando respondí. Su voz suave, el tono ronco y un poco uniforme, era tan sexi que sentí calor en todo el cuerpo, como si hubieran encendido un interruptor.

—Para que pienses que estoy ocupado —continuó— y que no me gustas tanto. Pero yo soy más directo.

—Ah... —masculé— pues gracias.

—¿Estás libre esta noche?

Le dije que tenía cosas que hacer, aunque era mentira, pero que estaba libre al día siguiente.

—Perfecto —dijo—. ¿Y qué vas a hacer? ¿Otra cita?

—No, voy a salir con unos amigos.

—Debe ser agradable tener amigos con los cuales salir.

No sabía si estaba bromeando, pero reí.

—El sábado entonces. ¿Puedo pasar por ti a las ocho? —preguntó.

—Claro —respondí.

Estaba confundida. No sabía que las cosas pudieran ser tan fáciles; no entendía por qué le gustaba ni podía imaginar por qué pensaba que tenía pretendientes haciendo fila. Colgué el teléfono y me masturbé.

Cuando volvió a llamar, menos de una hora después, yo seguía acostada en la cama, pensando en él.

—Hola —dijo—. Empecé a escribirte un mensaje pero se estaba alargando mucho, así que pensé que sería mejor llamarte.

Me puse tensa.

—Okey.

—Me preguntaba si te gustaría venir a mi casa mañana. —Hizo una pausa—. Sé que es raro pedírtelo porque nos acabamos de conocer y no quiero que pienses que estoy tratando de tenderte una trampa o algo por el estilo. Lo que pasa es que estoy un poco apretado de dinero en este momento y no quiero gastar diez dólares por una cerveza en un bar cuando por el mismo precio puedo comprar un *six-pack* y beberlas en casa. En fin, todo esto para decirte que si no te sientes cómoda, lo entiendo perfectamente porque nos conocemos desde hace como veinticuatro horas.

Me senté en la cama.

—Está bien, no hay problema. No me molesta.

—¿Qué te parece si te mando mi dirección? Así puedes enviársela a tus amigos o buscarla en internet, solo para que estés segura de que soy quien digo ser.

Me dio la dirección y la anoté en la portada interior de un libro.

—Mi apellido es Nelson.

—El mío es Kempler —dije—. ¿También me vas a buscar?

—¿Debería? —preguntó; por el tono, imaginé su sonrisa—. Si te busco en Google, ¿voy a encontrar tu foto en un registro de la policía o algo así?

—No —respondí lanzando una carcajada.

—Leah Kempler —dijo pensativo, como si probara el sonido de mi nombre.

—¿Sí?

—Tu voz es muy linda por teléfono.

Estaba sudando, a pesar de que me encontraba sola en la recámara.

—La tuya también.

A la noche siguiente, estaba lista y esperándolo desde las siete y media. No llegó a las ocho como había dicho, pero envió un mensaje diciendo que se le había hecho tarde. Cuando por fin llamó para decirme que estaba afuera, pasaban de las nueve. Me miré una vez más en el espejo. Llevaba mis pantalones de mezclilla buenos y un suéter azul marino acanalado de cuello redondo. Esta vez me había recogido el cabello, para cambiar. Al subir a su auto, apestaba a cigarro. Después de pensar mucho en él estos últimos dos días, había olvidado su aspecto; como cuando se estudia algo muy de cerca durante mucho tiempo, mi recuerdo de él se había vuelto borroso. Pero cuando me acomodé en el asiento del copiloto me asombré de nuevo: era hermoso. Una combinación de Johnny Depp y Jake Gyllenhaal. Esta vez llevaba un suéter de lana de muchos colores, como algo que usaría un papá.

—Hola —saludé.

—¿Cómo estás?

Su voz era mucho más suave y menos animada que por teléfono. Ninguno de los dos supo qué decir después de eso y hablamos de tonterías del tipo que me hacían sentir poco interesante. Esta vez no nos reímos, parecía que no tuviéramos nada en común. El camino fue más largo de lo que esperaba y, en algún momento, me di cuenta de que salíamos de la ciudad y entrábamos a los suburbios. Cuando se estacionó frente a una casa grande de desniveles, con revestimiento de piedra, un estacionamiento para dos autos y un hermoso jardín delantero, me sentí confundida.

—¿Vives aquí?

Él asintió.

—¿Solo?

—Con mi mamá y mi padrastro.

Traté de asimilar la información. Cuando me invitó a su casa supuse que vivía solo: ya tenía edad suficiente.

—Están dormidos —dijo en voz baja cuando entramos—. Podemos ir a mi estudio.

Todas las luces estaban apagadas, pero me di cuenta de que la casa estaba aseada. No había desorden y también olía a limpio, como a ropa recién lavada y jabón con aroma a limón. El estado de la casa era tan radicalmente opuesto al interior del auto de Charlie —el hedor a cigarro, el piso cubierto de basura, latas vacías de refresco y bolsas de papel— que era difícil relacionar los dos espacios con la misma persona.

Lo seguí por un pasillo y bajamos tres escalones alfombrados hasta una sección separada. La habitación a la que me llevó, su estudio, era completamente café: alfombra café, papel tapiz café, muebles burdos cafés. Había una pantalla plana y consolas de videojuego esparcidas frente a ella. En el otro extremo de la habitación había un minibar, un fregadero y una mesa con bancos.

—Estás en tu casa —dijo Charlie—. ¿Quieres un refresco o algo? ¿Agua? Para ser francos casi no bebo alcohol.

Me sentí nerviosa. No lo había estado hasta ese momento. El cuarto daba miedo y no sabía dónde estaba. Nadie sabía dónde estaba. No envié la dirección de Charlie a mis amigos —como él sugirió—, no quería que nadie me dijera que no fuera.

Lo único que me tranquilizaba un poco era que podía sentir la presencia de los padres dormidos en alguna parte de la casa.

Pensé en pedirle a Charlie que me llevara de regreso, pero sentí que no era muy amable hacerlo. Nos había llevado unos buenos treinta y cinco minutos llegar hasta aquí. Supuse que lo mejor era quedarme un rato, una o dos horas, y luego pedirle que me llevara a casa.

—Un poco de agua. —Sonreí, amable—. Gracias.

Sirvió un vaso de agua, sacó una lata de cerveza de raíz A&W del refrigerador y los llevó al sofá donde yo estaba sentada.

—¿Quieres que veamos algo? —preguntó.

—Okey.

Encendió el televisor. Aparte del miedo, me sentía decepcionada. Todo esto era aburrido, sobre todo después de la cita que habíamos tenido dos noches antes, en la que reímos y compartimos historias; además, la manera en la que me llamó al día siguiente, lo seguro de sí mismo que sonaba por teléfono. No quería que fuera solo un tipo que vive con sus padres y me invita a ver televisión. Me preguntaba con tristeza si solo éramos dos fracasados en una mala cita; aunque él era demasiado guapo como para ser un fracasado.

—Estás muy callada esta noche —dijo mirándome.

—Supongo que estoy nerviosa.

—¿Por qué estás nerviosa?

Parecía ofendido o quizá estaba decepcionado de mí, de mi silencio. No estaba segura de cómo las cosas se habían vuelto tan extrañas tan rápido.

—No sé —admití—. Apenas empezamos a conocernos, así que...

Pareció considerarlo.

—A veces no sé cómo... —Hizo una pausa—. Me preocupa rebasar los límites.

—¿Qué quieres decir?

—Bueno, en nuestra primera cita tenía muchas ganas de besarte.

—¿Sí?

—Claro.

—Debiste hacerlo —dije encogiéndome de hombros.

Cuando lo miré advertí que su mirada volvía a ser dulce. Me di cuenta de que no estaba decepcionado de mí; él también estaba nervioso.

—Voy a intentar algo.

En ese momento me besó y tan pronto como empezamos a tocarnos dejé de sentir miedo. Ya no me sentía avergonzada. Nos estrechamos. Su cabello y ropa olían a cigarro. Cuando se quitó el suéter su cabello se paró por la electricidad estática y se lo alisé. Debajo tenía una camiseta blanca como la que llevaba en nuestra primera cita. Era tan delgado que podía sentir sus costillas. Me besó con suavidad, como si estuviera somnoliento, como si no tuviera prisa. Sus labios eran tersos, su boca tenía un sabor fresco y agrio al mismo tiempo, como a tabaco, pasta de dientes, café y un poco frío como el aire. Nunca antes me había sentido así con un beso. No quería de ninguna manera que esto terminara.

Cuando me quité el suéter se alejó un poco y me miró, sus ojos se apartaron de los míos y bajaron a mi pecho y caderas. Sonrió un poco.

—Sabía que algo interesante estaba pasando debajo de ese suéter tuyo.

Nunca me había sentido tan hermosa en toda mi vida.

A la mañana siguiente desperté en el sofá que Charlie había abierto para convertirlo en cama, él estaba acurrucado a mi lado. No tuvimos relaciones sexuales. Nos desvestimos y nos besamos, nos tocamos mucho, hablamos mucho tiempo y nos quedamos dormidos en la misma posición en la que ahora nos despertábamos. Más adelante en mi vida pensaría que esto no es muy diferente a tener sexo, pero en ese momento nuestro control me conmovió. Fue el tipo de noche que tienes con alguien que te gusta, alguien a quien quieres volver a ver.

Cuando abrí los ojos la habitación me pareció menos amenazadora. Tenía unas puertas corredizas de vidrio que daban al patio trasero, perfectamente cuidado, donde había muebles de jardín. La luz del sol entraba en la recámara. El brazo de Charlie, que estuvo aplastado bajo mi cuerpo durante horas, tenía un tono aceitunado, casi dorado; el vello de su piel era delgado y negro. Giré para quedar frente a él. Acurrucó su cabeza contra mis pechos y apretó los brazos alrededor de mi cuerpo.

—Podría vivir aquí para siempre —dijo amodorrado.

Sus palabras me conmovieron de manera profunda y tierna, casi dolorosa.

—Debo regresar, tengo una cita con una amiga a las diez. —Fue todo lo que pude decir.

Permaneció en silencio un momento, luego alzó la cabeza para encontrar mi mirada. Sus ojos eran azul pálido y llenos de luz, sus pupilas, enormes. Tenía las pestañas tupidas, oscuras, más largas que las mías.

Acaricié su mejilla y la barbilla con el dorso de mi mano. Su rostro estaba rasposo por la barba incipiente que la noche anterior solo era una sombra débil.

—¿Leah? —dijo.

—¿Sí?

—¿Te puedo volver a ver? ¿Pronto?

—Claro. —Asentí.

—Más tarde iré al trabajo al centro. Te aviso.

Nos vestimos y lo seguí por la casa. En la cocina, una mujer estaba de pie frente al fregadero, lavando platos. Parecía joven, no podía tener más de cincuenta años, y era hermosa. Llevaba

18

una cola de caballo que sujetaba sus espesos rizos color miel; estaba vestida con ropa deportiva, una camiseta rosa, pantalones de licra negros y una banda en la cabeza.

Advertí de inmediato el parecido entre ellos: el enorme par de ojos, la sonrisa dulce y juvenil.

—¡Buenos días, dormilones! —saludó.

Su voz me sorprendió, su calidez, era casi como si cantara.

—Mamá, ella es Leah —dijo Charlie.

—Es un placer conocerte, Leah. Soy Faye.

Se acercó a nosotros con una sonrisa que jamás había visto en alguien y me di cuenta de que yo también sonreía como una tonta. De cerca, noté que sus ojos eran del mismo azul que los de Charlie.

—Voy a llevar a Leah a su casa —dijo Charlie—. ¿Me prestas la tarjeta de crédito para la gasolina?

Faye me guiñó un ojo, sacó la tarjeta de crédito de su bolsa y se la dio a Charlie.

—Gasolina, Charlie, nada más.

Nos pusimos los zapatos y Faye nos siguió hasta la entrada.

—Hoy es noche de sándwiches de tocino con jitomate y lechuga. Leah, si quieres acompañarnos eres bienvenida.

—Ah, gracias —respondí. Miré a Charlie pero no pude interpretar su expresión—. Probablemente no pueda esta noche, pero quizá en otra ocasión.

La verdad era que una noche de sándwiches de tocino con jitomate y lechuga en el comedor de esta casa con olor a limón me parecía agradable, pero no quise presionar.

—Cuando gustes, querida.

Cuando llegamos al auto, Charlie bajó su ventanilla y encendió un cigarro.

—¿Te molesta? —preguntó.

—Está bien.

—Anoche, cuando veníamos a mi casa, fue probablemente el mayor tiempo que he estado en mi auto sin fumar.

—¿En serio?

Asintió.

—No sabía qué pensarías. No quería asustarte.

—Pues todo tú hueles a cigarro, no es que lo escondas.

—Cierto.

Por la ventana se veían kilómetros de campos de maíz, dorados y ondulantes, bajo la pálida luz matinal. Charlie llevaba el suéter de lana que se había puesto la noche anterior y unos lentes redondos con armazón de metal. Su cabello estaba despeinado, aunque parecía suave. Tragué saliva; en ese momento sentí que lo quería, pero me resistí a decírselo o a estirar la mano para tocarlo.

—Probablemente tienes muchas preguntas —dijo Charlie volteando a verme.

—¿Qué quieres decir?

—Cosas que quieras saber sobre mí, aunque no tengan sentido.

—Supongo —respondí.

Pero no le pregunté nada y él no agregó más. Seguimos el camino de vuelta a Madison en un cómodo silencio. Cuando terminó su cigarro, tomó el volante con la mano izquierda y colocó la derecha suavemente sobre mi pierna.

La noche siguiente fue a mi casa. Cuando abrí la puerta no podía esperar a que me tocara de nuevo, pero nos sentamos en la alfombra de la sala, él recargado contra una pared y yo contra la otra a kilómetros de distancia. Llevaba una camisa de tejido gofrado de manga larga y pantalones de mezclilla con mocasines grises. Percibía su aroma: tabaco, jabón y algo a maderas. Era leve, pero inconfundible.

Le pregunté sobre su padrastro.

—Se casaron cuando yo tenía doce años —me explicó—. Paul tiene dos hijos, Tyler y Chad. Son tan desagradables como sus nombres —agregó con una sonrisa—. Mi mamá y yo nos mudamos con ellos a la casa cuando tenía como diez años, creo. Antes vivíamos en el centro, en Fish Hatchery, por Park Street. Ty y Chad me molestaban mucho, yo era el más pequeño y no tan guapo como ellos.

—Eso no puede ser cierto —interrumpí.

—Son enormes, ya sabes, estaban en el equipo de futbol americano y todo eso.

—No puedo imaginar que sean más guapos que tú. Eres... —Mi voz se apagó.

Negó con la cabeza, tímido.

—Para.

—Eres guapísimo —agregué sonrojándome.

—Me decían que parecía una niña. Que mis pestañas eran muy largas, como si usara rímel o algo. —Se encogió de hombros—. Y soy muy flaco. Sé que necesito hacer músculo.

—No, no lo necesitas —dije—. No lo creo.

Me sonrió.

—No dejo de pensar en la noche de ayer. Si estoy haciendo algo, cualquier cosa, como pelar una naranja o lavarme los dientes, recuerdo algún detalle. Está empezando a ser un problema.

—Lo sé. A mí también me pasa —dije.

—Eres increíble, Leah. —Como no respondí, agregó—: Apuesto a que siempre eres la chica más guapa del lugar y ni siquiera lo sabes.

No dije nada. En el fondo sabía que era bonita, pero me parecía incómodo admitirlo porque sabía que también había algo feo en mí. Mi atractivo no era obvio ni consistente, se trataba de algo que percibía más cuando estaba sola. Nunca fui la chica más guapa del lugar y nunca lo sería. Me pregunté si me estaría mintiendo o si era posible que viera en mí lo mismo que yo en mis momentos más privados y generosos.

—Tengo que reunirme con un colega —dijo poniéndose de pie—. ¿Estarás aquí en unas horas?

—¿Te tienes que ir ahora? —pregunté.

—Sí, pero no será mucho tiempo. ¿Puedo regresar?

—Está bien, te esperaré despierta —respondí.

Cuando volvió más tarde estaba drogado. Yo quería sentarme en la sala otra vez y seguir hablando como lo hicimos antes, pero hablar con él ahora era como hacerlo con otra persona.

—¿Cómo estuvo tu reunión? —pregunté.

—Bien. Teníamos que organizar una mierda de programación. Oye, ¿has visto esos videos de YouTube de los perros que imitan alarmas?

Aulló imitando a un perro y luego estalló en carcajadas de una manera tan infantil que me avergoncé.

—No los he visto —respondí.

—Tienes que verlos. Son muy buenos.

—No suenan nada interesantes.

—Son divertidísimos.

Se levantó y me llevó a la recámara. Nos desvestimos y, cuando no hizo ningún comentario sobre mi aspecto, me pregunté si se había dado cuenta de que no era tan atractiva como lo había pensado. Empecé a sentirme humillada por estar desnuda frente a él.

Él estaba tan cautivador como la noche anterior. Delgado, con el vello oscuro sobre el pecho cóncavo, en realidad, tenía vello en todo el cuerpo. No era solo que Charlie fuera sexi, su rostro era tan hermoso que casi dolía. Era difícil no mirarlo fijamente. Sus pómulos estaban bien definidos; sus labios, suaves, jugosos y rosados; la sombra de su barba incipiente suavizaba su mentón. Tenía algunos lunares en los lugares perfectos: uno en el perfil del labio superior y dos puntos apenas visibles en la mejilla izquierda. Su cabello era castaño como el otoño, sedoso y despeinado, parecía que acabara de salir de la cama. Era apuesto y hermoso al mismo tiempo.

—¿Te pones un condón? —pregunté cuando se puso encima de mí.

—¿Estás tomando anticonceptivos?

—Sí, pero...

—Me hago exámenes regulares para enfermedades de transmisión sexual y no he tenido relaciones con nadie desde hace mucho tiempo. Pero tú decides, solo que no tengo condones.

Yo tampoco tenía.

—Está bien —acepté.

El sexo no fue muy bueno. La noche anterior, besarlo había sido como un escape hacia una realidad distinta y perfecta, pero ahora sentía que estaba acostándome con un desconocido. No intercambiamos palabra ni nos miramos a los ojos una sola vez. Al final, se estremeció sobre mí y dejó caer su rostro en mi cuello.

Después giré, alejándome de él y pensé en Robbie, en lo bien que conocía mi cuerpo; la forma en que a veces nos quedábamos dormidos, completamente vestidos con enormes camisetas y pantalones de pijama, tomados de la mano. De alguna manera, eso era mucho más íntimo.

A mi lado, Charlie dormía. Me arrepentí de no haber usado un condón. No entendía por qué hacía estas cosas, como si la falta de protección pudiera acercarnos, establecer un vínculo. No me sentía cercana a él, apenas lo conocía.

23

2

Antes de mudarme a Madison vivía en Boston, donde estuve toda mi vida hasta la universidad. Tenía un trabajo de oficina que mi madrastra, Monica, me había conseguido en su bufete de abogados. No lo hacía muy bien. Ya antes había tenido trabajos de oficina, pero no era muy organizada ni minuciosa, dos cualidades que en la entrevista laboral aseguré que sí tenía. En mis otros empleos había podido salirme con la mía, pero en el despacho de abogados no se toleraban errores y no era fácil estar en internet o leer un libro en el horario de trabajo. La relación con Monica se tensó, pero no es que antes hubiera sido muy buena.

Siempre me gustó escribir. Mis historias a menudo trataban de hijas sin madre o de madres sin hijos. Para una escritora creativa, el tema no era muy creativo. Cuando estaba en preparatoria, imaginaba que mi madre de alguna manera leería mis cuentos y comprendería que debía regresar a casa. En la universidad, mi público destinatario cambió: renuncié a mi madre y empecé a fantasear con que algún hombre leería mis escritos y llegaría a salvarme. Cada historia que escribía era una carta de amor.

Participar en el programa de maestría en Bellas Artes de Wisconsin fue un sueño hecho realidad. Se trataba de una beca de docencia de dos años. Solo admitían a seis personas para ficción en cada periodo y cada año cientos de personas enviaban su solicitud. Conocí a Charlie hasta el otoño del segundo año. El primer año del programa tuve algunas citas y salí con algunos chicos, pero la mayor parte del tiempo escribía.

Cuando me mudé a Madison, en agosto de 2012, conocí a las otras personas del programa la noche que llegué. Nos reunimos en un bar del vecindario llamado Caribou, a cinco minutos a pie de mi departamento. Tenía una larga barra de madera que iba de pared a pared y máquinas tragamonedas alineadas en el muro de enfrente, entre ambos solo quedaba un pasillo estrecho. Reconocí a algunos de mis compañeros por sus fotografías de Facebook, estaban reunidos al fondo del bar.

De inmediato me sentí intimidada por Vivian Spear, quien venía de la ciudad de Nueva York. Era ruidosa y muy pequeña. A veces me preguntaba si mi vida sería distinta si yo fuera pequeña. Al parecer, las personas responden de manera diferente a las mujeres bajas. Yo medía casi un metro con ochenta centímetros; siempre me preguntaban si jugaba basquetbol, pero no lo hacía. En ocasiones me decían: «¡Qué alta eres!», como si necesitara que me lo recordaran.

Vivian Spear tenía el cabello largo, pelirrojo y rebelde; llevaba un lápiz de labios color fucsia que resaltaba incluso en la oscuridad del bar. Los tirantes de su vestido negro se caían constantemente y dejaban ver la piel pálida y pecosa de sus hombros. Tenía acento neoyorquino y una voz grave y ronca como la de un cantante de jazz. Resoplaba cuando reía, pero eso solo aumentaba su encanto. Me parecía difícil imaginarla sentada en silencio, sola, escribiendo en una computadora.

Aparte de mí y Vivian, el resto eran hombres de entre veinte y treinta años, y uno de cuarenta y tantos. Wilson Barbosa, David Eisenstat, Rohan Bakshi y Sam Fitzpatrick. Sam tenía cuarenta y dos años y estaba casado. Todos los demás, Vivian incluida, éramos solteros.

Esperaba que los escritores fueran raros y volubles, pero todos parecían bien adaptados y más cómodos socializando que yo. Rohan me recordaba a los chicos populares de preparatoria; no a los patanes, sino a los que se hacen populares porque son guapos y extrovertidos, con la arrogancia suficiente como para no ser molestos. Llevaba una gorra de los Toros de Chicago y una camiseta con un montón de firmas serigrafiadas. En una oreja tenía un pequeño arete de diamante. Cada vez que alguien nuevo del grupo entraba al bar le daba un enorme abrazo y exclamaba: «¡Llegaste!», como si esperara a esa persona en particular.

Wilson era más reservado que Rohan, pero también generaba una suerte de polo gravitacional a su alrededor. Tuve ganas de pararme al lado de Wilson. Era bajo y delgado, de ojos amables color miel y espesos rizos negros. Su risa era más escandalosa que su voz cuando hablaba. Me di cuenta de que cada vez que se reía de algo que alguien decía, yo también reía. Cuando sonreía, en sus mejillas se formaban unos profundos hoyuelos en forma de media luna.

Sam era el único de nosotros que tenía una carrera hecha y derecha antes de esta maestría. Renunció a su despacho contable para venir a Madison, y creo que todos nos sorprendimos cuando escuchamos la palabra *contabilidad*. De todos, él era el que tenía el aspecto más parecido a la gente de Wisconsin: rubio, pálido y corpulento. Era amable y caballeroso, pero de una manera distinta a los demás. En particular, se mostraba así con Vivian. Le ofreció su asiento cuando la vio de pie y volteó a verla, preocupado, cuando Rohan hizo una broma vulgar. Me pareció insultante en varios sentidos.

Fue idea de Wilson que dijéramos por turno quiénes eran nuestros autores favoritos. Yo no había leído a la mayoría de los escritores de los que hablaban, pero asentía con entusiasmo y les hablé de mi escritora favorita, Alice Munro, aunque solo había leído dos de sus obras.

—Es muy buena —exclamó Vivian—. Me encantó *La vida de las mujeres*.

Vivian ya había publicado algunos cuentos en diversas revistas literarias y ahora estaba escribiendo una novela.

—Pero es un embrollo —agregó.

Resultó que algunos otros estaban a la mitad de la escritura de una novela o a punto de empezarla.

No estaba segura de qué era peor, que los chicos vieran a Vivian o que la viera yo. Era todo lo que yo no era. Acabé mi copa de un trago, volteé a ver a David y le pregunté de dónde era. Tenía cabello castaño alborotado y usaba lentes; iba vestido con una camisa de botones de manga larga, aunque estuviéramos a finales de agosto. Tenía una barba con la que jugaba constantemente, jalando mechoncitos entre los dedos. Sus autores favoritos eran Philip Roth, Vladimir Nabokov y David Foster Wallace.

—Connecticut —respondió David—. ¿Y tú?

—Massachusetts. Esta es mi primera vez en el Medio Oeste.

David asintió amable y volteó hacia Vivian, quien contaba una historia sobre un taller que había tomado con Zadie Smith. Era comprensible que el tema fuera mucho más interesante que un «de dónde eres». Traté de escuchar a Vivian con el mismo interés y generosidad que todos los demás, pero no dejaba de distraerme.

En ese entonces todavía tenía una relación con Robbie, que no era exactamente mi novio, pero me quedaba a dormir con él casi todos los fines de semana y algunas veces entre semana, de manera intermitente, desde que tenía diecisiete años. Robbie me dijo algunas veces que estaba enamorado de mí y yo siempre le respondía igual, sobre todo porque no quería dejar de ir a su casa en la noche. Me gustaba tener relaciones sexuales con él y comer tazones de Lucky Charms mientras veíamos televisión hasta quedarnos dormidos. Sin embargo, yo quería algo más.

Robbie y yo éramos amigos desde el jardín de niños y siempre estuvo enamorado de mí, incluso cuando pasé por una etapa particularmente vergonzosa: lentes, frenos, acné. Seguí usando lentes y tuve bastante acné, pero me convertí en lo que soy ahora.

Robbie era guapo, un poco regordete, como un leñador. Era de mi estatura o un poco más bajo, dependiendo de nuestra postura, y era la única persona en el mundo que me amaba aparte de mi familia. Pero él no leía ni pensaba como yo. No era que necesitara estar con alguien exactamente como yo, pero, a veces, le comentaba algo sobre mi día o algo que había advertido y él solo asentía o se encogía de hombros sin hacer preguntas ni participar en la conversación. Hablábamos, hablábamos todo el tiempo, pero yo quería que dijera algo que me sorprendiera o que me mirara directamente a los ojos y preguntara: «¿Por qué?», y que en verdad quisiera saber.

Después de la primera noche en el bar local en Madison regresé a mi nuevo departamento, casi vacío, en Norris Court y llamé a Robbie.

—¿Cómo te fue? —preguntó.

Escuché como tragaba aire y lo imaginé en su cama, fumando marihuana. Probablemente llevaba unos pantalones deportivos sin camisa, el cabello revuelto, los ojos apagados y entrecerrados.

—Me sentí tonta —respondí.

—No eres tonta —insistió.

Pero yo quería que me preguntara por qué me sentía tonta.

—Todos están escribiendo novelas y hablaron de autores que yo debería conocer.

—No te preocupes por eso —dijo Robbie—. Eres la persona más lista que conozco.

Empecé a llorar porque sabía que iba a terminar con Robbie, aunque lo amara.

—Robbie.

—Leah.

Sabía que él estaba sonriendo.

—¿Por qué te gusto?

—¿Estás llorando? —preguntó.

—Un poco.

—Me gustas por todos tus pequeños detalles. —Nombrarlos no era su estilo—. ¿Estás bien?

—Me siento sola aquí en Wisconsin.

—Vas a hacer amigos antes de lo que imaginas.

—¿Tú te sientes solo? —pregunté.

—Estoy bien —dijo—. Pero te extraño. Te extraño mucho.

Después me contó sobre un programa de televisión que estaba viendo mientras yo investigaba a Vivian Spear en Facebook.

Para el primer taller de la maestría, Vivian Spear y David Eisenstat presentaron sus trabajos. Vivian presentó las primeras treinta página de su novela y David, un cuento. Leí el fragmento de la novela de Vivian primero. Trataba de una mujer de mediana edad en Manhattan que tenía un romance con su dentista. Terminé las páginas rápido y me quedé con ganas de seguir leyendo. Vivian conocía a las personas, las veía exactamente como eran. Leer su texto me hizo preguntarme cómo me veía.

La historia de David era más inhibida. Cada oración era hermosa; me gustaron las descripciones de los paisajes. No tenía idea de qué trataba la historia. Quizá trataba de un hombre que hacía un viaje en automóvil para aceptar el hecho de que era homosexual, pero yo solo adivinaba. Había una escena de sexo entre dos personas en la que no se mencionaban las partes del cuerpo. Leí la historia tres veces y con cada lectura quedaba más confundida.

—Este cuento me rompió el corazón —dijo Rohan cuando le tocó comentar en clase la historia del viaje en auto.

—El final me pareció conmovedor —intervino Wilson—. Cuando va a la cafetería y se queda ahí en el estacionamiento, sentado en el auto durante horas.

—Creo que la yuxtaposición entre las descripciones crudas y silenciosas del abuso de su padre y las descripciones más extensas del paisaje rural es un elemento muy poderoso —dijo Sam—. ¿Y cuando el protagonista tiene relaciones sexuales con esa mujer del bar? La prosa es increíble. La vemos pero no la vemos. Es como si ella no existiera para él.

David no dejaba de asentir, escribía a toda velocidad, llenando página tras página con notas. La dinámica del taller consistía en que David no podía hablar durante toda la conversación. Comentábamos su cuento casi como si no estuviera ahí: qué funcionaba, qué no funcionaba. Al final, él podía hacer preguntas.

—Me costó trabajo entenderlo —comentó Vivian—. No entendí hacia dónde se dirigía o por qué. Para empezar, creo que necesitamos saber por qué el personaje decide subirse al auto. Lo mismo con la escena de sexo con la mujer. No entiendo por qué se acuesta con ella. ¿Porque la desea o porque está tratando de convencerse a sí mismo de que se siente atraído por ella?

Nuestra profesora asintió en ese momento y su movimiento llamó la atención de todos.

—Este personaje describe los árboles y el camino con mucho sentimiento, pero luego retiene todo tipo de descripción cuando se trata de su propia vida o de la gente que es parte de ella —intervino la profesora por primera vez—. Quizá está en negación acerca de quién es o qué quiere. Sin embargo, aún puede describir la manera en que su padre lo mira o a la mujer del bar; sus deseos y repulsiones se entrometen en esas descripciones. Aunque el personaje no sea consciente de sus propios motivos, el escritor debe conocerlos. Tenemos que buscar lo que no está diciendo. Esa es la belleza de tener a un narrador en primera persona.

Todos en el salón asentimos. David parpadeaba ante la página, apoyaba la pluma con tanta fuerza que parecía que su mano iba a explotar.

Yo rabiaba. Estaba furiosa por no haber dicho lo que pensaba del cuento antes de que lo hiciera Vivian, pero la verdad era que jamás hubiera podido articular mis ideas de la manera en que ella lo hizo. Vivian se expresó con mucha confianza, dijo lo que tenía que decir sin miedo a parecer estúpida o a que lo hubiera interpretado de forma equivocada o a que, quizá, lastimara a David. Dijo lo correcto. La profesora la respaldó. De alguna manera yo quería decir también lo que había pensado, pero hacerlo ahora solo me haría ver desesperada y como una tonta. Pasé las páginas del cuento de David y traté de decir algo inteligente. No me vino nada a la mente.

Después del taller los seis fuimos a un bar en State Street, llamado City Bar. Era un establecimiento subterráneo, profundo y amplio, con una escalera empinada. Los techos eran bajos y no había ventanas, el relleno de poliestireno se salía de las largas bancas forradas con piel de los reservados. Las bebidas costaban la mitad que en Boston y tenían un menú completo de hamburguesas, papas a la francesa y croquetas de papa. Había una rocola en un rincón y dianas para dardos en la otra. La mesa más grande, alta y con bancos, estaba al fondo. Ahí nos sentamos.

Seguimos yendo al City Bar todos los martes en la noche después del taller durante los siguientes dos años. Esa noche conocimos a los poetas, un grupo un poco más raro y emocionalmente más demostrativo que nosotros, con más perforaciones y tatuajes, sin miedo a llorar en público.

Con el tiempo me daría cuenta de que los escritores de ficción somos tan sensibles como los poetas, solo que hacemos un mejor trabajo para ocultarlo. Nosotros éramos un grupo particularmente reservado de escritores de ficción. Los hombres competían sin cesar por el papel del macho alfa y por la atención y aprobación de Vivian. Ella era la mayor alfa de todos nosotros: franca, brusca, maldecía todo el tiempo, bebía al mismo ritmo —o más— que los chicos sin embriagarse y cuando hablaba, todos escuchaban. Yo era la más joven y la más callada de los seis. Me sentía ajena.

Mientras mi grupo platicaba en el City Bar yo observaba a los poetas. Ya llevaban un año aquí, bebían cerveza y comían croquetas de papa. Llevaban dos horas escuchando con paciencia a Vivian y a los chicos hablar sin parar sobre cada pequeño detalle.

Parecía que los poetas lo sabían todo. Estaban más relajados que tensos; me identificaba más con su energía. Me preguntaba si me adaptaría mejor con los poetas, pero no tenía idea de cómo escribir un poema. En ese momento pensé en las treinta páginas de Vivian, en la escena inicial entre la protagonista y el dentista, en toda esa tensión. Qué fácil era seguir leyendo. Ella tenía talento, me parecía obvio. Vivian llegaría lejos.

No me llevó mucho tiempo empezar a abrirme con Vivian y los chicos; podía sentir que comenzaba a surgir mi verdadero yo. Las cosas se movían rápido en el posgrado. Siempre pensé que *tranquilo* era sinónimo de *estable*. En parte porque yo

32

siempre he sido así. Leah: alta, tranquila, predecible. No obstante, tenía emociones enormes, torrenciales; por eso leía, por eso escribía. En la vida real yo no llamaba la atención.

Me adapté a mi vida en Madison. Hice amigos, me acerqué a Vivian y Wilson, pasaba la mayor parte de los fines de semana con ellos. Teníamos mucho tiempo libre. Escribía durante el día y por la noche. Vivian, Wilson y yo nos reuníamos en el departamento de alguno de nosotros para hablar de libros, de lo que estábamos escribiendo, de las otras personas en el programa y de nuestra vida. También pasaba muchos días sola, dando largas caminatas en la zona este de Madison. Trabajaba en mis historias durante fines de semana completos, me iba a cafeterías como el bar Johnson, Mother Fool's o Colectivo. Regresaba a casa apestando a café y al aroma que imperara en el establecimiento donde había estado.

Mi departamento en Norris Court empezó a atiborrarse de libros, borradores e impresos de relatos. Compré muebles en Craigslist y en Saint Vincent, una tienda de segunda mano que estaba en Willy Street. No compré un sofá, sino dos enormes sillones que acomodé uno frente a otro; uno era cómodo, pero, en el otro, te hundías tanto al sentarte que podías sentir los resortes, costó solo cinco dólares. Lo único nuevo que compré en Target fue una alfombra mullida con estampado floral azul y blanco. Nada hacía juego, pero era la primera vez que vivía sola y todo en mi departamento me gustaba. Tenía una chimenea que funcionaba, estantes empotrados y puertas francesas que daban a un pequeño estudio con ventanas por las que se veía un jardín. Cada vez que cruzaba la puerta principal me sentía en paz, como si este fuera el lugar en donde debía estar.

En Madison, me sentía libre y viva, como nunca me sentí en

Boston. No estaba segura si en realidad las cosas eran tan diferentes en Wisconsin o si se debía a que estaba lejos de mi familia y de todo lo que conocía, pero cada mañana me despertaba con el sentimiento de que, por fin, mi vida estaba sucediendo.

No tenía auto, así que caminaba a todas partes. Mi departamento estaba a poco más de tres kilómetros del campus; había un autobús, pero prefería caminar, aunque hiciera mucho frío. Me permitía pensar en la historia que estuviera escribiendo. A veces imaginaba escenas completas en mi mente y cuando llegaba a la universidad, estaba rebosante de oraciones, imágenes, conversaciones completas entre los personajes.

En Madison me sentía sola, pero para mí eso era normal.

La semana giraba alrededor de la noche del martes, que era cuando teníamos el taller. Nuestra única obligación, aparte de dar una clase de Escritura Creativa a la semana a estudiantes universitarios, era escribir historias para presentarlas en el taller y leer los trabajos de los demás.

Mis opiniones iniciales sobre mi grupo habían sido en cierto sentido correctas, pero en su mayoría me había equivocado. Todos ellos eran mucho más complicados y vulnerables de lo que me habían parecido la primera noche. Llegamos a conocernos, primero a través de nuestros escritos y después cuando hablábamos de literatura. A partir de eso, nos hicimos amigos, pero éramos «amigos de escritura»; aprendí que se trataba de un tipo particular de amistad.

Seguíamos viviendo vidas separadas, podíamos pasar días enteros sin hablarnos o vernos, concentrados en algún borrador o con un estado de ánimo particular. Si alguno no asistía a un evento, se marchaba temprano o faltaba en el último momento no lo considerábamos extraño. Las reglas sociales de este mundo aislado me convenían, significaba que podía desaparecer y nadie me cuestionaría.

Escribir era la prioridad. Si recibías un mensaje de texto que decía «en racha» o «a la mitad», sabías que no había que interrumpir. A pesar de que prácticamente no teníamos obligaciones o compromisos, solo mucho tiempo para escribir, tan pronto como sentíamos que invadían nuestro tiempo de creación éramos inflexibles. Nos tomábamos tan en serio, que los poetas dejaron de salir con nosotros.

—Ustedes se volvieron un poco insufribles cuando se dieron cuenta de que podían ganar dinero haciendo esto —decían—. Pero a nadie le importa la poesía.

Cuando no escribíamos, bebíamos. Íbamos al Tipsy Cow, Genna's, Mickey's, al Crystal Corner, a cualquier bar —Madison estaba lleno de bares—, o nos reuníamos en uno de nuestros departamentos. Vivíamos cerca unos de otros. La casa de Rohan tenía una terraza enorme que daba toda la vuelta, por lo que se convirtió en el lugar preferido para reunirnos. En esas noches me sentía como una adolescente: encestando pelotas de *ping-pong* en vasos llenos de cerveza, fumando cigarros y hablando de nosotros, de los poetas y de lo que había pasado esa semana en el taller.

Una noche, mientras algunos competían para ver quién se acababa el vaso de cerveza más rápido, Vivian y yo nos sentamos en un sofá mohoso que estaba en una esquina del porche de Rohan para hablar en voz baja de lo mal que nos caía David; de la forma exasperante en la que describía a las mujeres en sus relatos, de cómo siempre dirigía sus comentarios en clase a Rohan y de su necesidad constante de mencionar nombres de famosos.

—No puedo creer que cuando conocí a David me pareció adorable —dije.

—Para mí, Rohan es el adorable —intervino Vivian.

La miré, tenía las mejillas rosadas por el frío y sostenía la cerveza con ambas manos cerca de su rostro, que estaba medio oculto detrás de una bufanda. Sabía que sonreía.

Seguí su mirada hasta donde estaba Rohan de pie con los demás; alzaba los brazos en posición de victoria y gritaba algo con júbilo. Por alguna razón, tenía puestos los lentes de sol, aunque estaba anocheciendo, apenas quedaba alguna luz en el cielo.

—Sí —admití—. Lo es.

La mayoría de los escritos de los miembros del grupo coincidían con lo que yo esperaba. Concordaban más o menos con lo que decían o con mi percepción de ellos cuando estábamos juntos. Todos éramos capaces de expresar en las páginas lo que no podíamos decir en voz alta. De entre todos, los escritos de Wilson eran los que más me sorprendían.

Wilson era una de esas personas que le caía bien a todo el mundo, con un carisma tranquilo. Era difícil saber qué pasaba en su interior. Había que descifrarlo poco a poco, pero, al leer su ficción, se reflejaba gran parte de quien era.

Cuando empecé a leer las historias de Wilson me asombró la tristeza en ellas. No era que su risa o sus sonrisas fueran falsas; lo que le parecía divertido era lo mismo que lo entristecía. No podía disociarlo. O quizá era al revés: lo que lo entristecía, si se observaba lo suficiente y de cierta manera, era gracioso. Sus relatos hacían reír y, al mismo tiempo, dejaban un nudo en la garganta que era difícil de tragar.

La primera vez que leí una de las historias de Wilson quise saber más de él. Me atraía en cierto sentido. No era tanto querer estar con él, sino más bien estar cerca de él. A partir de un par de historias, que tendían a tratar relaciones sentimentales entre hombres, imaginaba que Wilson era gay, aunque él nunca hablaba de su vida romántica. La misteriosa vida amorosa de Wilson, o la falta de ella, se convirtió en un tema de conversación cuando él no estaba con nosotros. A veces hablábamos de sexo y citas cuando él estaba presente para provocarle una reacción, pero nunca mordía el anzuelo. Era una persona que sabía escuchar; a diferencia del resto de nosotros, él casi no hablaba de sí mismo.

Para el primer taller de nuestro segundo año escribí un relato sobre el fracaso de un matrimonio. Estaba narrado desde el punto de vista de un padre en el *bar mitzvá* de su hijo, unos días antes de que su esposa abandonara a la familia. Lo titulé *Trece*. Supongo que en la historia canalizaba a mi propio padre, aunque el hombre de mi historia era menos pasivo que él; además, realmente no pasó tal cual en mi familia. Mi mamá seguía viviendo en casa cuando se celebraron los bar mitzvás de mis hermanos.

Mi propio *bat mitzvá* fue lúgubre, mi madre se había ido apenas un mes antes. Llamó algunas veces, pero no nos dijo dónde estaba y no volvió a casa.

Cuando estaba de pie en el podio, fingí no darme cuenta de que, en la primera fila, mi padre estaba haciendo un gran esfuerzo para no llorar, su rostro se contorsionaba de dolor. Mis hermanos, de quince y dieciocho años, estaban sentados a ambos lados de él, estoicos y deprimidos. Yo canté Oseh Shalom junto con el rabino más anciano y recé para que mi madre se presentara a tiempo para la parte de la Torá, por mi discurso, por su discurso, por el Adón Olam; después de todo, fue ella quien planeó todo este día: reservó al proveedor de comida, al DJ y asignó los asientos. Me acompañó a comprar el saco y la falda de seda para el servicio y el vestido de tirantes y lentejuelas que me pondría para la fiesta.

Esa noche, cuando los hombres del vecindario me levantaron en la silla y todos bailaban en círculos a mi alrededor, sonriéndome como si ese fuera el momento más feliz de mi vida, me preguntaba dónde estaría mi madre, si en algún hotel o en su auto. Tendría que recordar qué día era.

Mi madre era más religiosa que mi padre. No sé si creía en Dios, pero quería hacerlo. Era evidente por la manera en la que recitaba las oraciones, sus labios se movían incluso cuando no salía ningún sonido de su boca, por la forma en que a veces cerraba los ojos y se desconectaba de todo. Mi madre siempre buscó creer en algo más grande que ella, ya fuera a través de la religión, el arte, alguien en específico o una experiencia; estaba en busca de lo divino y poderoso. Lista en todo momento para dejarse llevar.

Lo bueno de escribir era que utilizaba el dolor y lo desviaba hacia algo útil. Podía moldearlo en un inicio, un desarrollo y un cierre de un relato. Y era mío: ingenioso y hermoso. Cuando terminaba de lidiar con él, era solo una historia.

Ese semestre, nuestro taller lo daba una escritora llamada Bea Leonard, conocida por su antología de cuentos, ganadora de un premio prestigioso y una pequeña novela que recibió críticas variadas. La mayoría de la gente en el mundo exterior no tenía idea de quién era, aunque era muy importante para otros autores. Vivian la llamaba una «escritora de escritores».

En su fotografía oficial como autora, Bea parecía pensativa, inteligente y divertida. En la vida real parecía estar exhausta, su cabello pelirrojo despeinado ya tenía algunas canas, su ropa estaba arrugada y parecía que no era de su talla. Imaginé que empezaría la clase con una suerte de gran discurso de bienvenida: «¡Lo consiguieron! ¡Son muy especiales!». En su lugar, repasó con nosotros el programa de estudios sin hacer mucho contacto visual con ninguno. Yo había leído todo lo que ella había publicado. Me encantaba su trabajo. Escribía sobre mujeres inteligentes y enojadas. Mujeres divertidas que siempre tenían una respuesta ingeniosa. Supongo que era natural asumir que Bea era una de estas mujeres. Sentada frente a ella en el salón de luz fluorescente, me di cuenta de que no tenía idea de quién era Bea Leonard.

Me sentía nerviosa por mi historia. Quería que les gustara a mis compañeros del taller, en particular a Vivian y a Wilson, a quienes consideraba los mejores escritores, también a Bea Leonard.

Esa noche trabajamos primero con el texto de Rohan, un relato sobre el paso de la niñez a la adultez que les gustó a todos, pero en el que estuvimos de acuerdo que le faltaba algo. La prosa era muy bella, aunque carecía de tensión. El principio era lento y el final demasiado pulcro. Lo que todos dijeron sobre el texto de Rohan lo podía aplicar al mío; cuando terminamos de opinar sobre el suyo, estaba convencida de que ya sabía lo que dirían del mío. Quería cancelar mi presentación, incluso antes de que comenzara.

—Okey —dijo Bea después de un descanso de diez minutos—. Ahora hablemos del texto *Trece*, de Leah.

Durante un minuto nadie dijo nada. Luego, Rohan habló:

—En realidad no sé qué decir para mejorar esta historia. Me parece fenomenal así como está. Me encantan los personajes. Es muy triste. No sé qué decir. Bueno, tengo mucho qué decir. Pero creo que está terminado.

—Estoy de acuerdo con Rohan —dijo Vivian—. Me encantó esa voz. Cuando lo leí por segunda vez me di cuenta de que hay algunas cosas que Leah podría hacer para fortalecerlo, de las que hablaré más tarde. Pero esta historia me conquistó.

El taller continuó así. Traté de tomar notas, pero mi corazón latía con fuerza y, cuando escribía, las palabras estaban revueltas. No me atreví a alzar la mirada porque sabía que estaba roja como jitomate. Estaba demasiado asombrada como para sentirme feliz, pero mi felicidad estaba ahí, macerándose bajo la superficie.

Cuando acabó el taller y todos me dieron sus notas, eché una mirada rápida a Bea. Era costumbre esperar hasta llegar a casa, después del City Bar, para leer las críticas, pero no pude hacerlo. La de Bea era breve, un párrafo largo seguido por uno más corto. Solo leí el corto:

> Me parece que deberías enviar este cuento a los periódicos. Empieza por presentarlo solo a los mejores: el *New Yorker*, *Tin House*, *Paris Review*, etcétera. Aunque te lo rechacen en estos lugares, sigue enviándolo. Muy pronto encontrará un hogar. Dime si quieres que hablemos de eso.
>
> Te felicito por haber escrito una historia espectacular.
> BL

Metí todos los papeles en mi mochila. Al salir todos del salón, Rohan echó un brazo sobre mis hombros.

—Nada mal, Kempler.

—Gracias —respondí—. Igualmente.

—Nunca había visto a Bea emocionarse así al hablar de un relato.

Su brazo seguía sobre mis hombros. Caminamos por el pasillo hacia los elevadores con el resto del grupo a nuestro alrededor.

—No es cierto —respondí.

—Es cierto —intervino Wilson—. Le encantó.

Los seis entramos al elevador y alguien presionó el botón de la planta baja.

—Leah, deberías enseñarle tu cuento al agente cuando venga —dijo Vivian.

Todos volteamos a verla.

—¿Qué agente? —preguntó Sam.

—Van a traer a un agente literario para que se reúna con nosotros —explicó Vivian.

—¿Quién? —inquirió David—. ¿Dónde oíste eso?

—No sé quién —respondió riendo—. Nos verá a cada uno de manera individual. Eso fue lo que me dijo Carla.

Carla era la administradora del programa.

—¡Carajo! —exclamó David—. ¿Esto cuándo será? ¿Por qué no nos han dicho nada aún?

Las puertas del elevador se abrieron. Todos salimos al vestíbulo Helen C. White y nos detuvimos un momento para ponernos los abrigos antes de aventurarnos en la noche de Wisconsin. El trayecto al bar tomaba siete minutos.

—No me parece que tengamos que estresarnos por eso —opinó Vivian.

—Si hubiera sabido que venía un agente hubiera trabajado en el taller el primer capítulo de mi novela —dijo Sam—, no ese cuento de realismo mágico.

—Esa historia me pareció buena —comentó Wilson.

—Quizá esa es probablemente la razón por la que no han dicho nada —intervino Vivian—. Además, no sabía que habías empezado una novela, Sam.

En lo que a mí respectaba, me interesaba poco lo del agente. Ni siquiera me importaban los periódicos que Bea Leonard mencionó en su crítica. Claro que era emocionante que ella pensara que valía la pena publicar mi trabajo en el *Paris Review* o el *New Yorker*;

pero, la verdad, lo que más significaba para mí eran las iniciales BL al final de su crítica, que mi cuento le gustara, que, tal vez, yo le cayera bien. Luego, la manera en la que Rohan pasó su brazo sobre mis hombros. Y, ahora, estar de camino al bar con ellos cinco; guardaba silencio, pero era parte de todo eso, parte del grupo.

No necesitaba ser la más bonita ni la más exitosa, ni siquiera la más talentosa. Lo que quería, lo que necesitaba desesperadamente, era que me amaran.

La agente llegó semana y media después. Eran principios de octubre, dos semanas antes de que conociera a Charlie en el supermercado. Nos dijeron que imprimiéramos nuestros textos y capítulos de novela mejor trabajados, y que estuviéramos listos para hablar de nuestro trabajo. Cada uno de nosotros tendría solo veinte minutos con Maya Joshi.

Programaron una reunión grupal a las nueve de la mañana, antes de las entrevistas individuales. Maya iba vestida como imaginaba que se arreglaba una agente: pantalones de mezclilla de diseñador y chamarra de piel, botas con un tacón de diez centímetros y lentes enormes de carey. Llevaba el cabello a la altura del hombro y tenía cierto movimiento, como en los anuncios de algún producto. Nos reunimos en la sala de conferencias al otro lado de la oficina de la maestría, donde habían dispuesto sillas en círculo para que tuviéramos una «plática informal» sobre la búsqueda de un agente. La administración había puesto bagels y café. Cuando llegamos, Maya ya estaba ahí con un café de Starbucks, platicaba con Bea Leonard, quien también tenía un café de la misma compañía.

Me he acostumbrado a que nuestros docentes, los «adultos», sean un grupo de ratones de biblioteca, excesivamente autocríticos y un poco raros. Me di cuenta de inmediato que Maya Joshi no era así. Era amigable sin ser obsequiosa, extrovertida sin ser exagerada. Sonrió y saludó a cada uno conforme entrábamos, nos servíamos café y untábamos queso en nuestros bagels.

Empezó a hablar a las nueve en punto, rebosaba una calidez y éxito profesional que llenó la habitación.

—Cada año espero este viaje al Medio Oeste —dijo—. Deben estar muy orgullosos de estar en este programa. Siempre encuentro talentos increíbles aquí.

Nos describió qué estaba buscando: literatura de ficción de alta categoría, así como narrativa de no ficción y autobiografías. Le interesaban las voces frescas e inteligentes, las historias multiculturales y multigeneracionales, así como el suspenso con humor.

—Quiero ver el mundo como nunca antes. Me interesa la prosa que hace que lo desconocido sea familiar. Busco el apremio. Quiero verme tan sumergida en el manuscrito que se me pase por completo la parada del autobús.

Sonrió y sus dientes eran perfectamente blancos.

Nos dijo que no había nada más emocionante que descubrir talento nuevo; también, que le encantaba conocer a un escritor desde el inicio de su carrera, trabajar con él no solo en libros específicos, sino durante toda la vida.

—Estoy aquí para el largo plazo —agregó.

Miré a mis compañeros. Nunca había visto en ellos tanta esperanza. De pronto, tener un agente parecía crucial.

—En general, tomo a uno o dos nuevos escritores cada año —continuó—. Por eso, tienen que ser los adecuados.

Podía sentir el desánimo en la sala. Las probabilidades no eran buenas.

Rohan tuvo la primera entrevista; cuando entró con Maya, todos nos reunimos en la oficina de la maestría a esperar nuestro turno. Me senté frente al escritorio y revisé los dos cuentos que había impreso. De inmediato, advertí dos erratas en la primera página de *Trece*. Todavía tenía una hora antes de mi entrevista, así que saqué mi computadora y los corregí. Mientras esperaba los textos en la sala de impresiones al final del pasillo, escuché dos voces afuera.

—Creo que si alguien le va a interesar será Vivian —dijo Wilson en voz baja.

—¿Por qué? —preguntó David—. Vivian es buena en lo que hace y no tengo duda de que tendrá éxito. Tiene una ética de trabajo increíble, mejor que la de todos nosotros. Además, es muy sexi, eso no perjudica a nadie, pero está escribiendo sobre una divorciada en Manhattan que tiene un romance con su dentista. No es el tipo de libro que te haga «ver el mundo como nunca antes».

—Mmm... Ya veo —dijo Wilson.

—¿Pienso que va a vender? —continuó David—. Sí. ¿Creo que a cierto tipo de público le encantará? Sin duda. Pero me parece que Maya Joshi está buscando algo más... literario. Aunque quizá me equivoque. De acuerdo con los autores a los que representa, creo que estaría más interesada en Rohan. —Hizo una pausa—. O en ti, hombre. ¿Quién sabe? Sobre todo con tu último cuento.

—Ja, ¿porque somos multiculturales?

—No —se apresuró a explicar David—. Porque eres bueno.

Cuando Wilson hablaba, su voz era tensa.

—¿Qué crees que pensará de tus escritos?

—Ah, estoy seguro de que los odiará. Lo mío todavía está muy verde.

—Bueno, acaba de ir a Iowa, así que probablemente no elija a ninguno de nosotros.

—Probablemente, es cierto —dijo David—. Que se joda Iowa.

Me preguntaba si David había olvidado que Vivian rechazó

Iowa, considerado el mejor programa de maestría en Bellas Artes del país, para venir a Wisconsin.

—Voy a regresar a la oficina —dijo Wilson.

—Oye, Wilson, no repitas lo que dije sobre la novela de Vivian.

—Claro que no.

—La admiro. De hecho, creo que quizá entre nosotros hay... —Hizo una pausa—. Atracción, o algo.

Hubo un silencio.

—¿Crees que sería extraño si doy el primer paso? —agregó David.

—¿Extraño para quién?

—Para... todos.

—Bueno, somos seis —respondió Wilson y añadió—: Y todos vamos a estar en la misma clase conviviendo durante otro año, así que diría que sí, es posible que sea extraño.

—¿Has notado algo? —preguntó David—. ¿Algún tipo de tensión entre Vivian y yo cuando salimos todos juntos?

—No —respondió Wilson—. Aunque, a decir verdad, no he puesto mucha atención.

—Está bien.

Diez minutos después, Rohan regresó a la oficina. Su expresión era indescifrable.

—¿Qué pasó? —preguntó Sam.

—No sé —respondió Rohan, desplomándose sobre la silla y pasando una mano sobre su rostro. Luego se rio—. No creo que le hayan gustado mis escritos.

Todos intercambiamos miradas. Rohan era bueno.

—¿Qué dijo? —preguntó David.

Todos, menos Wilson que ahora estaba con Maya, nos reunimos alrededor del escritorio de Rohan.

—Pues, primero leyó mis cuentos rápido —explicó Rohan—. Digo, nunca había visto a alguien leer tan rápido como a esa mujer. Empezó por preguntarme por qué escribí el cuento sobre la ruptura en primera persona, respondí alguna tontería sobre el narrador poco fiable. Luego dijo que ese relato era predecible, pero que el de las vacaciones familiares podía ser una buena novela...

—¡Carajo! —interrumpió Vivian—. ¿Dijo que podía ser una buena novela? Es maravilloso, Rohan.

Rohan se llevó la mano al cuello de la camisa y desabrochó el botón superior. Nunca lo había visto tan elegante, iba de traje con una chaqueta. Su frente estaba brillante de sudor.

—Luego me preguntó con qué autores me comparaba. No supe si nombrar a mis autores favoritos, pero respondí que con George Saunders y con el maldito... Baldwin. Soné muy engreído. Supongo que tardé mucho en contestar, pensando en una respuesta que no sonara idiota. Me dijo que era importante saber cómo hablar de mi trabajo en comparación con lo que hay en el mercado. —Nos sonrió, cansado—. Así que deberían comenzar a pensar en una respuesta a esa pregunta.

—Lo más importante es que le encantó tu relato de las vacaciones —dijo Vivian.

—Bueno, definitivamente no usó la palabra encantar.

—¿Cómo terminó la entrevista? —preguntó David.

—Me pidió que escribiera mi correo electrónico en el reverso de mi cuento para que en caso de querer contactarme, supiera dónde encontrarme.

—Eso es bueno —dijo Vivian—. Eso está muy bien.

En ese momento, uno de los poetas entró a la oficina con un sándwich y un montón de papeles.

—¿Qué tal, escritores de ficción?

—Nada —respondió Vivian—. Estamos tratando de conservar la calma.

—Ah, claro, ¡hoy es el gran día con la agente! —Sonrió—. No me sorprende que parezca que todos trabajan en un banco.

Era cierto que la mayoría estábamos un poco más arreglados. Rohan y Sam iban de traje. Wilson iba, como siempre, bien vestido, pero llevaba anteojos en lugar de los lentes de contacto. David había planchado su camisa azul por primera vez y complementó su atuendo con un sombrero de invierno color naranja neón. Vivian, por supuesto, era la que se veía mejor. Llevaba un pantalón de mezclilla, blusa con cuello de tortuga y botas negras que llegaban al tobillo; tenía el cabello sujeto en una cola de caballo y los labios de un rojo profundo. Yo había elegido mi atuendo la noche anterior: un suéter gris hasta la rodilla de Gap, medias negras y zapatos bajos. A la luz del día, me preguntaba qué me había poseído para escoger un atuendo así.

Me pregunté qué tan importante era verse bien. Pensé en lo que David dijo de Vivian: «Además, es muy sexi, eso no perjudica a nadie». Era innegable que ella se vería muy bien en la contraportada de un libro. La agente al hacer las entrevistas, ¿evaluaba solo nuestra escritura o también nuestra apariencia? Si era el caso, sin duda a Vivian la valorarían diferente que a los chicos. Nuestras fotos tendrían un poco más de peso.

Caminé hasta el escritorio de Vivian.

—Oye —le dije en voz baja—. ¿Tienes lápiz de labios?

De su mochila sacó varios labiales en empaques negro con plateado y los puso sobre el escritorio.

—Escoge.

Miré los diferentes tonos.

—Creo que este te quedaría bien. —Tomó uno de los tubos y pintó una raya color rojo arándano en el borde de mi mano—. A menos que sea muy sutil.

—Sutil está bien —dije—. Gracias.

Tomé el lápiz de labios, fui al baño y me lo puse; luego mostré los dientes para asegurarme de que no me los había embarrado. Se veía bien, pero también resaltaba el horrible grano que tenía en la mejilla y las pequeñas erupciones de acné del mentón. Sonreí de nuevo y, esta vez, traté de mostrar confianza. Mi entrevista empezaría en cuarenta minutos.

Las otras entrevistas fueron parecidas a la de Rohan. Maya leía los textos a toda velocidad, hacía algunas preguntas y luego algunos comentarios. Hasta entonces, no parecía particularmente encantada con ninguno de los trabajos, pero nadie sabía si se debía a que no le gustaban o a que escondía su jugada. Terminaba cada entrevista pidiéndole a cada uno que escribiera su correo electrónico al reverso de los relatos.

Cuando fue mi turno, caminé por el pasillo hacia la oficina en la que Maya esperaba, con mis textos en la mano, como si me dirigiera a la guerra. Me sentía fuerte y valiente, lista para cualquier cosa.

—Hola —saludó sonriendo cuando entré—. Siéntate, por favor.

No me pidió mis escritos.

—Bien —dijo—. Cuéntame de ti.

No supe cómo responder.

—Bueno, me llamo Leah Kempler. Soy de Massachusetts. Escribo cuentos especialmente de madres e hijas... aunque acabo de escribir uno desde el punto de vista de un marido cuya esposa lo abandona; eso fue nuevo para mí, escribir desde la perspectiva de un hombre. Pero creo que salió bien... —Mi voz se apagó y el comentario de David merodeó en mi mente, lo que había dicho sobre los divorciados, las historias que cambian la manera en la que ves el mundo, comparadas con las que no lo hacen.

Frente a mí, el rostro de Maya Joshi estaba imperturbable, no indiferente, aunque tampoco interesado. Solo esperaba. Tenía el tiempo limitado. Era una mujer de negocios y yo era una chica que le estaba haciendo perder su tiempo. Sentí que mi reparación empezaba a acelerarse. Hubiera querido que solo leyera mis relatos y dejara de mirarme.

—Dime, ¿por qué te interesan las historias de madres e hijas? —preguntó.

—Bueno, soy una hija, claro... —Traté de reír, Maya me ofreció una sonrisa rápida—. Y tengo una madre, pero la perdí, bueno, no la perdí, no se murió, sino que se fue. Sé que no es una historia singular, pero de alguna manera define mi punto de vista sobre el mundo.

—Lo siento —dijo Maya Joshi frunciendo el ceño.

¿Decía que lo sentía porque mi madre se había ido o porque mi punto de vista del mundo era estrecho y sin interés?

—Está bien —respondí—. Ya lo superé.

Las palabras sonaron absolutamente falsas, considerando lo que le acababa de decir. Durante un momento ninguna de las dos hablamos.

—Tengo curiosidad —dijo Maya—, ¿con qué autores te compararías?

—Julie Orringer, Curtis Sittenfeld, Amy Hempel... y Bea Leonard —agregué—. Estoy muy emocionada de que sea ella quien nos dé el taller este semestre.

Por primera vez, el rostro de Maya se iluminó.

—Bea es genial, ¿verdad? ¿Ya leíste su antología?

—Sí, como cien veces.

—Algún día más personas conocerán el nombre de Bea Leonard —sentenció Maya—. Escucha lo que tengo que decir acerca de ella: es un talento raro.

Asentí.

—Gracias, Leah. —Pronunció mi nombre *Lei-ah*—. Fue un placer conocerte y escuchar acerca de tu trabajo. Sigue así, estás en el lugar correcto. Vas a aprender mucho de Bea.

Luego se puso de pie y yo sentí un nudo en el pecho.

—Gusto en conocerla. —Ella miró su teléfono—. Disculpa, ¿quieres mis...?

Le presenté mis textos.

—Sí, claro, por supuesto. Gracias.

Los tomó sin pedirme que escribiera mi correo electrónico en el reverso y los puso sobre un montón de papeles que estaban junto a su bolsa.

—¡Adiós! —dije y salí corriendo como una niña en problemas. Cuando llegué al baño froté con vigor mis labios con agua y jabón hasta quitarme por completo el labial. Parecía importante que, antes de decirles a los otros qué había pasado en la entrevista, lavara la evidencia de mi esperanza. Más que otra cosa, era mi vanidad la que se sentía humillada.

3

Entonces, conocí a Charlie.

Las primeras semanas venía mucho; habitualmente, se marchaba en algún momento para reunirse con un colega o su jefe, usaba estas palabras de manera indistinta.

—Pensé que trabajabas en la construcción —dije.

—Así es.

—Espera, entonces ¿quién ese tipo al que siempre vas a ver?

—Mi amigo, Max. Es medio imbécil cuando lo conoces por primera vez, pero en verdad es buena persona. Siempre ha estado ahí para mí en los momentos difíciles.

Estábamos acostados en la cama sobre las sábanas, la cobija se había caído al suelo. El sexo mejoró después de la primera vez, aunque parecía que no era lo más importante para Charlie, como sí lo era para otros hombres con quienes había estado, incluido Robbie. Este nunca me presionó, pero una vez que empezábamos se le complicaba tener una conversación o concentrarse en otra cosa que no fuera su orgasmo. Charlie podía excitarse y hablar al mismo tiempo. Y me tocaba sin esperar nada a cambio.

—¿Puedo preguntarte algo? —dije.

—Claro.

—¿Traficas con drogas?

Esperaba que se pusiera a la defensiva o que lanzara una carcajada, pero me miró serio y respondió.

—No, no lo hago.

—Okey. Es solo que me parece extraño la forma en la qué te refieres a este tipo, Max, como tu jefe y luego regresas drogado...

—Solo llegué drogado como una vez, ¿no?

—Sí. Pero me pareció extraño.

—Entiendo por qué puede parecerte extraño. —Asintió y se sentó en la cama—. Mira, quiero decirte algo, pero me pone nervioso decírtelo. Para ser franco, me aterra. No sabía cuándo sería el momento oportuno para hacerlo. No es el tipo de cosas que se pueden decir en la primera cita. Y luego en la segunda cita me enamoré de ti, mucho, más de lo que nunca me había enamorado. Pensé: «Charlie, no asustes a esta chica, no es de las que se encuentran todos los días».

Me erguí en la cama; mi corazón latía con fuerza pero también disfrutaba de su halago.

Él estaba recargado en una de las almohadas. Su cuerpo estaba relajado, pero su rostro estaba afligido. Estiró sus largas piernas sobre las mías. Alcancé su mano y la apreté. Para mi sorpresa, sus ojos se llenaron de lágrimas y parpadeó para retenerlas.

—Lo siento —dijo—. Odio tener que decirte esto.

—¿Decirme qué?

—Puedes pedirme que me vaya —agregó—. Entendería si quisieras que me fuera.

—No quiero —respondí; podía sentir que el latido de mi corazón pulsaba en mis oídos, en mi garganta.

—Tú eres... obviamente supertalentosa y maravillosa.

—No lo soy, Charlie. Basta.

—Pero sí lo eres. Al principio no me di cuenta de por qué te escondes; usas esos suéteres como si fueras una bibliotecaria. —Sonrió y sus ojos se humedecieron de nuevo—. Ni siquiera estoy hablando de tu cuerpo, aunque amo tu cuerpo. Tu rostro es como... increíblemente hermoso. Eres como Lady Gaga.

Te puedo imaginar muy bien arreglada, con un montón de maquillaje, supersexi. O como te veías esa mañana cuando despertaste en mi casa, sin nada de maquillaje: parecías un ángel.

Yo no sabía qué hacer con sus palabras, salvo grabarlas en mi memoria. Aunque estuviera mintiendo, era la mejor mentira que alguien me había dicho. Quería decirle que él era, por mucho, el ser humano más hermoso que jamás había visto, pero algo me lo impidió.

—¿Qué pasa? —pregunté—. Me estás asustando.

—No te asustes. No estoy a punto de decirte que tengo sida ni nada por el estilo.

—¿Sida?

—No, no...

—Charlie, solo dime.

—Okey —respondió—. Okey. Estoy en recuperación desde hace algunos años. No me da vergüenza. Eso me ha hecho quien soy ahora. Me ha hecho más fuerte, pero es difícil decírselo a alguien como tú.

Asentí lentamente.

—Okey —dije—. ¿Recuperación de qué?

Se rascó la cabeza.

—De la mala. —Como permanecí callada continuó—: La gran H.

Seguí sin decir nada y tuvo que explicar.

—Heroína —agregó, luego hizo una pausa—. Me estoy recuperando de la adicción a la heroína.

Asentí, tratando de asimilar la información. Un vago sentimiento de preocupación me invadió. Sin embargo, estaba sobre todo aliviada de que no hubiera dicho que tenía una enfermedad venérea, puesto que seguíamos sin usar condón.

Bajó la mirada hacia su regazo.

—Entiendo si quieres que me vaya.

En ese momento recordé cómo se veía cuando entró al Weary Traveler, cómo sus ojos se abrieron como platos cuando me miró. Y luego, dos días después, la mañana en la que le pidió a su mamá la tarjeta de crédito: «Gasolina, Charlie, nada más».

—No —dije acurrucándome a su lado—. Por favor no te vayas.

Cerró los ojos y pude sentir su alivio. Hundió la cabeza en el espacio entre la curva de mi cuello y mi hombro, me abrazó con fuerza. Durante un momento no dijo nada.

—Gracias —murmuró por fin—. Muchas gracias, Leah.

Cuando Charlie se fue a la mañana siguiente, hice algunas búsquedas en Google. Lo más que sabía sobre la heroína era del musical *Rent*.

La adicción a la heroína no se veía nada bien. Me asustó leer sobre las tasas de recaídas y las clínicas de metadona y fentanilo. Le envié un mensaje a Charlie.

> ¿Puedo preguntarte cuánto tiempo llevas limpio?

> Llevo tres años en recuperación. Tuve algunos problemas con los medicamentos por mi seguro médico, así que tuve que sustituirlos.

> ¿Qué quieres decir?

> Prefiero explicártelo en persona. Es una larga historia, muy personal, pero me gustaría decírtelo todo.

Okey. Otra cosa: ¿alguna vez usaste agujas?

¿Podemos hablar en persona?

Sí, claro.

Busqué a Charlie en Facebook. Encontré a su exnovia y vi viejas fotos de ellos dos. Era muy hermosa, sus rasgos eran definidos y delicados: nariz de muñeca, boca pequeña y carnosa, ojos castaños de mirada romántica. Su piel era tersa, perfecta, el cabello cortito con un fleco irregular. Juntos se veían perfectos. Sentí celos al ver las fotografías de ellos juntos. Me di cuenta de que ella y Charlie ya no eran amigos en Facebook, me pregunté si habrían acabado mal.

Bajé la aplicación de Tinder en mi teléfono. Tuve un *match* con un tipo que reconocí del campus. Se llamaba Peter y cursaba el doctorado en Ciencias Políticas. Cuando me preguntó si me gustaría ir a tomar algo el fin de semana respondí que sí. En ese momento, ya llevaba algunas semanas saliendo con Charlie. Entre más tiempo pasaba con él, más me gustaba, pero el vago estremecimiento de preocupación que sentí cuando me contó lo de la heroína había empezado a crecer. Traté de imaginarme presentando a Charlie a mi familia y me pareció imposible. Salir en una cita con otra persona me pareció una buena idea.

Peter y yo nos vimos en un bar de vinos cerca del Capitolio; cuando llegué, él ya estaba sentado en una mesa alta del rincón.

Llevaba un suéter azul marino de cuello redondo, el mismo que llevaba en la única fotografía que tenía en la aplicación de citas.

En la vida real, Peter tenía una mirada asombrosamente triste, pero cuando sonreía, todo su rostro se transformaba. Me senté y empezamos a hablar con facilidad de las ciudades en las que crecimos, lo diferente que era el Medio Oeste comparado con las costas. Él era de Los Ángeles y estudió la licenciatura en la Universidad de Berkeley.

—No estaba preparado para este frío —me dijo—. Durante mi primer invierno solo llevaba tenis y un rompevientos.

Luego empezamos a hablar sobre los programas de posgrado. Me explicó su tesis y platicamos de la dinámica social de nuestros grupos de amigos. No hablamos de cosas superficiales, pero tampoco de nada particularmente personal. Me di cuenta de que era un tipo al que no conocería bien hasta después de algunas citas, quizá en más tiempo.

En algún momento dado fui al baño y me miré en el espejo. Todo lo que vi reflejado me pareció mal. Mi altura extravagante; tenía labios secos y partidos. Al ver mi piel grasa y mis rasgos asimétricos, pensé que no era un rostro agradable. Pasé las manos sobre mi vientre y contuve el aliento.

Pensé en las palabras de Charlie: «Eres como Lady Gaga»; me aparté del espejo antes de pensarlo mucho.

—¿Sobre qué escribes? —me preguntó Peter cuando regresé a la mesa.

—Escribo cuentos. Muchos son sobre hijas que pierden a su madre —expliqué—. A veces trato de escribir algo diferente, pero siempre vuelvo a ese tema.

Parecía interesado.

—Me gustaría leer alguno de tus textos en algún momento. Mi madre murió hace unos meses.

Dejé mi copa de vino sobre la mesa. Sabía que no era su intención, pero de pronto lo vi de manera distinta: sus ojos tristes, su suéter, esa rara sonrisa. Recordé las pocas veces que lo había visto en el campus sin tener idea de la olcada de emociones que lo invadían.

—Lo siento —dije.

—Está bien —respondió—. Gracias. Todo fue muy rápido. La enfermedad, quiero decir.

Asentí y esperé que dijera algo más.

—Todos nos sentimos inútiles. Sobre todo mi papá.

—Imagino —comenté—. ¿Cómo está tu familia? ¿Tu papá?

—Cada quien lo está sobrellevando a su manera. Unos mejor que otros.

—Claro.

—Mi mamá es blanca, judía, y mi papá es negro. Sus familias tienen ideas muy distintas cuando se trata de funerales, así que hubo algunos problemas entorno a eso.

—¿Tú eres judío?

—Sí. ¿Tú también? —Asentí—. Pensé que lo serías.

—¿Ah, sí?

—Tu nombre y tu...

—¿Cara?

—Pareces más judía que yo. —Sonrió.

Me encogí de hombros.

—Lamento mucho lo de tu mamá.

No me dio más información y tuve el tacto de no preguntar.

Cuando terminamos nuestras bebidas, nos despedimos con un abrazo afuera del bar de vinos. Con botas, yo era como un centímetro y medio más alta que él, por lo que quizá si usara zapatos bajos seríamos de la misma estatura.

—Fue muy agradable —dijo—. ¿Quieres salir otra vez?

—Okey —respondí—. Sí, me gustaría.

Cuando regresé a casa vi que tenía tres llamadas perdidas de Charlie y un mensaje de texto: «Hola. Tengo que ir esta noche al centro, ¿puedo pasar a verte un momento?».

Dejé mi teléfono y empecé a ponerme la pijama. Tres llamadas perdidas, me parecía excesivo. Decidí no llamarle, pero cuando me estaba lavando los dientes mi teléfono empezó a vibrar, era Charlie. Tuve una sensación extraña; no sabía si estaba molesta o un poco excitada. Respondí la llamada. Estaba segura de que al escuchar su voz tendría la respuesta.

—¡Hola! —dijo con voz suave.

—¿Qué pasa?

—¿Estás en casa de casualidad?

—Sí. ¿Por qué?

—Acabo de terminar con Max y estoy cerca de tu calle. Pero no quiero molestarte...

—No —lo interrumpí—. Ven.

Ni un minuto después sonó el timbre. Cuando abrí, ahí estaba Charlie, vestido con un suéter, sin abrigo, un gorro azul de invierno con orejeras y las manos en los bolsillos. Tenía los ojos grandes y redondos, parecía un niñito, salvo que medía más de uno ochenta metros y tenía una barba incipiente.

Esbozó lentamente una sonrisa dulce y movió la cabeza a modo de saludo. Me di cuenta de que esperaba que estuviera enojado, que me preguntara dónde había estado y por qué no le había contestado las llamadas. No nos habíamos visto desde que me dijo que estaba en recuperación y cuando hablábamos, ambos evitábamos el tema. Sin embargo, se veía inocente y aliviado, como si hubiera estado esperando desde hacía un tiempo que yo llegara a casa.

4

En mi segunda cita con Peter, salimos a cenar. Yo estaba distraída y deprimida. El Día de Acción de Gracias estaba cerca y no quería ir a casa

Fuimos a una taberna en Atwood, llamada Alchemy, donde servían grandes porciones de comida vegetariana multicolor, cosas como curry de coco y queso a la parrilla relleno con brócoli, zanahorias y cebolla morada asadas. Un grupo en vivo tocaba al otro extremo del restaurante. Peter llevaba otro suéter de cuello redondo, ahora verde lima.

También parecía un poco distraído y deprimido.

—¿Qué vas a hacer para Acción de Gracias? —le pregunté.

—Nos reunimos con la familia de mi papá en Oakland. En general, es un gran evento: tías, tíos, primos, abuelos.

—Suena bien. —No sabía cómo hacer un comentario sensible acerca de las vacaciones y la pérdida de su madre que no fuera indiscreto, así que en su lugar agregué—: Cada año me aterran más las vacaciones.

Inclinó la cabeza hacia un lado.

—¿Eso por qué?

—Es un recordatorio anual de lo mal que están las cosas.

—¿En serio están tan mal?

—No —respondí, advirtiendo la tristeza en mi voz—. Todo está bien.

Había cierta familiaridad en Peter que me hacía sentir tanto atraída hacia él como nerviosa. Era agradable estar con un judío, con alguien que no fuera de aquí. Él era cálido, aunque reservado. Reconocía las maneras en las que se retenía. Sin embargo, era más difícil hablar con él que con Charlie. Peter era callado y escuchaba con más atención, por lo que había más oportunidades de decir algo estúpido, de meter la pata. Con Charlie, cuando estábamos juntos, era él quien platicaba y yo la que intentaba darle sentido a la conversación.

Ambos nos relajamos después del primer trago. Le hablé sobre la agente literaria. Hice que todo pareciera dramático y divertido, él rio cuando le describí mi conversación con ella.

—Suena un poco traumatizante —comentó.

—¡Lo fue! —exclamé—. No me había dado cuenta de la pésima primera impresión que di.

—No creo que hayas dado una mala primera impresión. —Sonrió; esa sonrisa fue una sorpresa, la manera en que toda su actitud cambió, cómo sus ojos brillaron y las líneas de su boca se hicieron más profundas, lo que me hizo darme cuenta de que me sentía atraída hacia él.

Después de la cena, me llevó a mi departamento. Se estacionó en frente del edificio y apagó el auto.

—Sé que Acción de Gracias es la próxima semana, pero quizá podríamos vernos una vez más antes de ir a casa —propuso.

—Sí —respondí—. Hagámoslo.

El silencio se hizo un poco pesado; bajó la mirada el centro del tablero y volvió a levantar la cabeza.

—Estoy un poco fuera de práctica en esto —explicó—. Acabo de terminar una relación seria...

—Está bien —dije acercándome a él y nos besamos.

No fue como mi primer beso con Charlie, delirante y en el que sentí que todo a mi alrededor había desaparecido. El mundo no cambió mucho a nuestro alrededor. Peter me gustaba, pero pensaba en lo que me había dicho. Acababa de salir de una relación seria y estaba en duelo. No sabía por qué estas cosas me asustaban, pero, mientras mc despedía de él y subía hasta la puerta de mi departamento, me sentí indecisa.

—Chicos, quería decirles algo —dijo Wilson.

Estábamos sentados en nuestra mesa del City Bar después del taller; la mesa estaba cubierta de cervezas a medio terminar y canastillas de papas a la francesa frías. Los poetas no estaban, habían dejado de venir desde hacía tiempo, así que solo estábamos nosotros seis. Había sido un buen taller. Vivian y Sam expusieron unos textos, del tipo que nos motivaban a regresar a casa y escribir.

Volteamos a ver a Wilson, fruncía el ceño mirando sus papas fritas.

—Quería decirles que Maya Joshi me llamó y que... —Alzó la cabeza y nos miró a los cinco—. Está interesada.

Había pasado casi un mes desde la visita de Maya Joshi; todos habíamos empezado a olvidarlo.

—¡Wilson! —exclamó Rohan rompiendo el silencio. Le dio una palmada en la espalda—. ¡Dioses, hombre! ¡Es fantástico!

Todos hicieron eco a las palabras de Rohan y Sam levantó su cerveza.

—¡Salud por eso!

Todos brindamos y Vivian se levantó de su banco y se acercó a Wilson para abrazarlo.

—Wilson —dijo—. Ya estás en camino, ¡carajo!

—Espera, ¿cómo fue? —preguntó David inclinándose sobre la mesa—. Cuéntanos los detalles.

—Solo me llamó...

David bufó.

—Entonces eso de escribir nuestro correo electrónico era una tontería.

—No sé —respondió Wilson—. No estoy seguro de cómo obtuvo mi teléfono.

—Probablemente en la administración —dijo David.

—Claro. Me dijo que mis relatos le habían gustado y que también leyó mi cuento en *Glimmer Train*.

—¿Publicaste un cuento en *Glimmer Train*? —preguntó Sam.

—En fin —continuó Wilson sonrojándose—. Me dijo que siguiera con mi trabajo aquí en la escuela y que cuando quisiera enviarle algo, ella con gusto lo leería. Todo fue bastante informal.

—Bueno, creo que deberíamos celebrar con *shots* —propuso Vivian—. Esta no es una noche normal de martes. ¿Quién dice yo?

Todos nos pusimos de pie. El ambiente era extraño. Sonreíamos, pero se podía sentir una ansiedad colectiva. Cuando nos entrevistaron a todos en octubre, estábamos en el mismo terreno. Ahora algo se había alterado. Wilson se alzaba de entre el resto, lo habían seleccionado. Me quedé con él un momento, observando cómo hurgaba en su mochila en busca de su cartera mientras los otros iban a la barra. Él era el único que no sonreía. No sabía cómo actuar, así que no hacía nada.

—Wilson —dije—. En tu entrevista lo anticipabas, ¿te diste cuenta?

Dudó un momento y después asintió.

—Sí, me di cuenta.

—¿Cómo?

—La manera en la que hablamos. Parecía hablar en serio. Me pidió una novela.

—¡Guau, Wilson! —exclamé—. Es increíble.

Él sonrió.

—Gracias, Leah.

Estábamos ya a poca distancia de los otros. Sam y Rohan platicaban un poco a la izquierda, y Vivian y David estaban frente a nosotros, tratando de llamar la atención del mesero.

El mesero volteó a ver a Vivian.

—¿Qué te doy?

—Seis *shots* de... —empezó a decir Vivian, pero David le puso una mano en la parte baja de la espalda y la interrumpió.

—Déjame invitar esta ronda —dijo—. Seis *shots* de tequila, por favor, ponlo en mi cuenta: David Eisenstat.

Su mano seguía firme en la espalda de Vivian, tan abajo que su dedo meñique rozaba su trasero.

El miércoles me preparé, hasta el último momento, para irme a pasar Acción de Gracias con mi familia. El sábado anterior Peter me invitó a cenar a su departamento, vivía como a un kilómetro y medio de mi casa. Mientras caminaba por Willy Street hacia su casa, los copos de nieve dibujaban círculos frenéticos en el cielo.

Peter abrió la puerta, llevaba una camisa de botones, gris y deslavada, era la primera vez que lo veía sin suéter. Sonrió y me dejó pasar, su mirada era tranquila y cálida bajo la luz tenue de su departamento.

—¿Te gusta el salmón? —preguntó mientras yo me quitaba los zapatos en la entrada.

—Sí —respondí—. ¿Vas a cocinar para mí?

—Eso trato.

Me dio el recorrido. El departamento era sobrio pero tenía todos los muebles necesarios y algunos pósteres enmarcados en las paredes. Parecía que sí usaba la cocina; había muchos sartenes y cacerolas, un juego profesional de cuchillos y un enorme estante de especias.

Preparé los espárragos mientras él cocinaba el pescado; hablamos de cómo nos había ido en la semana. Ambos dábamos clase ese semestre y platicamos de eso.

No esperaba que me gustara enseñar. La primera clase que di dejé que los alumnos se fueran una hora antes porque no tenía nada más que decirles. Después de eso fue más fácil, empecé a prepararme mejor. Algunos de los estudiantes tomaban notas mientras explicaba, esto me emocionaba y me hacía pensar detenidamente en lo que estaba diciendo. Había algunos que iban a verme en mi horario de oficina para pedirme que leyera un nuevo borrador de su texto, siempre les decía que sí. Atraía a los estudiantes que me recordaban cómo era yo en la universidad: tímida y seria.

Lo que más me gustaba de dar clases era ese momento misterioso durante el semestre en el que el grupo ya no parecía un montón de extraños dentro de un cuarto. Siempre había un punto en donde todos conocían a todos y, en cierto sentido, las clases empezaban a desarrollarse solas.

Le conté a Peter de mis alumnos y él me habló de los suyos. Luego le comenté acerca de Wilson y de la agente; sentí cierto alivio al hablar de esto con alguien que no fuera de mi grupo, sino que tuviera el suyo aparte.

Pasamos a la sala y nos sentamos en el sofá. Llevamos nuestra copa de vino.

—Solo quiero ya terminar con todo esto de la academia —dijo—. Y con Wisconsin.

—¿Sí?

—Estoy cansado de estar aquí.

Traté de no demostrar nada con mi expresión, pero, cuando dijo eso, me sentí triste. Aunque apenas lo conocía, me di cuenta de que no quería que se fuera.

—¿Adónde quieres ir? —pregunté.

—Me gustaría vivir en el extranjero —respondió—. Tal vez Barcelona.

—¿Hablas español?

—Sí. Aunque ahí hablan en catalán, pero creo que me las arreglaría.

—Ah, claro —dije sintiéndome tonta.

Se levantó y puso música.

—¿Has escuchado a Berry?

La canción que puso era en francés. La mujer que cantaba tenía una voz sedosa y sexi. La melodía era hermosa y atractiva.

—No, pero es agradable —respondí, luego hice una pausa—. Mc gusta cstar aquí, cn Wisconsin.

—¿Qué te gusta de aquí? —preguntó sentándose de nuevo a mi lado.

—Me gusta la gente de Madison y escribir aquí. Me gusta mi vida. —Me encogí de hombros—. Supongo que soy feliz.

—Qué bueno —opinó—. Quizá es solo porque ya llevo cinco años aquí, pero ya no puedo esperar para irme. Además, hace mucho frío.

Pasó su brazo sobre mis hombros; fue el contacto físico más cercano que habíamos tenido desde el beso en su auto.

Nos acomodamos en el sofá hasta que quedamos en horizontal. Comparado con Charlie, quien era tan delgado que parecía frágil, Peter era fuerte y tosco. Mientras nos besábamos, de pronto se apartó un poco y empezó a cantar la canción; me sorprendió tanto escucharlo cantar que me reí.

—Esa es mi parte favorita —dijo sonriendo.

—Me gusta —afirmé.

Esta última cena fue diferente. Fuimos menos cuidadosos el uno con el otro. Comí sin sentir que me manchaba con cada mordida. Le conté sobre mi familia y él me habló de la suya. Habló un poco más sobre la muerte de su madre. Sin embargo, me contó más de su padre, quien empezó a salir con alguien inmediatamente después del fallecimiento y cuánto odiaba la situación.

—No es que la odie —dijo—. Estoy seguro de que es buena persona, pero no puedo superarlo. Es una falta de respeto a mi madre.

—¿Esta mujer estará en la cena de Acción de Gracias? —pregunté.

Él asintió.

—Y su hija. Puedo entender que ella y mi papá tengan una relación, pero no comprendo por qué tienen que involucrar a las familias.

De pronto sentí que quería protegerlo. Si me lo hubiera pedido, lo habría acompañado a la cena con su familia y dejado plantada a la mía en un segundo. Hubiera comprado un boleto a Los Ángeles en ese momento.

Levantamos nuestros platos y cuando empecé a lavarlos me detuvo.

—Haré eso en la mañana. —Señaló hacia la ventana—. Mira allá afuera.

Estaba nevando mucho, enormes copos de nieve caían silenciosamente en la oscuridad. En el alféizar, ya se había acumulado una espesa capa de nieve blanca.

Cualquier formalidad que hubiera habido entre nosotros desapareció cuando estuvimos desnudos. De pronto, Peter estaba ahí por completo. Me tocó, no como alguien que había estado con muchas mujeres, sino como alguien que ha estado con una mujer durante mucho tiempo. Sabía cómo escuchar y adaptarse. Me descifró tan bien que empecé a reírme.

—¿Qué? —preguntó riendo también.

—¿Por qué eres tan bueno para esto?

Me besó y me puso sobre él. Irradiaba calidez.

—Tú me das muchos indicios.

La única iluminación en la recámara provenía de la luz de los postes de la calle que entraba por la ventana; todo era suave y tenue, de distintos tonos de azul. El silencio de la nieve. En ese momento, podíamos ser las únicas dos personas en el mundo, entrelazados juntos en su cama.

Me senté a horcajadas sobre él.

—¿Quieres tener sexo?

—¿Tú?

Asentí.

—Yo también —afirmó.

No me moví y él extendió el brazo hasta el buró y sacó un condón del cajón.

Durante un buen momento no nos movimos, entrelazados, respirando lentamente. Cerró los ojos, agarró mis caderas y me invadió una sensación de profundo bienestar. Me incliné sobre él y besé su oreja, su cuello, su otra oreja.

Él me sujetó con más fuerza; luego, con ternura, me hizo girar y se puso sobre mí.

—¿Esto está bien?

Abracé su cintura con mis piernas y me acerqué a él.

—Dime qué te gusta —dijo alejándose, casi como si estuviéramos peleando, pero de alguna manera era suave.

—Eso —murmuré—. Lo que estás haciendo.

A veces, cuando tenía sexo sentía un miedo irracional a decir algo vergonzoso o algo que no quería decir: llamar al chico con otro nombre, pedirle algo que pudiera parecerle una locura o murmurar mi mayor miedo o deseo en su oído. Con Peter, no dejaba de tener la escurridiza idea de decir por accidente: «Te amo». Cerré los ojos y me mordí la lengua.

Cuando terminamos tomé mi bolso y fui al baño. Al sacar el teléfono, me quedé helada. Mi pantalla estaba cubierta del nombre de Charlie. Tenía cinco llamadas perdidas, seis mensajes de texto y un mensaje de voz.

Desbloqueé el teléfono y leí sus textos.

> Hola, esta noche voy al centro para ver a Max, ¿puedo pasar a verte y quizá podamos terminar de ver ese programa sobre la poligamia y las rosas que te gusta?

> Traté de llamarte. Háblame cuando escuches esto. Solo me quedaré en el centro un rato más.

> ¿Pasa algo? ¿Hay alguna razón por la que no contestas o respondes mis mensajes? ¿Hice algo sin darme cuenta?

> Estaba bromeando sobre el programa, no tenemos que verlo. Solo quería verte porque extraño tu linda sonrisa y lo demás.

> Tengo un mal presentimiento y mi intuición casi siempre acierta con estas cosas, pero, en serio, en serio, en serio, espero equivocarme. Por favor, llámame o manda un mensaje o algo. Al menos para saber que el raro de

David Einstein, o como se llame, de tu programa, no te secuestró. Siento que ese tipo va a terminar un día en *Dateline*.

Okey, Leah. Creo que entiendo qué pasa. Diviértete esta noche. Voy a tratar de no pensar en eso y dormir un poco.

Los mensajes de Charlie me provocaron un efecto físico. Me sacaron del departamento de Peter y me transportaron a la rareza del mundo de Charlie. Empecé a escribirle un mensaje, pero de pronto algo me detuvo. Lo correcto era no responder. Eran las dos de la mañana. Apagué el teléfono, jalé la cadena del escusado y me levanté.

Regresé a la cama al lado de Peter.

—Tus pies están helados —dijo mientras nos encontrábamos en la oscuridad.

—Siempre están helados.

—¿Quieres unos calcetines?

—Estoy bien. Voy a usar tus piernas como calentador.

Pegué mis pies en sus pantorrillas.

—¡Dios! —exclamó riendo suavemente—. ¿Tienes algún problema de circulación? —Buscó bajo las cobijas y tomó uno de mis pies. Lo apretó con dulzura entre sus palmas y agregó—: Entonces ¿qué debo leer durante las vacaciones de Acción de Gracias? No leo mucha ficción.

—¿Quieres leer cuento o una novela? —pregunté.

—Empecemos por los cuentos.

—Tienes que leer los cuentos de Bea Leonard. Ella dirige nuestro taller este semestre y fue la razón por la que me inscribí al programa. Es divertida y sombría.

Peter giró sobre la cama para mirarme. Mi pie seguía en sus manos.

—Okey, te creo.

Afuera, la mañana estaba completamente blanca y deslumbrante, además seguía nevando. Habíamos dormido pocas horas, pero despertamos con toda la energía del mundo. Peter tenía que irse al aeropuerto. Cuando giré en la cama estaba sentado con una sudadera puesta.

—Buenos días, Leah —dijo.

—Buenos días.

Mientras yo me vestía él hizo la cama.

—¿Quieres café? —preguntó tocándome suavemente la cintura.

—No, gracias.

Avanzó lentamente hacia su auto y yo me senté en el asiento del copiloto; lo miré quitar la nieve del parabrisas. Llevaba una chamarra negra de esquí y un gorro de invierno café, sin bufanda ni guantes. Parecía serio mientras hacía esto y me preguntaba qué estaría pensando. Si cavilaba en su regreso a casa o en su madre. O si pensaba en la noche anterior o en su ex. Quizá solo tenía frío y se concentraba en quitar la nieve de su auto.

Cuando por fin se subió dijo:

—Carajo, no te prendí la calefacción. Discúlpame.

—No te preocupes.

Cuando se estacionó frente a mi edificio le pregunté:

—¿Quieres que te traiga el libro?

—Sí —respondió—. Me encantaría.

Corrí adentro, tomé el libro y volví a subirme al auto.

—Este es muy especial para mí, así que lo quiero de regreso. Puedes doblar las páginas o lo que sea, eso no me importa.

Lo tomó y leyó la solapa.

—Me emociona leerlo. Lo cuidaré bien. —Luego me miró con sus ojos tristes—. ¿Te veo en diciembre?

Asentí.

—Sin duda. Que pases unas excelentes vacaciones de Acción de Gracias.

Se inclinó y me besó suavemente en los labios.

Aún quedaban tres días antes de mi vuelo. Todos mis compañeros de maestría ya se habían ido a casa para las vacaciones. Me ponía nerviosa prender el teléfono porque no sabía si me abrumaría otra oleada de mensajes de Charlie, pero, cuando lo hice al final de esa mañana, solo había recibido un mensaje de texto de mi papá: «Esperamos verte para el Día del Pavo. ¿A qué hora llega tu vuelo el miércoles?».

Me acosté en la cama e intenté leer, pero estaba muy distraída. Vi el final del episodio de *The Bachelor* que había empezado con Charlie. Comencé a pensar en él. Quizá sí me había portado como una idiota. Pensé en los celos que sentí cuando vi las fotos que tenía con su exnovia en Facebook. Y esas fotos eran de hacía años. Me hubiera mareado de celos, sin hablar del dolor y la humillación, si me llegaba a enterar de que estaba con alguien más mientras salía conmigo.

Prendí el teléfono y vi las fotos de él y de su ex, como para comprobar que los celos eran una emoción real y poderosa. Ver las fotografías de Charlie provocó algo más en mí. Charlie no parecía el chico loco que había enviado todos esos mensajes de texto la noche anterior. Se parecía al chico que conocí en el Weary Traveler, de lentes y suéter de lana de colores que me llevó a casa esa mañana soleada de octubre. Aún podía sentir esa intensa oleada de afecto por él.

Peter mostraba su afecto en estallidos, sonrisas aquí y allá, pequeñas ventanas por donde yo podía entrar. Quizá algún día me amaría, pero, tal vez, estaba deprimido y yo llenaba ese vacío. Por su parte, Charlie era un libro abierto, tan vulnerable como yo.

Le envié un mensaje de texto antes de perder el coraje: «Tienes razón. He estado viendo a alguien más, lamento no haber sido honesta contigo».

Respondió varios minutos después: «Lo entiendo. Estoy en un momento de mi vida y de mi sobriedad en el que necesito respetarme más que eso. Diviértete y cuídate, cariño».

La última oración de su texto me enfureció y le respondí de inmediato: «También, es una locura que me mandaras tantos mensajes y llamadas como lo hiciste. Y, por favor, no me llames *cariño*».

No tardó en explicarse:

No trataba de ser pasivo-agresivo al decir *cariño*. La verdad lo dije con afecto. Si me conocieras mejor sabrías que uso muchos apodos: cariño, mi amor, querida, ángel (es broma, este último no lo uso, Paul llama así a mi mamá y me dan ganas de aullar); pero también entiendo que ese tipo de sobrenombres son viejos y sexistas ahora, así que siento mucho si te ofendí. Pero, en serio, Leah, eres una chica genial y me entristece que esto no haya funcionado. Me entristece mucho.

Leí su texto, confundida. ¿Se estaba burlando de mí? ¿Estaba enojado conmigo o no? ¿Debería borrar su número y guardar el teléfono o debería responder? Cerré los ojos y luego los abrí. Finalmente, decidí escribirle: «Yo también estoy triste. Sé que nos conocemos desde hace muy poco, pero parece mucho más tiempo. Adiós, Charlie».

Luego empecé a llorar. Giré en la cama y hundí el rostro en la almohada. Me alegraba que todas las personas a las que conocía ya se hubiera ido a casa para las vacaciones porque prefería estar sola y triste, que tratar de explicar que terminé mi relación con un tipo que no debería importarme, pero que, por alguna razón, me importaba. Cuando mi teléfono volvió a vibrar, veinte minutos más tarde, ya no lloraba, solo miraba fijamente la pared: «Entiendo si no quieres, pero ¿estarías dispuesta a hablar de esto en persona?».

Me obligué a esperar cinco minutos antes de responder: «Estoy disponible ahora».

5

Cuando abrí la puerta estaba nerviosa, pero Charlie parecía el mismo de siempre: dulce, inocente, amable. Llevaba un suéter sobre una camisa de botones, con el nudo de la corbata sobresaliendo, como si estuviera a punto de ir a la iglesia. Tenía el cabello divido con una raya perfecta a un lado y bien peinado. Sostenía una guitarra en la mano.

—Qué elegante —dije cuando entró.

—Mi mamá sugirió que me cambiara. Pensó que quizá tendría mejor suerte contigo si me arreglaba un poco.

Sonreí.

—¿Hablaste con tu mamá de esto?

—Sin detalles. Es muy vergonzoso.

Estábamos en mi sala, yo sentada en el sillón bueno de Craigslist y él en el no tan bueno. Se hundió en los cojines con las piernas extendidas y las manos en los bolsillos.

—Lo siento, Charlie. No quería que fuera vergonzoso.

—¿Quién es el tipo? —preguntó con voz suave.

—En realidad no importa. —Negué con la cabeza.

—¿Puedo por lo menos saber su nombre?

—Peter.

No respondió nada.

—¿Trajiste una guitarra? —pregunté haciendo un gesto hacia el gran estuche negro que había dejado en la entrada.

74

—Ah —exclamó Charlie—. Tengo práctica con mi banda mañana y pensé que no era seguro dejarla en el auto.

—¿Estás en un grupo?

—Es algo informal.

—¿En serio?

Sonrió.

—No, la verdad no. Pero tenía que encontrar una manera de competir con Peter.

Tocó algunas canciones para mí, su voz era suave y ronca como cuando hablaba. Yo no sabía mucho de música, pero pensé que era bueno, muy bueno. Primero cantó *Masterfade*, de Andrew Bird, y luego *The Only Living Boy in New York*, de Simon & Garfunkel. No me miraba porque estaba leyendo los acordes y la letra en su teléfono; me sentí aliviada, porque así podía verlo sin tener que pensar en mi aspecto. Cometió muchos errores, pero incluso eso sonaba bien. Parecían errores de alguien que sabía lo que estaba haciendo. Yo me sentía como Maya Joshi en el salón con Wilson; como si lo hubiera encontrado: su talento, su potencial, su carisma. Me alegraba escucharlo, me sentía por completo viva.

Más tarde, cuando se sintió valiente y cantó *Space Oddity*, de David Bowie; *Lola*, de The Kinks y *Learning to Fly*, de Tom Petty, su voz llenó todo el departamento y salió hasta el pasillo del edificio. Yo me quedé sin palabras. Podría escucharlo toda la noche, todo el día.

—Otra —le decía después de cada canción—. Una más.

A veces cantaba con él, pero con una voz tan tenue que se perdía bajo la suya. Me hacía sentir bien cantar con él, como si estuviéramos haciendo juntos algo productivo. Horas después guardó la guitarra en el estuche.

—Quiero prepararte un omelette —anunció.

Reí.

—Okey.

Eran pasadas las ocho y hacía ya tiempo que se había hecho de noche. Casi no tenía comida en la casa, así que fuimos a Hy-Vee, un supermercado en las afueras de la ciudad, más barato que Madison Fresh o Whole Foods, que estaban mejor ubicados y donde todos los estudiantes hacían sus compras. Charlie se estacionó en el enorme estacionamiento y nos quedamos un momento sentados en el auto. Cuando volteó a verme, sus ojos estaban brillantes por las lágrimas.

—Tienes que saber que nunca volveré a consumir heroína.

—¿Cómo se supone que voy a saberlo, Charlie?

—No entiendes, Leah. Para mí, la heroína equivale a la muerte. Los médicos me dijeron que es un milagro que esté vivo. No sé si creo en Dios o en un poder superior o algo así. Mucha gente en recuperación lo cree. Pero alguien o algo me ha estado cuidando, de eso estoy seguro. Hace unos años tuve una sobredosis y, en todos sentidos, debería estar muerto. Pero estoy aquí, contigo, ahora, en el estacionamiento de Hy-Vee. —Se pasó el dorso de la mano sobre el rostro—. Lo que hace que la vida valga la pena ser vivida es todo lo que tengo. Tengo una guitarra, una computadora para escribir y mis diez dedos. —Extendió las manos y las miró; temblaban—. Y si puedo pasar más tiempo contigo, Leah, seré el hombre más afortunado de Wisconsin; si no, aun así seré el hombre más afortunado porque tuve el día de hoy y eso me hará seguir. Pero quiero que sepas que nunca más voy a drogarme. Esa parte de mi vida ya terminó para siempre. Así debe ser si quiero vivir. Y sí quiero, más que nada.

Tomé su mano. Su emoción parecía tan grande en ese momento que no sabía qué decir que estuviera a la altura. Me sentía inmadura, infantil, como si él hubiera vivido una vida que yo no comprendía en lo más mínimo.

—Me alegra que estés bien —dije—. Me alegra que estés vivo.

Aunque fuera verdad, mis palabras parecían vanas, pequeñas.

Cuando entramos al supermercado, el humor de Charlie cambió; de pronto estaba muy entusiasmado, hiperactivo. Prácticamente corría por los pasillos, sacando un artículo tras otro de los estantes, y los ponía en el carrito que yo empujaba detrás de él, tratando de mantenerle el paso. Elegía cosas que no tenían sentido, como glaseado de fresa, croissants congelados y papas sabor crema y cebolla. No dejaba de hablar mientras recorríamos la tienda casi vacía; me explicaba por qué cada compra era necesaria. Las papas serían perfectas si nos daba hambre en la noche y el glaseado de fresa sabía bien con los hot cakes que quería prepararme. Deseaba que probara ese queso y ese tipo de aceitunas, y no podía esperar a que nos comiéramos las galletas de animalitos bañadas en chocolate, como lo hacía cuando era niño.

—¿Y el omelette, Charlie? —le repetía—. Tenemos que concentrarnos en eso.

Cuando llegamos a la caja el carrito rebosaba con una gran variedad de artículos *gourmet*, comida chatarra, carnes frías, quesos y algunos pocos ingredientes para preparar el omelette.

Pusimos todo en la banda transportadora y la cajera escaneó cada artículo mientras Charlie y yo metíamos todo a las bolsas.

—Son ciento sesenta y ocho dólares con cincuenta y dos centavos —dijo la cajera.

Charlie abrió su cartera.

—Mierda —murmuró—. Leah, olvidé mi tarjeta de débito en casa.

La mujer me miró y yo miré a Charlie.

—Charlie —me quejé—. No quiero todo esto y estoy a punto de irme a casa para Acción de Gracias.

Asintió.

—Kasey —dijo mirando el gafete de la cajera que nos observaba detrás de la caja registradora—. ¿Nos puedes hacer un gran favor? ¿Me puedes apartar estas bolsas en lo que corro a casa por la tarjeta que dejé en el bolsillo de mi abrigo? Regreso rápido para pagarte.

La mujer frunció el ceño.

—No apartamos mercancía.

—Puedes ponerla en algún lugar. Digo, yo puedo ponerla en algún lugar, incluso ahí en el piso. Regreso en quince minutos, máximo. Te lo prometo, Kasey, te doy mi palabra. Pregúntale a ella. —Tocó mi hombro.

—Sí, pero nosotros no hacemos eso —insistió la mujer mirándome—. Tendríamos que refrigerar las bolsas en caso de que no regresen y no tenemos espacio en el refrigerador.

—Eso tiene sentido, pero te lo juro. Incluso te dejaré el resto de mi cartera como garantía. Regreso antes de las nueve de la noche.

—Charlie —intervine—, compremos solo lo que necesitamos para el omelette. Todo está en esa bolsa. Yo puedo pagarlo.

Charlie miró la bolsa.

—Okey. —Volteó a ver a Kasey—. Voy a regresar todo esto a su sitio. No quiero que tú tengas que hacerlo.

La mujer lanzó una risita.

—¿Por qué no pagan lo que pueden pagar y nosotros nos encargamos del resto?

—Llevemos el glaseado de fresa también —me dijo Charlie—. Quiero hacerte los hot cakes.

Sacó el glaseado de una de las bolsas y la metió en la nuestra. Pagué la compra y regresamos a su auto.

—Estás un poquito loco, ¿lo sabías? —dije cuando subí al coche. Charlie encendió el motor.

—Soy mucho mejor de lo que solía ser.

No volvimos a salir de la casa, salvo cuando Charlie salía a fumar un cigarro. Nuestros horarios eran inconstantes y nunca sabía qué hora del día era. Apenas miraba mi teléfono, de cualquier forma, no quería saber nada de nadie. Si Charlie tenía que trabajar esos tres días, no fue y no le pregunté. Su mamá llamó algunas veces, pero nunca respondió el teléfono.

Charlie tocó más música, pero, sobre todo, tuvimos sexo. No quiero decir que era el sexo lo que me tenía enganchada, pero quizá así era. Yo me vine más veces que él, pero me explicó que era el medicamento que tomaba para la abstinencia, el *sub*, pero que no le importaba. Todo era fácil. En toda mi vida, nunca me había sentido tan atraída hacia alguien.

Me bañaba de halagos: «tu rostro es perfecto, hueles delicioso, siento que antes de conocerte ya tenía fantasías de ti»; era demasiado en muy poco tiempo, apenas podía respirar.

Era diferente de todo lo que habíamos hecho antes. Ahora no nos cansábamos uno del otro.

Cada vez me parecía más guapo. Hubiera podido mirarlo todo el día, toda la noche, sin hacer nada más y nunca me aburriría. Estaba pasmada. Cuando el deseo invadía su rostro —tenía una expresión particular en la que las comisuras de su boca bajaban un poco y sus ojos recorrían mi cuerpo—, no podía creer que era a mí a quien veía. Casi podía llegar al orgasmo así, solo con su mirada. Además, apenas ponía la mano entre mis piernas y tocaba suavemente con el dedo el lugar correcto, me sentía morir, mi mente quedaba en blanco, dichosa. A veces, solo tomaba unos segundos.

Una tarde estaba sentada a horcajadas sobre Charlie. La cama era un caos de sábanas revueltas y las cobijas estaban amontonadas en el piso. Él tenía una mano en mi cadera y la otra en su nuca. Podían ser las nueve de la noche o las dos de la mañana. Yo me sentía aturdida por el placer y, quizá, el hambre, pero pensar en comida no me interesaba.

—Charlie —dije.

—¿Sí?

—Me siento mal por todos los que no son nosotros.

Poco a poco se dibujó una sonrisa enorme en su rostro. Todo en él parecía iluminarse.

—Yo también me siento pésimo por todos ellos —dijo.

Cuando terminaron aquellos tres días, Charlie empezó a llorar; yo imaginaba lo que diría.

—¿Qué pasa?

—Soy feliz —dijo Charlie.

—Pero ¿por qué lloras?

—No sabía que merecía ser tan feliz —explicó—. No creía que eso me pasaría alguna vez.

Asentí.

—Leah —agregó—. Estoy enamorado de ti.

En ese momento pasó por mi mente la imagen de Peter, su seriedad mientras quitaba la nieve del parabrisas. La tranquilidad que sentí al despertar a su lado, la brillante luz de invierno que entraba por la ventana. No conocía bien a Peter y nunca llegaría a conocerlo ni saber lo que pensó durante esa mañana.

Corresponderle a Charlie significaba que me comprometía con él. Cuando se lo dije, me sentí ansiosa, pero en el fondo me invadió una alegría más profunda.

6

Mi avión aterrizó en el Aeropuerto Internacional Logan el miércoles después del mediodía. Mi papá me recogió en la zona de llegadas. Conducía el mismo Subaru Forester verde desde que yo estaba en primaria y, con los años, le había ido pegando en la defensa calcomanías de los distintos campamentos de verano, universidades y programas de posgrado a los que asistimos mis hermanos y yo. Cuando vi su auto advertí la enorme «W» roja de la Universidad de Wisconsin y sentí una punzada de amor por mi papá. Era un buen padre, aunque no teníamos nada en común. Era profesor de matemáticas en Simmons, trabajaba con números y lógica; si leía, eran las noticias o la biografía de algún presidente. La única vez que le di a leer una de mis historias dijo: «Me pareció interesante que todos los personajes usan el transporte público para ir a todas partes. ¿Ninguno maneja? ¿Y por qué todos están tan enojados?».

—¡Aquí estás! —exclamó mientras yo metía mi maleta en el asiento trasero.

—¡Aquí estoy!

Nos dimos un abrazo rápido con un solo brazo cuando subí al auto.

—¿Había mucha gente en el vuelo?

A mi papá le gustaba hacer ese tipo de preguntas: «¿Cómo estuvo el tráfico? ¿Qué ruta tomaste? ¿Había mucha gente?».

Yo no sabía si era su mentalidad matemática o paternal, pero sus preguntas no me molestaban. Había algo tranquilizador en que alguien se interesara en la logística de mi día, de cómo iba del punto A al B. En ese momento pensé en Charlie llegando a la farmacia de su padre; este mirándolo, primero inexpresivo, luego horrorizado.

—El avión estaba lleno —respondí—. Me tocó un asiento junto al pasillo.

—Ah, ¡qué bien! —dijo mi papá—. Fácil para ir al baño.

—Exacto.

Cuando llegamos a casa, Monica nos abrió la puerta de inmediato. Creo que le gustaba recordarme que ahora ella vivía ahí, que mi papá era suyo. Han estado juntos desde que yo tenía diecisiete años, pero no se casaron hasta que yo cumplí veinte después de que finalizó su divorcio.

Monica no se parecía en nada a mi mamá. Tenía el cabello rubio que se pintaba y peinaba con profesionales cada tres semanas en un salón de belleza de Back Bay. Usaba lentes sin armazón que agrandaban sus pequeños y observadores ojos. Poseía las cualidades de los buenos abogados: una voz ecuánime y convincente, confianza infalible y una expresión imperturbable. Encontraba la manera de hacerte sentir que, siempre que estuvieras de su lado, las cosas saldrían bien. Notaba que para mi papá era bueno estar con alguien como ella. Veía cómo Monica se comportaba con otras personas, como su hija, mi papá y sus clientes, pero era diferente conmigo.

Hoy llevaba un suéter gris de cuello de tortuga y un delantal rojo. Un pasador le sujetaba inútilmente un mechón del fleco.

—Leah, te ves bien —dijo dando un beso al aire en lugar de en mi mejilla—. ¿Cómo estuvo el vuelo?

—El vuelo estuvo bien —respondí—. ¿Cómo estás, Monica?

—En un caos. Todos van a traer a su pareja este año así que tuve que duplicar la comida. ¡Pero no hay problema! —Alzó las manos con teatralidad—. Habrá suficiente. —Monica volteó a ver a mi papá—. Dave, ¿te dije que Christina va a traer a Stephen?

—Creo que no lo mencionaste.

Monica volteó hacia mí y puso los ojos en blanco.

—Le entra por un oído y le sale por el otro. Leah, mi hija va a venir con un hombre muy interesante con el que está saliendo, es periodista de la WGBH o reportero, en fin, pensé que tú y Stephen tendrían mucho de qué hablar porque tienen conexiones en el ramo de la escritura.

—Claro —respondí. Me di cuenta de que seguía con mi maleta en la mano—. Voy a subir mis cosas.

—Por supuesto —dijo Monica—. Verás que pasé algunas cajas a tu cuarto para hacer más espacio para las novias de tus hermanos. Pero me encargaré de dejar todo como estaba cuando todos se vayan.

Resultó que mi recámara se había convertido en un almacén. El cuarto estaba abarrotado de cajas, contenedores de plástico, algunas computadoras viejas y una antigua bicicleta fija. Dejé mi maleta en el poco espacio libre que quedaba en el piso y me desplomé en la cama. Cerré los ojos y dejé que los tres últimos días con Charlie me inundaran con si fueran un sedante.

Mi segundo hermano, Ben, llegó primero. Venía con Soo Min, una gastroenteróloga que estaba haciendo su residencia en Tufts, con quien salía desde hacía tres semanas. Todo lo que Ben nos había dicho de ella era que había nacido en otro estado y que no era práctico que regresara a casa de sus padres para las vacaciones. Soo Min parecía confiada y satisfecha, como solían ser las novias de Ben. Se veía indiferente, como si ir a la cena de Acción de Gracias con una familia cualquiera fuera algo común. Cuando le dio a Monica una botella de Merlot, se entusiasmó, como si nunca antes le hubieran regalado vino. Soo Min esbozó una ligera sonrisa.

—Es un placer —dijo impávida.

Su atuendo —pantalones de mezclilla y un suéter largo de lana que le llegaba a las rodillas— era a la vez sutil y moderno. Me pregunté qué le habría atraído de mi hermano.

Junto a Soo Min, Ben se veía aún más desaliñado que de costumbre. Seguía vistiéndose como en preparatoria. Esa noche llevaba una camisa de franela encima de una camiseta amarilla. Su cabello estaba demasiado largo y se rizaba a ambos lados, tenía un aspecto descuidado y sucio.

—Muero de hambre —dijo como saludo cuando entraron a la cocina.

Metió la mano en un tazón de coles de Bruselas glaseadas con tocino que permanecían calientes sobre una placa y se metió una a la boca.

Alarmada, Monica miró a mi padre, pero él decidió ignorarla.

—Ben, puse aperitivos en la sala —dijo Monica.

—Perfecto —respondió, al tiempo que tomaba otra colecita.

Miré a Soo Min para ver si esto le molestaba, pero ella estaba viendo su teléfono.

Cuando Ben hablaba de sus alumnos —era profesor de Ciencias Sociales de segundo de secundaria y también entrenaba al equipo de futbol varonil— me parecía evidente que sería un buen padre y que quería tener una familia. Pero la manera en la que trataba a las mujeres con quienes salía sugerían lo contrario. Sus relaciones nunca duraban más de unos meses y las razones por las cuales las terminaba —decía mucho «ajá», tenía los pies raros, no paraba de hablar— me hacían pensar que mi hermano no era una persona adecuada para estar involucrada con él de manera romántica.

Mi hermano mayor, Aaron, era más amable y cariñoso que Ben. No le asustaba la vulnerabilidad, pero a diferencia de él, quien siempre respondía mis llamadas, Aaron podía desaparecer largas temporadas. Era imposible comunicarse con él por teléfono y cancelaba los planes a última hora. Decía que se debía a su trabajo, era psicoterapeuta, pero yo sospechaba que estaba deprimido e hibernar era su forma de sobrellevarlo.

Aaron llegó más tarde con su novia de toda la vida, Haley. Ella también era judía «de cultura, no de religión», como decía cada vez que salía el tema. Había crecido en Westchester, Nueva York, y luego se mudó a Massachusetts para ir a la universidad, donde conoció a Aaron. Era maestra de *ballet* para niños. Había estado en nuestra vida el tiempo suficiente como para que sintiera cierta ternura por ella. Apreciaba su lealtad, en particular con mi hermano, pero solo podía soportar su jovialidad pocas horas. Su manera de relacionarse con la gente era dar consejos que nunca le pedían.

Era evidente que alguien como Haley, la cuidadora por antonomasia desbordante de energía maternal, estuviera con Aaron, pero me daba cuenta de que él se hartaba. En ocasiones ella hablaba por él o daba su opinión como si fuera la de ambos, como: «Tratamos de no comer endulzantes artificiales» o «Todas las noticias las sacamos de Twitter» y en esos momentos el rostro de mi hermano mostraba una inquietud oculta. Tensaba la mandíbula y sus ojos eran cautelosos. Han estado juntos desde que tenían diecinueve años. Se conocieron en Harvard, durante el primer año de universidad. Haley era parte de Aaron y Aaron era parte de Haley.

Asistió a esta cena como lo hacía a la mayoría de nuestras reuniones familiares: de vestido largo y con un postre casero.

—Es una tarta de yogur de limón —dijo dándole el plato a Monica—. De yogur griego.

—Yomi —murmuró Ben al oído de Soo Min—. Tarta de yogur.

Soo Min esbozó una sonrisa sarcástica.

—No seas idiota.

Mis hermanos nunca iban a eventos familiares sin novia. Para Aaron era Haley, para Ben, siempre alguien diferente. Yo era quien nunca tenía una pareja, una media naranja, un compañero, lo que fuera; supongo que mi familia asumió que esto significaba que estaría eternamente sola. Se escandalizarían si supieran lo que estaba pasando en mi vida.

Odiaba las reuniones familiares por esta razón, porque, cuando se reducía a eso, yo estaba sola. Todos los demás tenían a una pareja como su escudo emocional personal.

Nos sentamos en la sala, tomamos vino y comimos aperitivos, fingiendo disfrutar la compañía de los otros. Haley nos habló de los cambios en su escuela de danza —un nuevo director, un programa de becas— y todos asintieron con entusiasmo. Lo bueno de traer a las parejas era que con frecuencia distraían de la tensión subyacente de la familia inmediata.

—Soo Min —intervino Monica, cansada de Haley—. Cuéntanos sobre la Escuela de Medicina.

—Bueno, técnicamente ya no estoy en la Escuela de Medicina —respondió Soo Min—. Ahora estoy en la residencia. Es mucho trabajo, pero valdrá la pena.

—¿Y qué tipo de doctor quieres ser?

—Técnicamente ya soy médica, pero estoy terminando la especialidad en gastroenterología.

Por la manera en la que hablaba Soo Min, estaba claro que estas preguntas se las hacían todo el tiempo.

—Muy bien, Ben —dijo Aaron sonriendo—. Ahora, por fin, alguien puede ayudarte con tu síndrome de colon irritable.

Ben pasó el brazo sobre los hombros de Soo Min.

—No es muy adepta a las bromas de caca.

—Soo Min, debes tratar muchos cánceres de colon —afirmó Monica con compasión.

—Algunos, sí. La gastroenterología abarca muchas áreas. —Soo Min volteó a verme—. Leah, tu hermano me dijo que eres escritora.

—Escribo, sí.

—¿Estás trabajando en un libro?

—Así es.

—¿En serio? —exclamó Monica—. No tenía idea.

—Todos lo hacemos —expliqué volteando a verla—. Al final del programa, todos debemos entregar un manuscrito de extensión considerable.

—¿Y qué vas a hacer con él? —preguntó Soo Min.

—Depende de cuál sea el resultado, lo enviaré a algunos agentes —respondí—. Trataré de publicarlo.

—Felicidades, Lee —dijo Aaron—. Es genial.

—Sabes, Leah —intervino Monica—, deberías hablar con el novio de Christina, Stephen. Podría ser un recurso muy útil para obtener contactos en editoriales para tu libro. Él entrevista autores todo el tiempo en la WGBH.

—Quizá —dije—. Pero la verdad es que no funciona así. Primero tengo que encontrar un agente, y es él quien se comunica con las casas editoriales, no yo. Ya empezaron a presentarnos a algunos en el programa de la maestría.

Monica se puso de pie.

—Bueno, parece que sabes muy bien lo que haces. Voy a ver cómo va el pavo.

Saqué mi teléfono y fingí escribir algo.

—En mi club de lectura acabamos de leer *La tienda roja* —dijo Haley—. Creo que debería ser un texto obligatorio de lectura para todas las mujeres. Leah, ¿ya lo leíste?

—Todavía no —respondí.

Miré a mi padre, quien había permanecido sentado en silencio durante toda la conversación. Miraba al vacío. Había una especie de inquietud en su rostro, como si tratara de multiplicar cifras en su cabeza, algo que muy probablemente estaba haciendo.

Las cosas eran mejores antes de que mi madre se fuera. Ben dice que diferentes, pero eso es porque le entristece mucho recordar.

Hay ciertos recuerdos que nunca he escrito ni comentado con nadie. Sé lo que sucede cuando escribes las cosas: cambian de forma. Desaparece algo del sentimiento. Lo que queda plasmado en la página no es tan intenso como en tu mente, como fue en la vida real. Hay aspectos sobre mi madre que no soportaría perder. Hay otras cosas que escribo una y otra vez porque es la única historia real que tengo, como su aroma particular, siempre olía bien, en cualquier circunstancia. La manera en la que su clóset, su cama y su ropa conservaron ese olor fino y primaveral. En las mañanas, cuando me subía a su cama, me sentía segura y protegida en su burbuja.

No he dejado de perderla. Aunque desapareció rápidamente, de un día a otro, ha sido una transformación lenta e interminable en nuestra vida.

Hacíamos muchas cosas juntos. Festejábamos las vacaciones amontonándonos en el auto para viajar juntos en familia.

Siempre discutíamos por cosas triviales. La infancia era un círculo constante de juegos, peleas y canciones; las mismas peleas, canciones y juegos una y otra vez, pero no recuerdo que jamás nos aburriéramos.

Cuando Aaron se rompió el tobillo un Día de Acción de Gracias, todos pasamos el día en la sala de urgencias. Nos apiñamos en la habitación del hospital y comimos pavo y tarta de la cafetería. La comida era horrible y Aaron estaba drogado con analgésicos. En ese entonces yo tenía nueve años, Ben once y Aaron catorce. Jugamos «Dígalo con mímica» y tratábamos de hacer reír a Aaron; Ben y yo nos peleamos por quién debía presionar el botón del elevador. Mi familia funcionaba mejor en momentos de crisis. Los cinco contra el mundo.

Ese Día de Acción de Gracias en el hospital con mi familia fue uno de los que, con los años, se transformaron en un recuerdo nítido, una historia que me gustaba rememorar. Era una prueba de que hubo una época en la que fuimos plenos y felices. Sé cómo se siente.

Después de que ella se marchó fue difícil no sentirme enojada. Cuando salíamos y veíamos a una familia con ambos padres y un par de hijos, los odiaba porque nosotros solíamos ser así. Sabía que si mi padre o mis hermanos veían a esa familia sentirían lo mismo. Ninguno de nosotros lo decía, pero todos lo sentíamos y eso era suficiente para arruinar el día.

Ya no estoy enojada. Ahora, cuando vuelvo a casa, guardo silencio y espero a que todo acabe. Me siento bien mientras todo ocurre, pero después, cuando vuelvo a ser yo misma, me siento vacía, como si fuera media persona; deseo desesperadamente volver a sentirme viva.

La presencia de mi madre era más fuerte que la de mi padre. Hablaba más, abrazaba con mayor fuerza, gritaba más fuerte, reía con mayor intensidad y daba más miedo cuando vociferaba. Nosotros heredamos la estatura de mi padre, pero, además de eso, nos parecíamos más a ella.

La nariz de mi madre era lo más distintivo en su rostro. Cuando yo era más joven pensaba que eso desviaba la atención de su belleza. Yo odiaba mi nariz. Era demasiado grande y tenía una protuberancia, no era ni bonita ni femenina. Hubiera hecho cualquier cosa por tener una nariz respingada. Pero después de que ella se fue empecé a ver fotografías de mi madre y su nariz comenzó a gustarme, su contorno particular, cómo su rostro parecía diferente dependiendo del ángulo. Miraba mi propio reflejo y de inmediato veía a mi madre.

Los ojos y la boca de mi madre eran casi sensuales debido a su capacidad de expresar las emociones. A veces, era difícil mirarla porque todo estaba ahí, todas sus emociones atrapadas en la forma de su boca y mirada.

Hay momentos en los que me parece que mis hermanos son así, que toda su vulnerabilidad se muestra en su rostro. Nunca sé si debo admitirlo cuando esto sucede. No sé cómo acercarme a mis hermanos o si ellos desean que lo haga. Sé que mi rostro se puede leer de la misma manera. A veces hago contacto visual con un desconocido, en general un hombre, y sé que ven algo en mi rostro, algo que está completamente desnudo.

No pienso todo el tiempo en mi madre. A veces pasan días, semanas o incluso meses en los que no me pregunto por ella, dónde está, qué está haciendo. Pero su ausencia es parte de mí, un vacío que llevo conmigo.

Mi madre era artista, pero casi no ganaba dinero con su obra. No lo necesitaba porque el empleo de mi papá, y él mismo, eran estables. Siempre estaba empezando nuevos proyectos: hacía joyería, cosía su propia ropa y esculpía vasijas de barro. Cada vez que empezaba algo nuevo, actuaba como si finalmente hubiera encontrado lo que la hacía feliz. Cuando lo abandonaba, nunca miraba atrás. Incluso siendo niña, estaba consciente de que yo también era una de sus pasiones, igual que sus otras obsesiones. A veces parecía cautivada conmigo, mucho más que con mis hermanos. Yo era la niña y la menor, la que más se parecía a ella. Eso era lo que me decía.

También había momentos en los que nuestra casa y nuestra familia parecían deprimirla. Desaparecía los fines de semana. Mi padre perdía todo el interés durante esos días y pasaba el tiempo pegado al teléfono, esperando. Esos fines de semana no hacía nada más que esperar; cualquier mínimo movimiento en la ventana, cualquier ruido del exterior, y su mirada esperanzada saltaba a la puerta. Al final, mi madre regresaba a casa y los dos se encerraban en su cuarto durante un tiempo. A veces escuchábamos voces o llanto, sobre todo de ella, pero nunca nos explicaba dónde había estado. Las desapariciones de mi madre se convirtieron en algo con lo que vivíamos, pero también en alivio cuando volvía a casa.

—¿Adónde vas cuando te marchas de aquí, mamá? —le pregunté una vez cuando estábamos solas.

A veces mi madre y yo hacíamos cosas juntas como ir de excursión, visitar museos o pasear en auto a lugares al azar, solo por hacer algo.

—¿Adónde voy? —preguntó confundida.

Entendí que fingía no saber de qué estaba hablando y le seguí el juego. Sabía que tenía que ser amable y paciente con ella si quería obtener una respuesta franca.

Estábamos sentadas en la plaza de un pequeño pueblo, a varias horas de la casa. Estacionamos el auto en una calle lateral y comimos sándwiches en una cafetería anticuada. Mi madre parecía conocer el pueblo, aunque yo nunca había estado ahí. Me llevó a una librería de segunda mano y a una joyería, me dijo que eligiera lo que quisiera. En esas salidas, siempre me mimaba mucho.

—Cuando te vas los fines de semana, como hace dos semanas —dije como si no tuviera importancia.

—Ah —dijo como si recordara—. No te preocupes por eso, ¿okey, Lee? No tiene nada que ver contigo. —Me sonrió y me hizo sentir tanto aliviada como confundida—. Tiene que ver conmigo, tengo que vivir mi propia vida. Es importante que siga viviendo mi vida, ¿no?

—Claro —respondí.

De pronto, esa explicación tuvo sentido. Nunca lo cuestioné. Un año después, cuando se fue para siempre, esas mismas palabras resonaban en mi cabeza. Mi madre tenía que vivir su vida. La vida de mi madre, incluso cuando estaba en casa, era un misterio. En ocasiones, me permitía entrar, en otras, sabía que tenía que esperar. Instintivamente comprendía lo que mi madre quería; a veces, lo que deseaba era no ser madre.

Lo único que yo quería era que fuera dichosa, y hacía todo lo que podía para que estuviera contenta. Cuando ella era feliz yo me sentía amada.

Mis hermanos se referían a mi madre como una persona impredecible con terribles cambios de humor. Lloraba con facilidad y salía de las habitaciones de manera abrupta, diciendo que tenía un ataque de pánico. Mi padre se apresuraba a seguirla, pero parecía que ella no quería que él la calmara. Aaron dice que tenía problemas mentales y Ben usa las palabras «psicótica» y «loca de atar». Parecía perdida, como si se encontrara en nuestra casa, en esta familia, por accidente.

Sin embargo, yo sabía que tenía un efecto en ella. Aunque no le gustara ser madre, al menos le gustaba ser la mía. Yo no era una hija normal, era la hija perfecta, me portaba bien y era amable; era afectuosa, pero sabía cuándo alejarme. Cuando nos abandonó, lo que más me dolió fue que no me llevara con ella.

Tras su partida, Ben, Aaron y yo peleábamos menos. Más que la pérdida de nuestra madre, nos vinculaba la tarea compartida de tratar de subir el ánimo de mi padre.

No era que mi padre fuera una persona particularmente feliz cuando mi mamá estaba, pero, hasta entonces, parecía satisfecho y le gustaba ser papá. Disfrutaba ayudándonos con la tarea y preparándonos de comer. Para él, una noche agradable consistía en calificar los exámenes de su alumnos en la mesa de la cocina mientras nosotros leíamos o veíamos televisión en la habitación de junto; mi madre estaría en algún lugar cerca, trabajando en cualquiera que fuera el proyecto de ese momento. Después de su partida, mi padre, que siempre había sido ecuánime y reservado, un hombre de números, de pronto se volvió muy sensible. Nunca antes lo había visto llorar. Ahora, lo más mínimo lo desestabilizaba: una canción de Joni Mitchell, una tarjeta de cumpleaños o un comercial de Cheerios.

Más que las lágrimas de mi padre, lo triste fue la manera en la que mis hermanos cambiaron. Maduraron muy rápido. Las primeras semanas, cuando fue evidente que no regresaría, fueron insoportables, como una muerte repentina. Nos escondíamos unos de otros sin saber qué hacer con todo nuestro incómodo dolor; la manera en la que de pronto echábamos a llorar de la nada. Luego nos adaptamos. Mis hermanos entendieron que ahora que nuestra madre se había ido, ellos tendrían que actuar. Todos asumimos diferentes papeles. Aaron era mejor para las emociones y Ben para la diversión: «¡Nos la estamos pasando muy bien! ¡Todo está normal!».

Sin embargo, fue Aaron quien en verdad nos cuidó. Se aseguraba de que Ben y yo nos despertáramos a tiempo para la escuela, nos preguntaba si necesitábamos ayuda con la tarea. Mi padre seguía cocinando todas las noches, pero ahora era como una obra de teatro, tratábamos de fingir que éramos una familia feliz. Ben parecía desesperado por asegurarse de que nadie llorara en la mesa, actuaba de manera exagerada, haciendo parodias y bromas; se burlaba constantemente de Aaron y de mí, pero nunca de nuestro padre.

Yo sentía que mi presencia femenina era crucial. Sin mí, solo eran un grupo de hombres perdidos. Estaba ahí para ellos, dulce, fuerte y agradable. Nunca llevé un novio a la casa.

Los primeros años, mi madre me enviaba tarjetas de felicitación en mi cumpleaños. La dirección del remitente era en Saint Paul, Minnesota, de donde ella era. Los mensajes al interior me devastaban: «Feliz cumpleaños. Con amor, mamá». Ninguna nota en verdad. Pero, cuando cumplí diecisiete años, y por primera vez no llegó nada, lloré. Primero me sentía herida, luego sentí pánico.

—¿Crees que esté muerta? —le pregunté a Aaron.

Él era el único a quien podía hacerle esa pregunta.

—No está muerta —respondió.

—¿Cómo sabes?

—La busqué en línea. Vive en Saint Paul y trabaja en la biblioteca pública. Da clases de cerámica o algo así.

Esto me asombró.

—Olvidó mi cumpleaños.

—Escucha, Lee. Tienes que cambiar tus expectativas. Eso fue lo que me dijo mi terapeuta. No puedes esperar absolutamente nada de ella, de lo contrario siempre te vas a sentir decepcionada.

Varias semanas después de mi cumpleaños diecisiete tuve relaciones sexuales por primera vez. Robbie y yo lo hicimos sobre un saco de dormir en el sótano de la casa de sus padres. Él era el chico más guapo que conocía. Al principio, me dolió un poco, pero no me importó. Después lloré, no porque estuviera molesta, sino porque me sentí aliviada. Robbie me tuvo entre sus brazos toda la noche y esa parte fue mejor que el sexo.

Nuestra familia desequilibrada empezaba a crecer. Aaron conoció a Haley, mi padre conoció a Monica. La casa parecía la misma, pero ya no la reconocía. Solo éramos un grupo de gente.

Cuando llegaron Christina y Stephen, Monica olvidó a Soo Min y su residencia. Ahora hablaba sobre el reciente ascenso de Christina como directora de marketing digital y de Stephen como periodista de la WGBH. Monica lo asaltó con preguntas, no porque quisiera saber las respuestas, pues era obvio que ya las conocía todas, sino para que nosotros entendiéramos lo impresionantes que eran su hija y su novio.

De hecho, sí eran impresionantes. Apuestos, en buena forma, educados. Era el tipo de pareja que se encuentra en las fotografías en blanco y negro impresas en papel brillante que viene en los portarretratos, antes de que la cambies por una más real y menos agraciada de ti, con todo y granos. Christina y Stephen se sentaron juntos en el sofá, diciendo lo apropiado, riendo en los momentos oportunos, sonriendo como si todo fuera muy divertido. Me preguntaba cómo sería su vida sexual. ¿Qué harían estas dos personas a puerta cerrada?

En ese momento me sentí agradecida por todos mis amigos en Wisconsin. Vivian, Wilson, Rohan y Sam, incluso David. Agradecí las historias que escribían; todos esos primeros borradores caóticos, la confianza que nos teníamos semana tras semana para esforzarnos en leer algo que conmoviera. Estaba agradecida por Bea Leonard y su inconsistencia, su ropa extraña, su amabilidad, su rareza. También por Peter y su tristeza, por sus sonrisas deslumbrantes.

Pero, sobre todo, por Charlie. Lo apasionado que era, la manera en la que cada momento con él era inesperado, por cómo me cantaba durante horas con todos esos errores. Todos en Wisconsin eran imperfectos, pero nadie trataba de pretender lo contrario. Estar con ellos era mucho más fácil.

Cenamos. Por turnos, cada uno dijo por qué se sentía agradecido. Hablamos de política. Todos habíamos votado por la reelección de Obama, pero, a veces, a Ben le gustaba jugar al abogado del diablo para exasperar a la gente, en particular a Aaron. Así siguieron mis hermanos mientras los recién llegados observaban y los que ya estábamos acostumbrados intentamos cambiar el tema. Mi papá y yo casi no dijimos nada.

—Leah —dijo Christina al otro extremo de la mesa cuando mis hermanos dejaron de discutir—. Quería decirte que conozco a alguien de la Universidad de Wisconsin; fuimos juntos a Princeton. Está haciendo la maestría en Bellas Artes. No sé si te gustaría conocerlo, es un chico muy agradable y muy inteligente.

—Claro —respondí—. Siempre es bueno tener otro amigo.

—Genial. —Juntó las palmas—. Se llama Glen Douglas. Te daré sus datos antes de irme.

—Muy bien —dije y regresé a mi postre de arándano.

—Demasiado bien —entonó Ben al otro lado de la mesa—. Una cita con un hombre de negocios.

Arqueé las cejas hacia mi hermano.

—No acabo de aceptar una cita. —Miré a Christina—. ¿O sí? Ella negó con la cabeza.

—No, si no quieres, es decir, él es soltero y tú también. Pensé que podrían hacer una buena pareja, pero sin duda puede ser solo algo de amigos. Es solo que, ya sabes, los dos son de Boston, están allá en Wisconsin. ¿Por qué no conocerse?

Sentí que me sonrojaba.

—No estoy soltera.

—¡Ah! —Volteó a ver a Monica—. Perdón, mi mamá me dijo que...

—¿Con quién estás saliendo, Lee? —preguntó Ben.

Hice una pausa.

—Con un chico que se llama Charlie.

—¿Y qué hace Charlie? —preguntó Monica sonriendo.

—Es músico —respondí—. Uno muy talentoso.

—¡Guau! —exclamó Monica—. ¿Y de eso vive? ¿De tocar música? ¿O estudia música en la universidad?

—No, gana dinero en la construcción.

La mesa quedó en silencio.

—Cuéntanos de él —dijo Aaron—. ¿Cómo es?

—¿Por qué? —respondí—. Eso no importa.

—Por supuesto que importa —insistió Aaron con su voz de terapeuta—. Queremos saber de tu vida. ¿Es de Wisconsin?

—Sí, es de Wisconsin. No sé qué quieren que diga. —Todos en la mesa me estaban mirando, esperaban que les diera información sobre Charlie—. Es una persona interesante —dije por último—. Es inteligente y divertido, realmente agradable. Está en recuperación porque era adicto a la heroína.

Esta vez, el silencio fue más largo. Tomé un sorbo de vino sin mirar a mi padre ni a mis hermanos. Fue a Soo Min a quien miré. Todo este tiempo había permanecido tranquila, recargada en el respaldo de su silla, observando la conversación sin que su rostro la traicionara. Cuando nuestras miradas se encontraron, me lanzó una sonrisa breve que no supe cómo interpretar.

Finalmente, Ben rompió el silencio.

—¿Nos estás viendo la cara?

—¿Por qué bromearía con algo así?

Ben empujó la silla hacia atrás; su rostro estaba encendido de furia.

—Leah, ¿eres idiota? No puedes juguetear con un adicto a la heroína.

—Okey —interrumpió Aaron—. Cálmate, Ben. Creo que deberíamos hablar de esto en otro lado, no con todo el mundo. Leah, ¿vamos a tu recámara?

—Mi recámara está abarrotada de basura de otra gente, no podemos ir ahí —dije—. Además, Ben, ¿no escuchaste la palabra *recuperación*? Hace tres años que no se droga. Ustedes no saben nada de él ni de su situación.

—Parece que sé más que tú —respondió Ben—. La heroína cambia la química del cerebro, Leah. No importa cuánto tiempo lleve sin consumirla, físicamente depende de ella para el resto de su vida.

—No lo conoces, Ben —espeté.

En ese momento, sentí que si me quedaba más tiempo en esa mesa me iba a poner a llorar a gritos.

Miré a Monica fijamente, aunque no había dicho nada.

—Ya no tengo hambre.

Me levanté y subí a mi cuarto lleno de cajas.

Cuando estuve sola pensé en hablarle a Charlie, pero el recuerdo de nuestros tres días juntos, las canciones, el sexo, la cercanía, todo parecía demasiado perfecto como para arriesgarme a alterarlo. ¿Y si no me contestaba? O peor, ¿si contestaba y se portaba diferente de lo que yo recordaba? Quizá su entusiasmo por mí se había evaporado; tal vez me aferraba demasiado al recuerdo de esos días con Charlie y lo sacaba de perspectiva Era posible que me gustara más que yo a él.

En su lugar, le envié un mensaje a Robbie.

> ¡Feliz Día de Acción de Gracias!

¡Gracias! Para ti también. ¿Estás con la familia?

> Por desgracia, ¿tú?

En casa. ¿Las cosas no están bien?

> La misma mierda. ¿Puedo ir?

Fue como si no hubiera pasado el tiempo. Cuando Robbie y yo nos abrazamos olía a hierba y al champú de farmacia que usaba. Lo abracé un poco más, hubiera sido fácil volver a nuestra vieja rutina, pero no estaba ahí por eso.

Nos acomodamos en nuestro lugar acostumbrado en su recámara, yo en su cama sin hacer y él en la silla de su escritorio. Robbie preparó un poco de marihuana mientras la música de Radiohead sonaba suavemente en las bocinas de su computadora portátil. Había algunos platos sucios apilados sobre el escritorio y el buró. Ese mueble no había cambiado: una caja de leche al revés como lámpara, un cable de alimentación con varios cables enredados y muchos cargadores. Puse mi teléfono y las llaves junto a la lámpara, ignorando los mensajes de texto de mis hermanos que decían «Regresa y hablamos». Me sentía mucho mejor aquí con Robbie. Mi familia, Monica, Soo Min y Haley me parecían lejanos e inconsecuentes.

Robbie se deslizó en la silla hasta la cama.

—Las damas primero —dijo pasándome la pipa azul.

Me la llevé a los labios e inhalé cuando Robbie la encendió hasta que la marihuana adquirió un color anaranjado negruzco. Retuve el humo unos momentos y al exhalar empecé a toser de manera incontrolable. Robbie tomó la botella de agua que estaba en el escritorio y me la dio.

—Gracias —pude decir antes de dar un trago.

—¿Cómo te fue con tu familia? —preguntó cuando me pasó el acceso de tos.

Pensé en describirle cómo había sido, pero me pareció muy complicado explicar a Charlie. No quería arriesgarme a que Robbie se sintiera celoso.

—Monica es una perra —dije—. Y Ben llevó a una cualquiera.

—¿Ah, sí? ¿A quién esta vez?

—Una doctora llamada Soo Min. Parecía buena persona, pero estoy segura de que no volveré a verla.

Robbie sonrió ligeramente.

—¿Quieres ver algo para despejarte un poco?

—Claro.

Vimos el primer episodio de *Guerra de tronos*. Hacía que lo pausara cada tanto para que me explicara qué demonios estaba pasando.

—Robbie, es muy confuso —dije riendo.

Él también empezó a reír.

—Créeme —respondió—, vale la pena cuando empiezas a entender. Voy a poner los subtítulos, así es más fácil.

Estábamos acostados en su cama con la computadora entre nosotros. Yo empecé a quedarme dormida en el segundo episodio; Robbie bajó el volumen y me tapó con una cobija. Esto me despertó un poco; era muy agradable, pero fingí que no me había dado cuenta.

Un poco después me sobresaltó el sonido de un mensaje de texto. Miré mi teléfono. Era Charlie.

> Te extraño, hermosa Leah. Espero que no te moleste, pero le platiqué a mi familia sobre ti en la cena de Acción de Gracias y todos están supercontentos por mí. Sé que tu familia te estresa, así que solo quiero que sepas que si estuviera ahora ahí contigo te estaría tomando la mano debajo de la mesa.

Me estremecí de placer. No estaba inventándolo; le gustaba tanto como él a mí.

—¿Todo bien? —preguntó Robbie desde el otro extremo de la cama.

Dejé mi teléfono.

—Sip.

—¿Te quedas aquí esta noche?

—¿No hay problema?

—Claro que no.

Cuando nos metimos en la cama sentí a Robbie despierto a mi lado; trataba de decidir si debía o no iniciar algo. Esperaba que yo me volteara y abriera los ojos o que dijera algo, alguna señal que le hiciera saber que podía tocarme.

Permanecí con los ojos cerrados y dándole la espalda. Después de un momento, sentí que su cuerpo se relajaba y se quedaba dormido, roncaba suavemente.

Luego le envíe un mensaje a Charlie: «Te extraño, Charlie. Tu mensaje me hizo muy feliz, no tienes idea. Besos y abrazos».

Unos días después mis hermanos me llevaron al Aeropuerto Logan. En el camino, Ben dijo:

—Entonces, Leah, ¿qué piensas de tu relación?

—¿Qué piensas tú de tu relación?

Aaron, quien estaba sentado en el asiento del copiloto, volteó a mirarme.

—Estamos preocupados por ti, Lee, eso es todo.

—Pues no lo estén.

—Para ser francos, lo que nos contaste sobre Charlie no suena muy bien —continuó Aaron—. Sigue viviendo con sus padres, trabaja en construcción, fuma marihuana. No parece que esté en las mejores condiciones dentro de su recuperación.

Presioné la nariz contra la ventana. Estábamos cruzando el río Charles, a un lado estaba la plaza Harvard y al otro la Escuela de Negocios de Harvard. El día era frío y gris. Según la aplicación del clima en mi teléfono, en Madison nevaba. No podía esperar a volver. Los últimos días en casa habían sido miserables. Mis hermanos sacaron el tema de Charlie varias veces, en especial cuando Soo Min y Haley no estaban presentes. Aaron me hizo preguntas sobre el trabajo de Charlie, su familia y pasado, pero Ben quería la menor cantidad de información posible.

Mi padre tocó el tema solo una vez. Mencionó estadísticas un poco alarmantes sobre la epidemia de opioides. Luego dijo:

—Tienes que tomar en cuenta si Charlie puede llegar a tener buenos ingresos en la construcción y si podrá ser un buen marido y padre.

—Gracias, papá —respondí—. Apenas empezamos a salir. No pienso en el matrimonio.

—Cuídate, eso es todo lo que digo.

Esta fue nuestra conversación más larga acerca de relaciones.

La única plática un poco decente la tuve con Soo Min esa mañana. Después de la Cena de Acción de Gracias nos habíamos evitado, mejor dicho, era yo quien la evitaba a ella. No tenía ganas de hacerle la plática a alguien que, estaba segura, pensaba que yo era una fracasada.

—Sobre tu novio —empezó de manera abrupta cuando nos encontramos por casualidad en el pasillo—. ¿Sabes si está tomando medicamentos para su trastorno de consumo de opioides?

—Sí —respondí—. Creo que se llama sub.

—Suboxone —dijo asintiendo—. No sé mucho sobre eso, pero tres años sin consumir no son broma. Si reciben el tratamiento que necesitan y van regularmente a las reuniones, muchos adictos en recuperación viven vidas plenas, productivas y tienen relaciones sanas. El estigma... bueno, ya viste. Es difícil superarlo.

—La verdad es que no sé qué tan seguido va a las reuniones.

—Traté de explicarle a Ben que hacía juicios prematuros. —Su mirada y voz se suavizaron—. Creo que tu hermano solo quiere protegerte, no quiere que te lastimen. —Sonrió—. No le conocía ese lado.

En ese momento, comprendí que quizá Soo Min se estaba enamorando de mi hermano. Reconocí su expresión; empezaba a imaginar un futuro con él. Me dolió, porque sabía que mi hermano la iba a decepcionar. Lastimaría a Soo Min, igual que lo había hecho con las otras.

—Nunca debí hablarles de Charlie —les dije a mis hermanos en el auto.

—Me alegro que lo hayas hecho —contestó Aaron—. Es evidente que tiene muchas cosas buenas, pero...

—Solo termina la relación —interrumpió Ben—. Encuentra a otro tipo. Estás en una universidad donde hay miles de futuros médicos y abogados. ¡O los chicos de tu programa! ¡Sal con un maldito poeta! Yo qué sé. Solo no te relaciones con el adicto a la heroína.

No respondí. Ben me miró por el retrovisor.

—Te estoy gritando porque te quiero.

—Cierra el hocico, Ben —dije.

Cuando se estacionó frente al aeropuerto, tomé mi maleta y salí del auto.

—Nos vemos en Navidad —dije por la ventana, de pie en la banqueta frente a la terminal.

—Vas a terminarlo, ¿verdad? —insistió Ben inclinándose sobre Aaron.

—Sip.

Ben alzó los pulgares.

—Que tengas buen viaje, Lee —se despidió Aaron agitando la mano.

Luego, mis hermanos se marcharon.

7

Después de las vacaciones, para la primera sesión del taller, Wilson y yo presentamos cada uno un relato. Luego, en el bar, hablamos de ellos y de nuestras vacaciones de Acción de Gracias. Mi nueva historia fue bien recibida, estaba contenta. Cuando terminé mi bebida, me levanté para ir por otra y encontré a David recargado sobre la barra con una cerveza completa frente a él.

—Muy buen taller —dijo cuando me acerqué.

—Gracias. Me gustó lo que dijiste sobre el desenlace.

—Me pareció muy sólido. ¿Qué te pareció el texto de Wilson?

—Me encantó —respondí—. Creo que es el mejor hasta ahora.

—¿Crees que se lo enviará a Maya Joshi?

—No sé, tal vez.

—¿Crees que ella envía los cuentos de Wilson a las revistas?

—No tengo idea. Deberías preguntarle a él.

Resopló. Nunca me había hecho tantas preguntas en tan poco tiempo.

Pedí mi bebida.

—¿Cómo te fue en las vacaciones?

—Bien —dijo David—. Fueron mi hermana y su marido. Acaban de tener un bebé, así que mis padres estaban muy emocionados.

—No sabía que tu hermana había tenido un bebé.

—Sip. Una niña, Emily.

—¿Qué se siente ser tío?

—Bien. La bebé está hermosa.

Sonreí.

—Bueno, regreso a la mesa.

David casi nunca se molestaba en hablar conmigo y, cuando lo hacía, a menudo parecía distraído; miraba sobre mi hombro o a su alrededor, consultaba su teléfono y me respondía con monosílabos. La primera vez que lo conocí, esta actitud me ofendió. Me sentía invisible o, peor aún, una molestia. Quería caerle bien, como si tener la validación de David Eisenstat significara que yo valía la pena. Ahora, no podría importarme menos.

Más tarde esa noche recibí un mensaje de texto de Peter en el que me preguntaba si había regresado.

Esperé varios días para responderle porque no sabía cómo terminar la relación con él. Una pequeña parte de mí dudaba en hacerlo. Sin embargo, al final me decidí: «Volví con mi ex en las vacaciones», escribí, aunque me parecía que no era la verdad.

«Me alegro por ti», respondió. «De todos modos, creo que yo no estaba muy disponible a nivel emocional».

Por razones que no entendí por completo, este mensaje fue como si me diera una bofetada. Traté de verlo como una señal de que había tomado la decisión correcta.

Me dijo que había terminado los cuentos de Bea, que le habían gustado y que se aseguraría de devolvérmelos.

«Gracias. Qué bueno que te gustaron», escribí.

No volví a tener noticias suyas después de eso.

La noche siguiente Vivian y yo nos vimos para ir a cenar a nuestro lugar favorito en East Wash, un restaurante típico estadounidense y sin lujos. Cuando llegué, Vivian ya estaba ahí, sentada en un gabinete al fondo con la cabeza inclinada sobre su teléfono.

—Lamento llegar tarde —dije sentándome en la banca frente a ella.

—Martin me está enviando un mensaje —contestó sin alzar la mirada—. Su hermana está embarazada, sin haberlo planeado. Carajo.

Martin era el ex más importante de Vivian. Estuvieron juntos ocho años en sus veintes, después de un largo noviazgo durante toda la universidad. La relación no terminó por infidelidad o alguna gran traición. Seguían siendo buenos amigos y, por la manera en la que Vivian hablaba de Martin —con mucha frecuencia y con una especie de sonrisa privada y confiada—, pensaba que todavía lo amaba.

—Por supuesto que todavía lo amo —dijo una vez que le pregunté—. Es como mi familia.

—Entonces, por qué...

—Al final éramos como hermanos.

Ahora Vivian tenía treinta y tres años. Ninguno de sus otros exnovios parecía tan agradable como Martin.

—Mierda. ¿Qué va a hacer su hermana? —pregunté al tiempo que dejaba mi abrigo y bufanda al fondo de la banca.

—Probablemente abortar. Lo llamaré más tarde.

El mesero llegó, tomó la orden y empezamos nuestra conversación acostumbrada: la última sesión del taller, las clases que dábamos y los libros que estábamos leyendo.

Sin embargo, tenía ganas de hablar de hombres. Quería contarle de Charlie. Confiaba más en la percepción que Vivian tenía de la gente que en la mía. La manera resuelta en que se fiaba de su intuición me hacía confiar en sus instintos.

—Creo que estoy enamorada de un chico —espeté.

Me miró con los ojos como platos.

—Espera, ¿quién?

—Se llama Charlie.

Le conté toda la historia. Cómo me invitó a salir, nuestra primera cita y la segunda. Le conté acerca de su ligero gusto por las drogas, como eso no me había asustado, lo que él me dijo de su adicción. Le expliqué todo lo de Peter. Y, luego, cómo Charlie y yo habíamos pasado esos días antes de Acción de Gracias.

—Me dijo que estaba enamorado de mí —dije.

Entre más hablaba, más preocupada parecía.

—¡Guau! —terminó por exclamar irguiéndose en su asiento.

—Lo sé, es mucho —asentí.

—No sé —dijo negando con la cabeza—. No es tanto el asunto de la heroína. Es solo que suena muy intenso, muy rápido.

—Sí —acordé—. Así ha sido.

—Suena un poco celoso.

—Creo que no quiere salir lastimado.

Vivian asintió.

—Nunca me había sentido así por nadie.

—¿Hace cuánto que sales con él? —preguntó.

—Como un mes.

Asintió de nuevo.

—Bueno, espero conocerlo, Leah.

Su falta de entusiasmo me decepcionó, de hecho, me molestó. Quería que se alegrara por mí, que se inclinara sobre la mesa y me preguntara cada pequeño e íntimo detalle. Que me pidiera que le enseñara una foto.

En ese momento miró su teléfono, que brillaba por varios mensajes de texto nuevos.

—Martin —murmuró agitando la cabeza—. Dios, es un metiche. No le está dando espacio para que ella averigüe qué quiere.

En ese momento, me di cuenta de que Vivian estaba celosa. Quizá su falta de entusiasmo no tenía nada que ver con Charlie.

Tal vez estaba sola y arrepentida. Por un momento me sentí cruel y condescendiente hacia Vivian. Era hora de que superara a Martin. Después de todo, ya habían pasado seis años.

Pero luego dejó el teléfono y le dio una mordida a su hamburguesa. Masticaba despacio, con la mirada perdida; la mezquindad que había sentido un momento antes se esfumó. Me sentí triste porque no habíamos conectado como acostumbrábamos.

8

Todos los años, cerca de las vacaciones, la familia de Charlie salía a almorzar y tomar unas copas con sus amigos en el centro de Madison para celebrar la temporada. Este año, Charlie me preguntó si quería ir con él como su pareja.

Me recogió vestido como si fuera a la iglesia.

—Te ves muy bien —me dijo cuando subí al auto.

Era la segunda vez que salíamos juntos en público; la primera fue nuestra cita en el Weary Traveler. Aunque solo se trataba de una tarde en un restaurante con los padres de Charlie, me sentía emocionada.

Cuando llegamos, Charlie se fumó dos cigarros en el estacionamiento.

—Hace años que no vengo a una de estas reuniones —dijo.

—¿Estás nervioso?

Asintió y tiró la colilla al suelo.

—Entremos —dije—. Todo estará bien.

Era más una cervecería que un restaurante, todo el interior era de madera con tonos forestales. El salón estaba lleno de voces y risas, del sonido de la gente que comía y bebía, del tintineo de vasos y cubiertos. Encontramos a Faye y Paul sentados en una mesa en medio de la habitación, acompañados por un grupo numeroso. Antes de sentarnos me di cuenta de que ya estaban borrachos. Cuando Faye vio que nos acercábamos, abrió los ojos muy grandes.

—¡Aquí están!

Dio unas palmaditas en el hombro rechoncho de un hombre que estaba a su lado.

—Querido, Charlie y Leah acaban de llegar.

Se levantó y nos abrazó; me volvió a asombrar lo hermosa que era la madre de Charlie. Llevaba un suéter dorado brillante y una gargantilla gruesa de oro. Su cabello estaba sujeto hacia atrás y unos rizos sueltos enmarcaban su rostro. Ese día estaba maquillada, sus enormes ojos estaban delineados y las pestañas rizadas y oscuras, por lo que sus iris azules parecían casi eléctricos. Con tacones, era casi tan alta como yo.

Se dirigió a toda la mesa con una voz clara y animada.

—¿Pueden apretarse? ¡Mi hijo y su novia acaban de llegar y tenemos que dejarlos sentarse!

Las personas arrimaron las sillas y nos saludaron a Charlie y a mí con la mano. Yo saludé también, me sentía feliz y especial de que me llamaran la novia de Charlie.

Alguien acercó dos sillas para nosotros.

—Yo quiero sentarme junto a Leah —anunció Faye sonriendo hacia mí y haciendo un gesto con la mano hacia la silla vacía a su lado.

El hombre al otro lado de Faye extendió una mano rosada y carnosa.

—Soy Paul Nelson —se presentó—. El marido de Faye.

—Hola —dije estrechándosela—. Soy Leah.

—Y estos son los hermanastros de Charlie —dijo Faye en voz alta sobre el escándalo—, Ty-ty y Chad.

Al otro lado de la mesa, había dos hombres corpulentos, casi idénticos. Ambos tenían una calvicie incipiente, un cuero cabelludo rosado y brillante, los ojos ligeramente saltones y mentones grandes perfectamente cuadrados. Se parecían a su padre.

—Mucho gusto —dijo uno de ellos—, Chad Nelson. Luego volteó hacia Charlie—. Cuánto tiempo, hermano. ¿Cómo va el trabajo?

Charlie estaba tenso, con los ojos bien abiertos, como un niño en la sala de espera de un dentista. Debajo de la mesa su mano encontró la mía.

—Bien, hombre —respondió, y, aunque yo conocía muy bien su voz, me asombró la suavidad—. ¿Cómo va Epic?

—Tyler trabaja en Epic. —Chad le dio una palmada en el hombro a su hermano casi idéntico—. Yo en Nordic.

—Ah, carajo —dijo Charlie—. Tyler, entonces ¿cómo va Epic?

—Vivo el sueño, Charlie —exclamó Tyler—. Pusieron una pared de piedra. Es como un campamento de verano.

Charlie asintió varias veces, rápido, sin dejar de sonreír.

—Nada mal.

—Leah, ¿tú qué haces? —me preguntó Tyler cambiando el tono a uno más suave.

—Estudio en la universidad —respondí—. Estoy haciendo la maestría en Escritura de Ficción.

—¡¿Qué dijiste?! —gritó ahuecando la mano sobre su oreja.

Me acerqué y repetí lo que había dicho.

—Qué bien que vuelvas a la escuela y obtengas la maestría. Entonces ¿quieres publicar?

—Supongo que el plan es escribir un libro.

Sentía la mirada de Faye sobre mí.

—¡Qué tal! —exclamó Tyler—. Charlie, te conseguiste a una inteligente.

—¿Sabes que Charlie es muy buen escritor? —me preguntó Faye—. Estudió escritura en la universidad.

—Sé que... —empecé a decir, pero Charlie me interrumpió.

—Eso fue hace mucho. Leah está en uno de los mejores programas de escritura del país. Cuando dice que va a escribir un libro, en verdad va a escribirlo.

Faye puso una mano en mi hombro.

—Es increíble, querida —dijo—. Que sigas tus sueños.

—Gracias —respondí, recargándome en Charlie.

Nuestras manos seguían entrelazadas bajo la mesa y cada vez que la apretaba, sabía exactamente lo que me estaba diciendo.

Nos levantamos a jugar dardos. Yo fui la primera y de los seis intentos solo le di uno a la diana. Cuando terminé, Faye me ovacionó y alzó ambas palmas para que las chocara.

Luego fue el turno de Chad y Tyler; lanzaban los dardos hacia la diana como si estuvieran frenéticos, lanzaban fuertes gruñidos cada vez que daban en el blanco.

—Bien, campeón, veamos qué tan bueno eres —dijo Tyler cuando fue el turno de Charlie, dándole una fuerte palmada en la espalda.

Me di cuenta de que estaba nerviosa al ver a Charlie lanzar su primer dardo. Cuando aterrizó justo en el centro de la diana, Faye y yo saltamos y vitoreamos.

—Nada mal, Charles —dijo Chad—. Nada mal.

Cuando Charlie volvió a lanzar, falló por completo el tablero.

—Bueno, eso es lo que pasa cuando tiras como una niñita —dijo Chad, y luego imitó el lanzamiento de Charlie con un movimiento exagerado de la muñeca y dando un saltito infantil.

Charlie rio con fuerza por la imitación de Chad, era doloroso observarlo.

Faye dejó su cerveza sobre la mesa.

—Querida, ¿me cuidas mi bebida? —me preguntó y después avanzó—. Muy bien, chicos, dejen que su vieja mamá lo intente.

Mientras miraba a la familia Nelson jugar dardos sentí que odiaba a la familia política de Charlie.

Paul, Chad y Tyler eran enormes e insensible, toscos y obtusos como ladrillos. Usaban palabras como hombre, campeón, *bro*, amigo; me dolía pensar que Faye y Charlie se vieran arrastrados por esta familia. De niño, Charlie creció en todo ese caos. También era diferente a ellos. Aunque tuviera la misma estatura, era más delgado, sus pantalones se caían de su cuerpo esbelto y tenía que subírselos constantemente. Tenía una postura encorvada por llevar las manos todo el tiempo en los bolsillos. Sus rasgos eran más sombríos y suaves. Su cabello castaño, aunque espeso, era delgado y sedoso como el de un bebé.

Poco después, me encontré a Faye en mi camino al baño.

—Leah —dijo—, estoy muy contenta de que tú y Charlie se hayan encontrado.

—Yo también.

Me miró con sus ojos redondos; en ese momento, se pareció tanto a Charlie que sentí que la conocía más de lo que en realidad sabía de ella.

—Tuvo sus problemas, pero también tiene el corazón más tierno —dijo—. En verdad es muy tierno.

—Lo sé —respondí—. Lo quiero mucho.

—Está enamorado de ti. En casa es «Leah esto, Leah lo otro». —Lanzó una carcajada—. No lo he visto así desde hace mucho. Eso alegra a una mamá.

—¿En serio? —pregunté.

—Sí, claro. —Me guiñó el ojo—. Ocupas buena parte de su corazón, querida.

Charlie y yo nos marchamos y fuimos al lago Monona. Eran las cuatro de la tarde, pero el sol ya se estaba poniendo, el cielo sangraba franjas de magenta y lavanda. Bajamos por un campo

114

de trigo seco. El lago ondulaba un azul invernal. Charlie estaba a mi lado, sin abrigo, fumando.

—Te amo —dijo rompiendo el silencio.

—Yo también te amo.

—Es más fácil hacer ese tipo de cosas si tú estás conmigo.

—Espero que no te moleste que diga que tus hermanastros no me caen bien.

Sonrió. Temblaba de frío, pero sus ojos eran cálidos y brillantes.

—No me molesta —respondió—. Son unos imbéciles.

—¿Charlie?

—¿Sí?

—¿Puedo tomarte una foto?

—No soy muy fotogénico. Pero, claro...

Le tomé una fotografía entre el trigo seco frente al lago. Resultó ser la mejor foto de él que jamás tomé. Con el tiempo tomaría algunas más. Tenía razón, para ser alguien tan apuesto, no era fotogénico. Parpadeaba mucho y sonreía de manera extraña. Pero la foto que tomé de él esa tarde fue perfecta.

Quería presentarle a mis amigos. Estuvo de acuerdo en reunirse con nosotros el sábado en la noche, pero luego se quejó de que le dolía la garganta y se quedó dormido en mi cama la mayor parte de la tarde.

—¿No podemos ir aunque sea un rato? —le pregunté cuando despertó, una hora antes de la cita—. Solo para saludar.

—Quiero estar en mi mejor forma cuando los conozca —dijo—. Ve sin mí. Yo me voy a dormir.

Lo dejé en mi recámara oscura, con un vaso de agua y un frasco de ibuprofeno en el buró; pero cuando regresé a casa, a medianoche, mi departamento bullía de actividad. Olía a marihuana.

En la cocina, vi que Charlie había empezado a hacerse una taza de chocolate caliente que dejó a medias. Lo encontré en el piso de la sala, recargado contra el sillón bueno de Craigslist, con la guitarra en el regazo. Había cáscaras de mandarina y hojas de papel desparramadas a su alrededor. Tenía mi computadora portátil abierta frente a él y la miraba. En la mesita, había papel para hacer cigarrillos y una caja de Altoid llena de marihuana. Los cojines de ambos sillones estaban tirados en el suelo.

—Pensé que te sentías mal.

Alzó la mirada.

—Hola, mi amor. Me siento mucho mejor. Me di cuenta de que quizá era una alergia.

Por primera vez me sentí enojada con él.

—Charlie, no puedes usar mi computadora.

Me acerqué, la cerré de golpe y se la arrebaté. Él alzó la mirada.

—Perdón. No sabía.

—Todos mis textos están ahí. Es muy importante. No puedes solo... tocarla con las manos llenas de mandarina.

—Nunca trataría tus cosas sin respeto, sobre todo la computadora que usas para trabajar. Debí preguntarte —dijo Charlie. Calló y se mordió el labio—. Solo que la mía es muy lenta por tanta pornografía.

Estaba tratando de hacerme reír. Me senté junto a él.

—Charlie —me quejé.

—Aprendí a tocar una canción para ti. Joni Mitchell, dijiste que te gustaba.

—Okey —dije calmándome—. Tócamela.

—¿Qué tiene ese Peter que yo no tenga?

Estábamos sentados en la banca afuera de mi edificio; Charlie fumaba y yo inhalaba el humo. Esta vez sí iba cubierto, llevaba

116

una gabardina larga negra que había encontrado en el fondo de su clóset, parecía una estrella de rock británica.

—Nada. No voy a entrar en el juego.

—Tenía un pito grande, ¿o no?

Miré a Charlie.

—Basta. No voy a hablar de esto.

Charlie inhaló fuerte su cigarro y no dijo nada. El autobús número dos frenó frente a la parada en Gorham y bajaron varios estudiantes con mochila.

Cuando miré a Charlie, fruncía el ceño y sus ojos estaban vidriosos por la preocupación.

—¿Qué pasa? —pregunté.

—Me cuesta trabajo imaginarlo.

—Pues no lo hagas.

—Perdón —dijo sin fuerza—. Es que no me había dado cuenta de que sí te acostaste con él.

—Ah, lo siento —murmuré.

Lo miré por el rabillo del ojo, observaba el cielo gris y el cigarro temblaba entre sus dedos. Sus labios y mejillas estaban sonrosados por el frío.

—Hay algo que puedes hacer para compensarme —dijo.

—¿Qué?

—Para el programa ambulatorio en el que estoy, mi médico me pide un análisis de drogas cada mes. Es obvio que no consumo drogas duras, pero sí fumo marihuana, como es de tu conocimiento. —Me lanzó una mirada rápida. Como permanecí callada, continuó—: Pero son superestrictos, hasta la marihuana es un problema si sale en el análisis. Ya lo hablé con mi psiquiatra y ella sabe que fumo para calmar mi ansiedad y no tiene problema con eso. De hecho, me apoya, pero para este examen debo estar limpio. Así que lo que te pido, y sé que suena raro, aunque la gente lo hace más veces de lo que pudieras creer... ¿podrías darme tu orina?

—No.

—¿No?

—Lo que decidas con tu psiquiatra es asunto tuyo, yo no voy a involucrarme.

Charlie se apoyó contra el respaldo de la banca.

—Okey —dijo—. Entiendo.

Después de que pasó algún tiempo, me di cuenta de que estaba esperando que nuestra relación comenzara. ¿Cuándo empezaríamos a hacer cosas de novios? ¿Viajar juntos, visitar museos, ir a librerías? ¿Cuándo iríamos al cine? Ni siquiera habíamos salido a cenar. En primer lugar, Charlie no tenía dinero. El dinero que ganaba en su empleo de construcción se lo guardaba Faye.

—Es mejor que no lleve efectivo —me explicó.

Charlie tampoco se sentía bien para hacer nada. Siempre estaba cansado o se enfermaba de algo. Sus horarios de trabajo eran inconstantes y, aunque se comunicaba conmigo muchas veces al día y lo veía casi todos los días, nunca hacíamos planes con anticipación. Me enviaba mensajes para decirme que estaba libre y si podía ir a mi casa.

Esa dinámica comenzaba a cansarme, pero siempre le decía que sí. A pesar de mi frustración, era mi persona favorita para pasar el rato.

Una noche estábamos en cama escuchando música a oscuras. Hubo una pausa dramática en la canción que de alguna manera se sincronizó con el movimiento que hicimos para mirarnos. Me pareció muy divertido y un poco vergonzoso también, como si estuviéramos en una película con una banda sonora trillada.

Empecé a reír y no podía parar. Charlie comenzó a reír también, con la misma fuerza. Perdimos el control y reímos juntos.

—¿Te diste cuenta? —le pregunté.

—¿De qué?

—Eso con la música.

Negó con la cabeza, sin dejar de reír y con los ojos brillantes.

—Entonces ¿de qué te ríes? —pregunté.

—Me río porque tú te ríes —respondió—. Nunca te había escuchado reír tanto.

En retrospectiva, creo que fue en ese momento cuando empecé a enamorarme de Charlie.

Finalmente, Charlie conoció a mis amigos una noche después del taller en el City Bar. Llegó una hora después de lo que había prometido, estábamos terminando nuestra segunda copa. Cuando llegó, Rohan, Sam, Wilson y David lo voltearon a ver de arriba abajo, evaluándolo. Se estrecharon la mano con seriedad, como si estuvieran finalizando algún tipo de negocio formal.

—Tú eres la de Nueva York —dijo Charlie cuando Vivian se presentó.

La sonrisa de Vivian fue deslumbrante.

—Nacida y criada.

—Sí, parece que vienes de Nueva York.

Era cierto, Vivian parecía neoyorquina, pero sentía las reacciones mudas de mis amigos. Ese comentario fue extraño; prácticamente, fue lo primero que le dijo a Vivian, lo primero que dijo frente a todos.

Vivian solo rio.

—¿Cuál es el aspecto de un neoyorquino?

Contuve el aliento.

—Audaz.

Charlie se sentó junto a mí.

—¿Así que es aquí donde se ven cada semana? —me preguntó.

—Después de cada taller —respondí en voz alta para invitar a los demás a que se unieran a la conversación, pero nadie dijo nada.

—Cuando estaba en la universidad, acostumbraba emborracharme en este lugar hasta quedar perdido —dijo Charlie mirando alrededor—. Creo que me echaron de aquí algunas veces. ¿Sigue habiendo dardos?

—Al fondo.

—Deberíamos jugar.

—Quizá.

Miré a mis amigos, quienes terminaban su bebida. Sam y Wilson habían empezado a murmurar entre ellos.

Me sentí mortificada. Charlie no hacía contacto visual con nadie más, salvo conmigo. Ni siquiera fingía advertir a las personas a nuestro alrededor.

—Charlie —dijo Rohan en ese momento—. ¿Cuánto tiempo llevas en Madison?

—Aquí crecí —respondió Charlie—. Regresé a casa hace como un año.

—Qué bien —dijo Rohan—. ¿Qué se siente regresar?

—Nada mal. Estoy adaptándome.

Rohan asintió comprensivo. Se hizo una larga pausa en la que recé para que Charlie le preguntara algo a Rohan, pero no dijo nada.

—Debe ser un lugar agradable para crecer —terminó por decir Rohan.

Charlie sonrió.

—Es un buen lugar para formar una familia, sí.

Mis amigos no se quedaron mucho tiempo. Se fueron como fichas de dominó; primero Wilson y diez minutos después todos pagaron su cuenta; Charlie y yo nos quedamos solos en la mesa.

—Supongo que no les caí muy bien —dijo Charlie sonriendo, pero su mirada estaba triste.

—No es eso, Charlie. Es solo que llegaste muy tarde, ya llevábamos horas aquí.

Pero tenía razón, no les había caído bien. Eso era claro. Cuando la esposa de Sam, Katie, vino de visita desde Kansas City, pasamos toda la noche con ella; le hicimos preguntas, la conocimos, entendimos por qué Sam y Katie estaban juntos como pareja. Y ella también hizo preguntas. Katie sabía estar en un grupo, de hecho, era mejor que Sam dentro del grupo. Aunque no le interesara el mundo de la maestría —ella era bioquímica—, se unió a nosotros cuando la conversación giró hacia la escritura. Hizo comentarios sobre cómo nuestro mundo se comparaba con el suyo en el laboratorio. Bromeaba, se adaptó.

Estaba sentada junto a Charlie en la mesa del City Bar, rodeados por todos los vasos vacíos de cerveza, lo abracé. Ahora que estábamos solos se veía más relajado, más él mismo. Se veía dueño de sí, su rostro parecía más viejo y reflexivo. Me hubiera gustado que estuviera así cuando mis amigos estaban aquí.

—Me gusta estar contigo —dije.

—¿En serio? —preguntó—. ¿Qué te gusta de estar conmigo?

—Te hace real. Una persona real, no solo un producto de mi imaginación.

Pasé la mano por su rostro y sonrió.

—¿Qué piensas de la demostración de afecto en público? —preguntó, poniendo una mano sobre mi pierna.

—No me molesta.

—¿No?

Negué con la cabeza.

Mientras me besaba, deslizó la mano hacia arriba y con el dedo pulgar acarició la costura de mi entrepierna.

Le pedí a Charlie que me enseñara uno de sus cuentos. Solo encontró uno que había guardado hacía diez años. Lo escribió para una clase de Escritura Creativa que tomó en la universidad. Desde el primer párrafo, me di cuenta de que me gustaba cómo escribía. Su historia trataba de un chico de catorce años que, después de la escuela, hace llamadas a una línea telefónica de sexo. El chico termina hablando con otro adolescente que, básicamente, hace lo mismo que él; aunque ambos fingen ser mujeres adultas y no se dan cuenta de que están hablando con otro chico. Al final, los padres se dan cuenta y la situación es muy humillante.

Gran parte del humor que Charlie tenía a los diecinueve años era ofensivo para las mujeres y las trabajadoras sexuales; si lo presentara en el taller, se lo comerían vivo. Sin embargo, aparte de lo ofensivo, trataba de un adolescente, de su soledad y su vida familiar, de la manera en que intenta relacionarse y equivocarse. Me encantó.

—Charlie, es muy bueno —dije al terminarlo.

—¿En serio?

—Es increíble. ¿Por qué ya no escribes?

—No sé. No sé de qué escribir.

—¿Bromeas? Tienes muchas cosas que decir.

Esa noche le mandé a Charlie por correo electrónico una de las historias de Rohan. El relato era mucho más maduro que el de Charlie, lo que era lógico puesto que Charlie no había escrito desde que era adolescente, pero ambos hablaban de sexo y masculinidad, y lo hacían sin miedo.

«La historia de Rohan me recuerda a la tuya», escribí. «Dime qué te parece».

En la mañana revisé mi correo, pero Charlie no había respondido.

Hice que mis alumnos leyeran un cuento de Mary Gaitskill, llamado «El otro lugar». Era una narración desde el punto de vista de un hombre que fantasea con herir y matar mujeres.

—No entiendo por qué leemos esto —dijo Jenna, una alumna con la que siempre podía contar para iniciar el debate. Siempre hacía las lecturas y participaba—. Es sexista.

Me miró arqueando las cejas.

—¿Qué piensan los demás? —pregunté.

—Me hizo sentir incómodo —opinó un estudiante llamado Taylor—. Si la autora en verdad sentía la necesidad de escribir sobre un sociópata, quizá podía haberlo hecho en tercera persona para no tener que escuchar todos sus pensamientos.

—O tal vez la historia podía haber terminado con una conversación entre el hombre y su hijo, que hablaran de sus problemas —sugirió alguien.

El resto de la clase permaneció en silencio.

Miré alrededor, estaba sudando. De pronto me sentí avergonzada. ¿A qué estaba sometiendo a mis alumnos? Me sentí en cierto sentido una depredadora.

Una chica llamada Nina alzó la mano.

—A mí me gustó —dijo—. Pienso que todo el asunto consiste en que Mary Gaitskill no tenía miedo de incursionar en el tema. No dice que está bien ni lo justifica, solo dice que existe este ser desquiciado y que podría ser tu vecino de al lado, tu agente inmobiliario o el tipo callado de tu clase, y que allá afuera hay muchos más hombres así de lo que creemos.

—No se supone que deba haber una lección o moraleja —intervino un alumno llamado Evan—. No creo que esté tratando de enseñarnos algo. Para eso no son las historias, no todas tienen final feliz ni hablan de buenas personas.

Hizo énfasis en la palabra buenas, levantando dos dedos para marcar las comillas.

—Pues a mí no me importaría leer una historia feliz de vez en cuando —murmuró alguien, aunque no pude ver quién.

En los últimos veinte minutos de clase les pedí que sacaran una hoja en blanco y una pluma. Se hizo un breve silencio, luego abrieron sus mochilas y sacaron su cuaderno.

—Este ejercicio de escritura no es algo que llamaría divertido —les dije—, pero me parece que es útil. Quiero que todos piensen en su pasado y encuentren el momento más vergonzoso que hayan vivido. Escribirán sobre ese momento. No vamos a compartirlo. Al final de la clase pueden romper o quemar el papel, hagan lo que quieran con él. Si así lo desean, pueden pasar los siguientes veinte minutos escribiendo su nombre cien veces, yo jamás lo sabré. Nadie salvo ustedes lo leerá, así que no es necesario darle un final feliz, hacerlo bonito o siquiera preocuparse de que esté bien escrito. Solo concéntrense en que sea real. Quiero que hagan que el lector, uno imaginario por supuesto, esté con ustedes en ese momento y luego lo guíen fuera de él también. Escriban en primera persona. ¿Preguntas?

Jenna levantó la mano.

—¿Qué pasa si no podemos pensar en nuestro momento más vergonzoso?

—Cualquier momento vergonzoso funcionará. No tiene que ser el más vergonzoso; solo hagan que cobre vida.

Vi como los alumnos abrían su cuaderno. Algunos empezaron a escribir de inmediato y otros se quedaron con el lápiz recostado sobre la página, con el ceño fruncido por la preocupación. Yo miré mi propio cuaderno y empecé a escribir. Muy pronto, el salón se llenó con el sonido de los lápices que rasgaban el papel y el ocasional sonido de páginas pasando.

Veinte minutos más tarde, todos seguían escribiendo.

—¿Cómo les fue? —pregunté rompiendo el silencio.

La mitad de la clase seguía escribiendo y el resto de los estudiantes me miró. Su rostro parecía más tranquilo y juvenil que antes.

—Brutal —dijo un chico, Andrew, y luego sonrió.

Esa noche en el auto de Charlie, camino a los suburbios para una cena familiar, le pregunté si había leído la historia de Rohan que le había enviado por correo electrónico.

—Ah, sí. Creo que lo empecé.

—¿Te gustó?

—Bastante bueno. Pero no veo cómo nuestros textos son similares. Yo no escribí acerca de qué significa ser indio.

Miré a Charlie. Daba golpecitos sobre el volante, moviendo la cabeza al ritmo de la canción que sonaba. En el portavasos había un enorme café helado de McDonald's.

—Lo sé —dije—. La historia de Rohan trata de mucho más que ser indio.

Charlie se encogió de hombros.

—Solo leí las primeras páginas, creo.

Luego subió el volumen.

9

Faye solía trabajar en servicio a clientes. Ahora solo lo hacía algunas mañanas entre semana, en la oficina de ayuda financiera de la universidad. Incluso cuando no trabajaba, todo el tiempo estaba ocupada. Siempre que la veía estaba a la mitad de una lista de pendientes: un viaje a Target, llevar a lavar el auto, dejar o recoger la tintorería de Paul. También tenía muchos amigos. Pertenecía a un club de lectura, a un club de caminata, a un grupo de estudio bíblico y tomaba clases de tenis. Pero todas las tardes estaba en su casa a las cinco para preparar la cena. Cada comida era temática: ¡Noche de haz tus propios tacos! ¡Noche italiana! O ¡Desayuno para la cena!

Charlie y yo nos servíamos en la estufa y llevábamos la comida al estudio para comer frente a la televisión. Faye y Paul cenaban juntos en la sala, frente a su tele.

—¿Por qué no comemos con ellos? —le pregunté a Charlie.

—Podríamos —respondió—. Pero a Paul le gusta ver programas horribles.

—¿Cómo le hace tu mamá para estar siempre de buen humor?

—Creo que solo se siente aliviada de que ahora las cosas estén tranquilas —dijo Charlie—. No siempre han sido así.

Cuando Faye había hablado de las cenas familiares, yo no esperaba que comiéramos en habitaciones diferentes, frente a televisores distintos. Los Nelson tenían una mesa formal en el comedor, pero nunca había visto que la usaran.

Mis hermanos y yo nunca tuvimos permiso de ver la televisión durante la comida. Ahora veía programas en la computadora todo el tiempo mientras cenaba sola en mi departamento. A veces veía cosas cursis como *Tres por tres* o programas de telerrealidad, por ejemplo, *The Bachelor* y *Las Kardashian*. Me gustaba ver a las pretendientes de *The Bachelor*, la manera en la que las mamás lloraban cuando sus hijas cruzaban la puerta, cómo los papás se mostraban sobreprotectores. Lo más importante en el mundo para esas familias era el corazón de sus hijas. Todo era una farsa, pero a veces veía uno de esos programas y me daba cuenta de que estaba llorando o veía mi rostro reflejado en la pantalla de la computadora sonriendo como una idiota. Me odiaba en esos momentos, que yo fuera eso.

Mi familia no era como esas familias. No era que no supiéramos cómo mostrarnos amor, no dudaba que mi familia me amara. Más bien, no sabíamos cómo mostrar nuestro dolor, cómo consolarnos unos a otros. Éramos sombras, la sombra de una familia. Cuando pensaba en ello, desde la perspectiva de un desconocido, no culpaba a mi madre por haberse ido. De cierta manera extraña, esperaba que hubiera encontrado una nueva familia. Quería eso para ella, de la misma manera en la que esperaba que, algún día, yo también pudiera encontrar una nueva familia para mí.

Cuando imaginaba volver a reunirme con mi madre era en el contexto de una boda, un nacimiento o un funeral. En general, esas eran las situaciones en las que la gente mostraba su apoyo. En mi imaginación, nuestro encuentro nunca era como en *The Bachelor* o como sucede en las terminales de los aeropuertos: corriendo la una hacia la otra a toda velocidad, con los brazos abiertos y el rostro bañado en lágrimas. Eso sería bonito, pero no era nuestro estilo.

Estaba la fantasía de mi boda. Mi marido era un hombre sin rostro, aunque apuesto. Mi fiesta de compromiso estaba llena de diversión y mujeres animadas; pero no sabía bien quiénes eran. En mi mente, Monica era mucho más agradable y nos llevábamos muy bien. Ben y Aaron estarían ahí. Mi padre, feliz y ecuánime. Cuando mi madre llegara, tarde, todos ya estaríamos pasando un gran momento. La imaginaba con un vestido sencillo, con su largo cabello oscuro sobre la espalda. Nunca usaba maquillaje, pero sí mucha joyería: collares sobre collares, anillos en cada dedo y un pequeño diamante en la nariz.

En mi fantasía, se sentía abrumada por todas las personas en mi vida. Sentiría remordimiento. Nuestras miradas se cruzarían desde ambos extremos del salón. Me miraría y todo estaría ahí, en esa mirada: «Lo siento. Aquí estoy». Ahí se detenía la fantasía y terminaba. Era bueno ver mi vida a través de sus ojos, plena y hermosa.

Cuando imaginaba que me reunía con ella en un funeral, a menudo era el mismo grupo de gente que había ido a mi boda. Un marido cariñoso y sin rostro, varios amigos, una familia que se parecía a la mía, pero en realidad no lo era. Se trataba de mi propio funeral. Todos estaban ahí, menos yo; se ponían de pie para hacer efusivos elogios. Me gustaba imaginar lo que cada persona diría de mí: Ben, Aaron, mi padre, Robbie, mi esposo. Entonces, mi madre sabría que era demasiado tarde. Después, cuando todos lloraran unos en brazos de otros, mi esposo se acercaría a ella.

—Tú eres Naomi —diría.

Ella asentiría.

—La madre de Leah.

Mi papá se acercaría, mis hermanos también. A veces, incluso Robbie. En mi mente, todos estaban un poco deformados, como una versión de ensueño o una imagen extrema de quienes eran realmente. Todos salvo Robbie. El Robbie de la vida real y el de mi imaginación eran siempre iguales. Supongo que esa era la razón por la que me sentía segura con él.

10

Faye y Paul irían en Navidad a visitar a unos amigos en Arizona, como hacían cada año. Estarían fuera una semana, del 19 al 26 de diciembre, y Charlie se quedaría en la casa con el gato. Mi vuelo a Boston era el 24. Charlie me preguntó si podía quedarme con él y con Chicloso en los suburbios. No sabía cómo decirle que quedarme en su casa sin Faye ahí era muy poco atractivo.

Unos días antes del viaje de los Nelson fui a casa de Charlie y Faye dijo:

—Cuando estén aquí cuidando a Chicloso, les voy a dejar dinero para que puedan pedir comida algunas noches. Leah, quiero enseñarte dónde guardo la secadora y otras cosas de mujeres.

En ese momento me di cuenta de que ya estaba decidido: me quedaría.

Faye me llevó a su enorme baño que tenía una barra de granito, dos lavabos, un *jacuzzi* y todos los tipos de productos de belleza imaginables.

—Usa lo que quieras —dijo—. Lo mío es tuyo.

—Gracias —respondí mirando las docenas de botellas, lociones y frascos de maquillaje.

—Mientras esté fuera, ¿podrías recordarle a Charlie que se tome las medicinas todas las noches a las nueve? Y sería bueno que acudiera a una o dos reuniones.

—Okey.

—Y dame tu teléfono, querida —agregó—. En caso de que algo pase mientras no estamos.

El primer día en casa de los Nelson desperté como a las nueve y tomé un largo baño en la regadera de sus padres. Usé el champú y acondicionador caros de Faye. Luego recorrí la casa. La habitación más grande era la sala, con techo abovedado y enormes ventanales que daban al jardín trasero; más allá había un estanque artificial con un círculo de casas idénticas alrededor.

Había pasado mucho tiempo ahí antes, pero nunca sola. Mientras miraba alrededor, me preguntaba qué tanto de la decoración era de Faye, cómo se veía antes de que ella y Charlie se mudaran ahí. El mobiliario de los Nelson era formal, cada mueble parecía nuevo, a pesar de que Faye y Paul los usaban todos los días. El piso estaba alfombrado y bien aspirado. En un rincón había un árbol de Navidad decorado con luces y ornamentos, pero Faye había desconectado las luces antes de irse.

Sobre la chimenea colgaban los retratos de Charlie, Chad y Tyler, de cuando eran niños; juntos, como si fueran verdaderos hermanos, como si se hubieran conocido a esa edad. Chad y Tyler tenía ojos pequeños y saltones; piel rojiza alrededor de la nariz, ojos y boca, y sus sonrisas parecían muecas. Charlie era un niño tremendamente hermoso. Sus ojos azules eran enormes y le faltaba un diente de enfrente. Su sonrisa era igual a la de ahora. También había una foto de boda de Faye y Paul. Faye reía y hacía contacto visual con la cámara, se veía hermosa en un vestido blanco de satén; llevaba el cabello más largo y mucho más oscuro que ahora que ondulaba sobre un hombro. Paul tenía ambos brazos alrededor de la cintura de Faye. Su cabello y bigote ahora eran canosos, pero cuando era más joven eran rubios, como el de Chad y Tyler. Miraba a Faye rebosante de alegría.

Todas las superficies en la sala estaban desnudas. ¿Dónde estaban las cosas? Había cierto sentimiento de orgullo. Esta casa le pertenecía a una familia que se veía de cierta manera. A nivel visceral, me provocaba repulsión, pero también me gustaba estar ahí: era limpia, cómoda y me hacía sentir segura.

Cuando era niña nuestra sala siempre era un caos. Había montones de cosas por todos lados, en exceso: libros y correo basura, revistas, papeles sueltos de la escuela. Objetos aleatorios que debían estar en la basura o que era obvio que no pertenecían a ningún lugar, como las bolsitas de material que daban los dentistas cuando hacían limpiezas, frascos de Advil que ya habían expirado, cuerdas y cables sueltos, cajas de CD sin el disco dentro.

No teníamos retratos profesionales de nosotros, sino impresiones de Kandinsky y de Edward Hopper, o el arte de mi madre. Si había imágenes de rostros en las paredes, no eran de gente que conociéramos.

Me paseé por la recámara de Faye y de Paul. Dejé la puerta abierta de par en par para asegurarme de escuchar a Charlie cuando despertara, pero la casa estaba en silencio. Su cama era extragrande y tenía un millón de cojines encima. La habitación estaba impecable, los cajones cerrados, todo en su sitio.

A cada lado de la cama había un buró que hacía juego. Sobre uno había un frasco de Tums y un reloj. En el otro, una pila de libros: *Ser padre de un adulto adicto*, *Un adicto en casa*, *No dejes que tus hijos te maten*.

No había ninguna fotografía de Chad y Tyler en la recámara, pero sí había algunas de Charlie. Una estaba enmarcada sobre el escritorio: Charlie en su graduación de la universidad con su diploma en la mano. Era más robusto que ahora. Otra foto de él con la exnovia hermosa, que me hizo hervir de celos. Una foto de Faye con Charlie bebé en los brazos, en la cual sus rostros sonrientes se presionaban el uno contra el otro. Esa me quitó el aliento. Salí corriendo y cerré la puerta.

En la sala, saqué mi computadora y me puse a trabajar en una de mis historias sin mucho ánimo, pero no estaba funcionando. Las páginas que había escrito antes me molestaban y cada nueva oración era aburrida y gastada, como si ya la hubiera escrito en otro relato. Al final me dio hambre y fui por comida. La alacena de los Nelson estaba abarrotada. Sin embargo, me sentía enojada de estar ahí atrapada, en lugar de en mi propio departamento. Me quedé en silencio en medio de la cocina de los Nelson, caminando en círculos lentamente. Miré mi teléfono; eran casi las dos de la tarde.

El estudio de Charlie estaba iluminado con la luz invernal. Él estaba en la misma posición, acurrucado bajo las cobijas; su cabello se asomaba, oscuro sobre la almohada blanca. Me subí al sofá cama a su lado. A pesar de que había dormido casi catorce horas, me seguía gustando su olor.

—Charlie —murmuré.

No respondió.

—Charlie —insistí.

Después de unos momentos parpadeó y abrió los ojos.

—Son cuarto para las dos —dije—. ¿Quieres hacer algo?

—Voy a dormir más —masculló—. Estoy muy cansado.

Bajé de la cama, regresé a la sala y esperé a que Charlie despertara.

Cuando escuché los pasos de Charlie, afuera ya estaba oscuro. Yo seguía en el sofá con la computadora sobre el regazo, refrescando Facebook y las otras nueve páginas que tenía abiertas.

Al parecer, llevaba la misma ropa con la que se había dormido y tenía el cabello parado. La mejilla y el mentón estaban marcados por la almohada.

—¿Por qué estás sentada en la oscuridad? —preguntó con voz ronca.

—¿Ya me puedes llevar a casa? —dije.

Se frotó los ojos.

—¿Por qué?

Cerré la computadora, pero eso apagó la única fuente de luz, así que volví a abrirla.

—Porque he estado aquí sentada todo el día esperando a que despiertes.

—Bebé, estaba muy estresado porque mis padres se fueron ayer. Hicieron todo un escándalo y nos peleamos; creo que mi cuerpo necesitaba un día para recuperarse. No quería dormirme todo el día. Debiste despertarme.

—Traté de hacerlo.

—Bueno, la próxima vez salta sobre mí o algo.

—¿Podemos mejor quedarnos en mi departamento? —pregunté—. No quiero estar atrapada aquí en esta casa. No hay nada que hacer.

—Les dije a mis padres que cuidaríamos a Chicloso.

—Puedes regresar a alimentarlo. Tampoco es que necesite atención las veinticuatro horas.

—Leah, lo siento, pero mi mamá quiere que esté en la casa.

—¿Por qué?

—Se siente más tranquila si estoy aquí.

—Bueno, pues yo quiero irme a casa. ¿Me puedes llevar?

Se acercó y se desplomó en el sofá.

—Te había preparado una sorpresa, pero todo salió mal porque fui un imbécil y me dormí todo el día.

Se llevó las manos a la cabeza.

—¿Cuál es la sorpresa? —pregunté.

Ya no importa —respondió acurrucándose.

—No, dime, ¿qué era? ¿Íbamos a salir a algún lado?

—Leah —dijo con voz suave—. Me siento muy mal. Creo que me voy a enfermar.

—¿En serio?

Le toqué la frente. Él asintió y me miró.

—¿Cuál era ese programa del que me platicaste? El de las chicas que viven en Nueva York y todas tienen relaciones sexuales pésimas.

—¿*Girls*?

—Sí. ¿Podemos verlo? Y puedo darte la sorpresa mañana. En serio quiero hacerlo.

—Okey.

Charlie se acercó a mí. Averiguó cómo poner HBO en la enorme pantalla y echó una cobija sobre nosotros. Vimos la tele, acurrucados el uno contra el otro, tomados de la mano bajo la cobija. Cada vez que Charlie se reía de una broma, yo me apretaba más contra él. A la mitad del segundo episodio, Charlie pausó el programa y preparó unos nachos para la cena. La suave luz de la cocina en la noche y los sonidos que hacía Charlie al preparar la comida me hicieron sentir tranquila y feliz.

Al día siguiente, Charlie tenía que ir al consultorio de su médico, por lo que tuvo que despertarse a una hora más razonable: diez de la mañana, para una cita a las once. Tenía treinta minutos para preparar la orina de su amigo para el análisis de drogas, que guardaba, a escondidas, en un termo.

—Tiene que estar caliente para que parezca que acaba de salir de mi cuerpo, pero no hirviendo —explicó mientras metía en el microondas de sus padres la orina de Danny.

Seguía con la misma ropa de hacía dos días y dos noches. El buen olor de Charlie había empezado a evaporarse y comenzaba a oler mal, un poco rancio. Su cabello estaba un poco puntiagudo debido a los aceites naturales del cuero cabelludo.

—¿Te quieres bañar antes de irnos? —pregunté.

—No —respondió mirando por la puerta del microondas—. Mi piel se seca mucho en invierno y la presión del agua me lastima.

—Okey —dije.

Subimos al auto y Charlie encendió la radio, bajó las ventanas y prendió un cigarro. Cuando empezó a manejar hacia Madison, el aire frío del invierno nos inundó. Me sentía muy aliviada de salir de la casa, de los suburbios y de que Charlie estuviera otra vez despierto. El viaje al médico y la tarea de preparar la orina de Danny parecieron darle vigor.

—Si tu psiquiatra está de acuerdo en que fumes marihuana —pregunté—, ¿qué te importa que salga en el análisis?

—Tiene que ver con el seguro y que me receten Suboxone. Aparte, Wisconsin es una porquería. Si viviera en un lugar como Massachusetts, donde la marihuana es legal, esta conversación sería por completo distinta. —Aventó la colilla del cigarro por la ventana—. La verdad es que quiero mudarme a Massachusetts. Aquí en Wisconsin no encajo. Nunca he encajado. Probablemente es una de las razones por las que tú y yo nos llevamos tan bien.

—¿Y quién es Danny? —pregunté—. ¿Por qué aceptó darte su orina?

—Danny es mi mejor amigo. Creo que él piensa que está en deuda conmigo. Fue él quien me metió en toda esta mierda. No lo culpo ni nada. Hubiera empezado a consumir heroína de cualquier otra manera si no hubiera sido con él. Estaba destinado a convertirme en un adicto. Si no hubiera sido con

Danny, habría pasado con alguien más, solo que, por casualidad, fue él.

Miré a Charlie, asombrada. Mientras entraba al estacionamiento del consultorio de su médico, sus ojos estaban un poco delirantes, brillantes de propósito y convicción.

—Dios mío. ¿Cómo sabes que su orina está limpia?

—Ah, confío en él. Ambos estamos limpios ahora. Es el mejor. A veces extraño estar con Danny. Antes estábamos juntos todo el tiempo, todos los días, durante años. Es prácticamente mi hermano.

—Entonces ¿por qué ya no lo ves?

—Ese es el problema, que todo lo que hago con él es consumir drogas. —Se estacionó y volteó a verme. El termo con la orina estaba entre nosotros en el portavasos—. Todo lo que hago con la gente es consumir drogas. Por eso te amo, Leah. Tú eres la única persona que conozco cuya vida no se trata de drogarse. Hacemos muchas cosas juntos, pero nunca eso.

Quería decirle que nunca hacíamos nada juntos, pero ya iba diez minutos tarde.

Por su actitud, supe que las cosas no habían salido bien. Llevaba el termo a plena vista en lugar de escondido bajo su chamarra, como cuando entró.

—¿Qué pasa? —pregunté cuando volvió al auto.

—La cita era ayer.

—¿En serio?

—Carajo.

Azotó la cabeza contra el volante.

—¿No te dejaron hacerla hoy?

—Esa maldita enfermera dijo que estuvieron llamándome ayer, pero yo no contesté ninguna llamada.

Alzó la cabeza y encendió el auto; se echó en reversa sin siquiera mirar hacia atrás o ver el espejo retrovisor.

—Charlie —dije—. Todo va a estar bien.

—No sé.

Conducía a toda velocidad y fumaba al mismo tiempo. Cuando pasó sin detenerse una señal de alto, me tensé.

—Conduce con cuidado, por favor.

—Siempre lo hago.

Pensé en pedirle que me dejara ahí mismo. Estábamos a solo diez minutos de mi departamento. Pero él estaba alterado y yo no sabía cómo reaccionaría si se lo pedía. Además, todas mis cosas estaban en su casa, incluida mi computadora.

—Entonces ¿esto qué significa? —pregunté.

—Quizá me echen del programa, tal vez mi psiquiatra me defienda. Le caigo bien, pero ahí son unos imbéciles. No entienden lo que significa estar en recuperación.

—¿Te van a sacar solo porque faltaste a un análisis?

—Esta es la tercera vez, o eso dicen. Tres *strikes* y estás fuera. Dicen que me llaman para recordarme, pero nunca recibo sus llamadas. Para ser francos, creo que llaman a propósito al número equivocado.

—¿Crees que deberías llamar a alguien? ¿A tu psiquiatra?

—De verdad tengo que regresar a casa y descansar —dijo Charlie—. Anoche no dormí bien porque estaba nervioso por este estúpido análisis.

—¿Y si llamaras a tu mamá?

—Leah, por favor, solo tengo que echarme una siesta.

Charlie volvió a desaparecer en la cama el resto de la tarde mientras yo me quedé sentada en el sofá de la sala. Traté de leer, pero repasaba el mismo párrafo una y otra vez. Quería irme a casa. Pensé en llamar un taxi, aunque irme de forma tan abrupta me parecía más aterrador que solo quedarme ahí. Deseaba que Faye estuviera aquí.

A la hora de la cena fui a ver cómo estaba Charlie, pero no estaba en la cama. Lo busqué en el baño, la puerta estaba entreabierta y las luces apagadas.

—¿Charlie? —lo llamé.

Recorrí la casa aunque no creía que estuviera adentro, porque lo hubiera escuchado caminar. Revisé todas las recámaras, los baños, la terraza acristalada y el porche trasero.

—¡Charlie! —grité.

Miré mi teléfono, pero no tenía mensajes de texto ni llamadas perdidas. Cuando traté de llamarle por teléfono, sonó y sonó. Me puse los zapatos y salí.

Ahí lo vi, sentado en su auto, en la entrada, en la oscuridad. Corrí gritando su nombre. Estaba furiosa.

Cuando llegué a la ventanilla vi que estaba sentado erguido en el asiento del piloto, pero dormido con la cabeza echada hacia atrás en el reposacabezas; tenía la boca un poco abierta y las manos sobre el regazo. No llevaba su abrigo negro, sino una gran chamarra acolchada naranja que no reconocí.

Sentí miedo.

Traté de abrir la puerta, pero estaba cerrada. Toqué con fuerza en la ventanilla.

Despertó y me miró a través del vidrio. Luego abrió la puerta.

—Perdón —dijo—. Me quedé dormido.

—¿Qué carajos, Charlie? —Estaba casi llorando—. ¿Qué haces aquí afuera?

—Salí a fumar un cigarro, pero hacía mucho frío, así que fumé en el auto y me quedé dormido.

—¿Por qué estás durmiendo tanto? No es normal.

—Creo que estoy enfermo. Tal vez tengo que ir al médico.

—Hoy estuviste con el médico. ¿Por qué no le dijiste nada?

—Necesito ir con mi médico general, no con un consejero especializado en drogas. Creo que tengo algún tipo de virus.

—Charlie, ¿estás consumiendo? Dime, ¿está pasando algo? —pregunté.

Él negó con la cabeza.

—Cuando consumes drogas no pasa esto. Si hubiera recaído, no sería capaz de tener esta conversación contigo. Además, la medicina que tomo no me dejaría drogarme aunque quisiera. Parpadeó al decir esto.

—Charlie, quiero que me lleves a casa.

Abrió los ojos.

—En serio quiero darte esa sorpresa.

Su voz y sus ojos eran tan inexpresivos al decirlo que lancé una carcajada, pero él solo me miró fijamente. Dejé de reír.

—No creo que sea una buena idea.

—Por favor —insistió—. Creo que te va a gustar.

Salió del auto y cerró la puerta. Cuando me abrazó, me apretó fuerte y debajo de su olor sucio pude oler a Charlie, lo que fuera que amaba de él.

Me encogí de hombros contra su pecho.

Entramos a la casa juntos y Charlie me llevó al baño de sus padres. Encendió una de las luces y la atenuó a un nivel muy bajo, un ámbar suave. No se quitó ni los zapatos ni la enorme chamarra acolchada, que era al menos dos tallas más grande. Se inclinó sobre la tina y prendió la llave de agua caliente, pasando el dedo bajo esta varias veces.

—Okey —dijo tocándome el hombro—. Espera aquí un segundo.

Salió y me quedé en el baño. Vi cómo el *jacuzzi* se llenaba de agua y el vapor formaba nubes. Después de un tiempo, cerré la llave y me quité la ropa. En el espejo me veía más delgada de lo que imaginaba. El cabello me había crecido hasta debajo de los hombros, sobre mis pechos. Tenía un aspecto triste y poco familiar. Me metí a la tina vaporosa y esperé. Al final, Charlie entró con una charola donde había dos latas de cerveza de raíz con unos popotes de plástico rosa. También había una vela encendida. Seguía con la chamarra puesta y olía a cigarro fresco.

—Hola —dijo.

—Hola.

Puso la charola a un lado de la tina.

—Esta vela flota en el agua. Pensé que te gustaría.

Con cuidado colocó la vela flotante en la superficie del agua y la miramos flotar y mecerse.

—Gracias —respondí—. Sí me gusta.

Se quitó la chamarra y la ropa, y las dejó amontonadas en el suelo. Cuando entró, me asombró su delgadez. Su estómago era cóncavo y sus extremidades eran largas y cadavéricas. Pensé en lo poco que comía. Dormía casi todo el día y solo comía una vez, en general en la noche. Se sentó al otro extremo de la tina y nos miramos. El baño estaba casi a oscuras, las únicas luces eran las atenuadas en el techo y el parpadeo de la vela flotante.

—Sé que no es mucho —dijo Charlie—. Pero espero que te guste, mi amor.

Iba a decir algo, pero Charlie se quedó dormido ahí en el agua.

11

Al día siguiente, le dije a Charlie que me llevara a casa. Cuando llegamos a mi calle, en Madison, sentí como si regresara después de meses de estar fuera. Mis días en los suburbios fueron como vivir en otro planeta. Demasiadas horas de silencio en la sala de los Nelson, comiendo cereal sola y esperando que Charlie despertara.

Nos quedamos en el auto unos minutos sin hablar, frente a mi departamento.

—No podré manejarlo si estás a punto de terminar conmigo —dijo al final—. No creo que pudiera soportarlo. Claro, es tu decisión y puedes hacer lo que quieras, pero si vas a terminar conmigo, ¿podrías esperar solo algunos días? ¿Quizá hasta después de Navidad? —Me miró—. No tenemos que hablar ni vernos ni nada, pero, al menos, puedo fingir que todo está bien y que solo estás ocupada escribiendo y que te voy a volver a ver en la semana.

—Charlie, solo responde una pregunta con honestidad. No terminaré contigo si me dices que sí, pero necesito saber. ¿Estás consumiendo drogas?

Se quitó el cinturón de seguridad y volteó a verme para enfrentarme.

—No. No lo hago. —Tomó mi mano—. Mira, estoy progresando. No soy perfecto. Sé que dijiste que tengo un rostro perfecto o algo así de loco, pero creo que eres la única persona en el mundo que en serio cree que soy así de guapo. —Sonrió, aunque su mirada era temerosa—. Y he hecho muchas tonterías, pero sé que hay algo entre nosotros. —Me apretó la mano—. Es como un zumbido eléctrico cuando estamos en la misma habitación; está ahí y los dos lo sentimos, quizá otras personas también lo perciben. Pero, en serio, Leah, no es algo a lo que quiera renunciar.

—No sé —respondí—. Siento ese zumbido también, pero parece que tú no... —hice una pausa— estás sano.

—Trato todos los días de estar más sano. Estoy tratando de ser el mejor Charlie Jacob Nelson que pueda ser. Eso es todo lo que puedo darte.

—Necesito estar sola un tiempo —dije soltando su mano.

Charlie no dijo nada cuando salí del auto.

Las primeras horas disfruté mi libertad. Me bañé y caminé desnuda por el departamento. Limpié las pequeñas y hermosas habitaciones, me eché en ropa interior sobre la alfombra azul y blanca en la sala. Me hizo sentir bien no tener que responderle a nadie, no tener que pedirle la tarjeta de crédito a Faye, no tener que alimentar a Chicloso, no pensar en el Suboxone ni la temperatura de la orina.

Me vestí y fui al pequeño supermercado que estaba a unas cuadras. Compré burritos congelados, chocolate negro y mandarinas. Después fui al bar Johnson para tomar un café. Tan pronto como entré, advertí a un hombre que iba vestido con un suéter azul de cuello redondo que estaba sentado en la barra. Empecé a sudar bajo mi chamarra de invierno.

Fingí no haberlo visto mientras esperaba en la fila y luego hice mi pedido. Pero una vez que pagué, miré alrededor.

—Hola, Peter.

Él sonrió.

—Hola, Leah.

—¿Cómo estás?

—Bien. Consultando algunas solicitudes.

—Ah. ¿Y para qué? —pregunté.

—Estoy tratando de ir a Barcelona en el verano. Hay algunas becas que ofrece el departamento.

—Es genial. Recuerdo que querías pasar tiempo ahí.

Era extraño acostumbrarme a la normalidad de una conversación. Hablar de internet, becarios, departamentos.

—¿Tú cómo estás? ¿Cómo va la escritura?

—Bien —respondí—. Un poco lento estos días.

El barista me dio mi café para llevar y lo puso en la barra. Le agradecí asintiendo.

—Bueno —dijo Peter cuando volteé a verlo—. Espero con entusiasmo tu primer libro.

—Quizá espéres mucho tiempo.

Lanzó una carcajada.

—Seré paciente. Ya llegará, no tengo duda.

Estaba a punto de decir algo más, pero Peter hizo un gesto hacia su computadora.

—Tengo que trabajar. Me dio gusto verte.

—A mí también —dije.

Casi llegaba a la puerta cuando escuché que Peter me llamaba y volteé.

Tomó su mochila y sacó el libro de cuentas de Bea Leonard.

—Hace semanas que lo cargo conmigo —dijo—. Por fin puedo regresártelo.

—Gracias —respondí.

Tomé el libro, abatida. Quería preguntarle qué le había parecido, pero, por su expresión, supe que en realidad estaba ocupado. Peter tenía una vida y debía regresar a ella.

Tan pronto como salí a la banqueta, me di cuenta de que había olvidado mi café en la barra, pero ya era demasiado tarde. No podía volver a entrar. Mis ojos se nublaron de lágrimas. Me odiaba a mí misma.

El resto del día lo pasé escribiendo sin descanso. Charlie no me había enviado mensajes desde que me dejó en casa. Decidí que lo único que me haría sentir mejor era escribir algo bueno, algo que pudiera presentar en el taller y me hiciera sentir orgullosa.

Cuando me cansé de escribir sentada en el sillón bueno de Craigslist me pasé al malo y escribí más ahí. Luego me senté frente a la mesa de la cocina, donde guardaba montones de papeles. Encontré la nota de Bea: «Me parece que deberías enviar este cuento a los periódicos».

Mi corazón empezó a latir con fuerza y me erguí. Escribí: «Presentación de textos de ficción en el *New Yorker*» en la barra de búsqueda. De pronto, el mundo me pareció mucho más amplio. Escribí un correo electrónico:

> Estimados editores:
> Envío adjunto mi cuento, *Trece*. Agradezco su interés.
> Atentamente,
> Leah Kempler

Presioné el botón de enviar.

Esa noche, mientras me estaba quedando dormida, no dejaba de pensar que escuchaba vibraciones, pero cada vez que revisaba mi teléfono, no había nada. Al final, puse el teléfono en silencio, giré en la cama y caí en un sueño inquieto.

En la mañana, caminé en la nieve durante dos horas, por los tranquilos vecindarios del lado este. Las casas de Willy Street, Jenifer Street y Spaight eran viejas, de color rosa encendido, violeta, amarillo pálido y verde militar. La mayoría tenía porches enormes al frente y señales de vida en ellos: palas para la nieve, guirnaldas de luces, sofás, mesas de exterior y ceniceros. Se veían restos de los jardines entre la nieve: la barda de alambre, los bordes de piedra, el enrejado desnudo. Había huellas de ángeles de nieve y muñecos por igual con nariz de zanahoria y bufanda, velas en los alféizares. Recorrí de un lado a otro las calles con el viento intenso y helado.

Cuando regresé a casa, mi rostro y manos estaban tan helados que no los sentía y me emocionó ponerme a trabajar. Me di un baño muy caliente y empecé a escribir; no paré hasta que fue de noche. Fue en ese momento que la soledad me golpeó.

Mi soledad. A veces estaba segura de que estaba enferma, pero había estado ahí desde que tenía memoria. Una pesadez que me presionaba el pecho en la noche y también, en ocasiones, durante el día. Era un sentimiento que me separaba de otras personas, aunque en el fondo era una necesidad terrible de sentirme cerca de alguien. Cuando era joven, siempre supe que el antídoto para mi soledad sería enamorarme algún día. Mientras crecía, lo que más deseaba en el mundo era enamorarme, más que irme de casa, aprender a manejar o probar las drogas; cosas que emocionan a otros niños. Eso no me importaba. Lo único que quería era que alguien me conociera por completo y yo conocerlo por completo. Cuando me enamoré por primera vez, no de Robbie, sino de un chico de la universidad, fue tan bueno como imaginaba, esto solo confirmó lo que creía que era cierto. Estar enamorada hacía que ese peso se desvaneciera. Y estar sola de nuevo después de haber estado enamorada era incluso peor que la soledad original.

Ahora, mi soledad era tan vasta e interminable que estaba segura de que ahuyentaría a cualquiera que fuera normal.

Cerré la computadora y me acosté de nuevo en la alfombra de la sala. ¿Cómo era posible que tan solo ayer me sintiera libre y feliz de estar aquí sola? Hoy me parecía insoportable. Había estado sola con mis pensamientos durante más de veinticuatro horas. No había hablado una sola palabra en todo ese tiempo. Abrí la boca y dije: «Hola».

Luego escuché el hermoso sonido de una notificación y, esta vez, no era producto de mi imaginación, era fuerte y real. Antes de verlo supe que era de Charlie: «Hola. Tuve una sensación horrible en el estómago, subí a mi auto y acabé frente a tu departamento. Me siento como un arrastrado. Pero puedo regresarme a mi casa».

Esto era mejor, aunque más alarmante de lo que esperaba. «¿Quieres entrar?», respondí.

Abrí la puerta. Llevaba puesta la gabardina negra, no la chamarra naranja tan rara. Se acababa de bañar y tenía los lentes puestos; por alguna razón, todo esto me hizo sentir mejor. Llevaba su guitarra. Nos dimos un abrazo largo y fuerte, como si no nos hubiéramos visto en años. Alcé el rostro y nos besamos, sus labios eran suaves y abultados. Estaba tan feliz que hubiera podido llorar.

Esa noche cantamos *Shelter from the Storm*, de Bob Dylan. Luego él cantó *Have Yourself a Merry Little Christmas*, *Noche de paz* y *Auld Lang Syne*. El día siguiente era la víspera de Navidad y yo volaba a Boston en la mañana. Con mi teléfono, tomé videos de él mientras cantaba. Cuando terminamos, ya casi era medianoche.

—Podrías ser famoso, Charlie —dije.

Estaba acostada sobre la alfombra y él yacía a mi lado.

—No soy tan bueno —comentó.

—Eso no es cierto. Tienes mucho talento. Podrías hacer cualquier cosa que quisieras.

Giró hacia mí y yo hice lo mismo. Nos acercamos hasta que nuestras frentes y rodillas se tocaron.

—¿En verdad lo crees? —preguntó.

—Sí.

—Quizá podría intentar presentarme en una de esas veladas de micrófono abierto o algo así.

—Deberías.

—Hay uno cada jueves en el Michaelangelo's.

Asentí.

—¿Te gustaría alguna vez leer una de mis historias?

—Por supuesto, Leah. Envíame una cuando te hayas ido; así, cuando la lea, sentiré como si estuvieras conmigo.

Luego tuvimos sexo, ahí sobre la alfombra de la sala.

12

Mi papá y Monica habían planeado un fin de semana largo vacacional en un complejo playero en Florida. Cuando digo mi papá y Monica, quiero decir Monica; y cuando digo familia, me refiero a todos los que asistieron a la cena de Acción de Gracias, salvo Soo Min. Le dijeron a Ben que no podía invitarla porque no era una pareja seria.

—Sandeces —susurró Ben a mi oído mientras esperábamos para abordar en la terminal del Aeropuerto Logan—. Soo Min va más en serio que la maldita bailarina vegana.

Hizo un gesto con la cabeza hacia Haley, que estaba dos filas de asientos más atrás, ataviada con un vestido de verano y un sombrero blando de paja. Estaba acostada en tres asientos, la cabeza en el regazo de Aaron y sus sandalias peligrosamente cerca de la cadera de un desconocido.

—Soo Min es médica —continuó Ben—. Carajo, ¡es seria!

—Pero tú, Benjamin, ¿eres serio? ¿Están enamorados?

—¡Ja! ¡Diablos, no! —exclamó en voz alta.

Volteé a verlo.

—Bueno, entonces está bien que no venga a este viaje.

Mi voz sonó hostil y noté que unas gotitas de saliva aterrizaron en su cara.

—¡Dios! —Se limpió la nariz—. Son las siete de la mañana. Cálmate.

—Solo la gente que está enamorada puede venir a estas vacaciones —dije modulando el tono—. Ya sabes, como Christina y Stephen.

Ben rio. Podía ir y venir sin problema del enojo al humor. Me agradaba eso. Aunque, en verdad, me sentía aliviada de que Soo Min no hubiera venido.

Varias horas después llegamos, pálidos y parpadeando, al calor de Florida con los abrigos de invierno colgando del brazo y los pantalones de mezclilla pesados y apretados. Todos, salvo Haley, por supuesto, que llevaba su vestido de lino y sandalias Birkenstock.

—¡Palmeras! —anunció alegre.

Ben alzó los ojos en mi dirección.

Nos alojamos en un condominio gigante que daba a la playa. Cada pareja tenía su propia habitación; Ben y yo compartiríamos una.

—Si roncas —dijo Ben mientras desempacaba—, te mando al sofá.

No respondí. Acababa de recibir un largo mensaje de texto de Charlie. Faye y Paul estaban de regreso en Madison y al parecer estaban enojados con él por el estado en el que estaba la casa.

—¿A quién le escribes? —preguntó Ben.

—A Vivian —respondí.

Me sorprendió la facilidad con la que podía mentirle a mi hermano.

Para evitar problemas, cambié el nombre de Charlie en mi teléfono y le puse Cynthia. Toda mi familia tenía la impresión de que había terminado la relación.

Pasamos los días en la playa sin hacer nada. Cada mañana extendía mi toalla cerca de mis hermanos y lo más lejos posible de los demás. El sol era muy fuerte y tenía que cubrirme con un libro para hacer sombra y poder leer los mensajes de Charlie, que cada vez eran más largos y a menudo se iban por la tangente. A veces, cada oración tenía un sentido diferente o su propio humor. Las cosas empeoraban en su casa. Me dijo que cuando sus padres regresaron a casa lo arrinconaron en la cocina, estaban furiosos con él porque había dejado restos de comida en la barra.

Luego empezó con temas de su infancia. Me contó que cuando era más joven, Paul acostumbraba perseguirlo por la casa y golpearlo, pero, cuando Charlie se lo dijo a Faye, ella no le creyó. También me dijo que le tenía miedo a Paul, que él engañaba a su madre; que de adolescentes, Chad y Tyler se habían gastado el dinero que su madre había ganado con tanto esfuerzo en cocaína, clubes de striptease y prostitutas. Que estaba seguro de que podía encontrar evidencias de todo esto. Que su madre se negaba a creerle, que Faye tenía un patrón para negar lo que hacían todos los hombres abusivos de su vida.

Luego, los textos se desviaban al romanticismo:

A pesar de todo lo que está pasando con mis padres, me siento agradecido de tenerte en mi vida. Pienso en ti y todo lo malo desaparece. Trato de expresar exactamente lo que significas para mí, pero las palabras no te hacen justicia. Me gusta que las palabras hermosa, atractiva, sexi y linda significan algo un poco distinto y tú eres todas ellas, encapsuladas en esta ardiente y única Leah. Y, cuando te veo, tengo esta sensación como si el todo fuera mayor que la suma de sus partes; todas estas cosas tuyas se suman hasta ser tú. Y no sé qué tipo de sentimiento es, no tiene nombre, pero creo que probablemente sabes de qué estoy hablando. Te escribo cartas en mi cabeza en donde te digo lo especial que eres; así me quedo dormido en las noches, hablándote en mi cabeza. Y he estado trabajando en una canción porque esa es la única manera en la que creo que puedo expresar cómo me siento por ti o para acercarme un poco a ti. Te advierto que decírtelo será supercursi.

Cuando le preguntaba sobre la pelea con sus padres, el asunto sobre Paul y cómo iba su tratamiento, nunca respondía las preguntas directamente.

Estaba a la mitad de la lectura de su último mensaje cuando entró una llamada de Faye.

—Ahora regreso —les dije a mis hermanos y corrí por la playa hasta donde empezaba el pavimento.

—Leah, te llamo por Charlie —dijo Faye cuando contesté—. Estamos muy preocupados. Creemos que ha recaído.

Sentí las palabras en todo mi cuerpo. Nunca antes la había escuchado tan seria.

—No lo ha hecho —respondí—. Estuve con él casi todo el tiempo, pero creo que está pasando por una suerte de crisis emocional. Está muy alterado.

—Querida, así es como se pone cuando consume drogas. El chico que encontré cuando volví a casa hace unos días no era Charlie. Se transforma en otra persona.

—Creo que se trata de Paul —dije bajando la voz como si de alguna manera Paul pudiera escucharme—. Charlie no se siente seguro cuando está cerca de Paul.

—Leah, no podemos encontrar a Charlie —agregó como si no hubiera oído lo que dije de su marido—. Se fue ayer de la casa y no ha regresado. No contesta las llamadas. ¿Sabes dónde está? ¿Ha hablado contigo?

—Así es. Pero no me contó que se había ido.

—¿Le puedes decir que lo amo y que quiero ayudarlo? —me pidió Faye—. Estoy de su lado.

—Okey —respondí—. Pero, Faye, no creo que haya recaído.

—Espero que no. —Suspiró— Ya no sé qué hacer, Leah. Es un hombre de treinta y un años. ¿Qué se supone que tengo que hacer?

Parecía que en realidad me estaba preguntando y yo no supe qué responder.

—Bueno, voy a llamar a la policía —agregó con un tono firme y resuelto—. Necesito encontrarlo.

Cuando regresé a nuestro lugar en la playa, Ben y Aaron bebían cerveza, aunque apenas eran las once de la mañana.

—¿Qué fue todo eso? —preguntó Ben.

—Nada —respondí—. Mi amiga está en un drama con su novio.

Ben y Aaron dejaron la cerveza y corrieron al mar.

Le escribí a Charlie: «¿Podemos hablar por teléfono? Acabo de hablar con tu mamá. Te quiere mucho. Deberías llamarla». Como no respondió, traté de llamarlo. La llamada pasó directamente al buzón de voz.

Mi hermano conoció a una chica en la playa. Era estudiante de la Universidad de Florida, tenía el cabello rosa y una perforación en el ombligo con una imitación de diamante.

—Vas a tener que dormir esta noche en el sofá —me dijo Ben en la cena.

—¿Por qué carajo no puedes ir a su casa?

—Por desgracia, tiene tres compañeras de cuarto.

—Tienes problemas —dije—. Problemas graves. ¿Y Soo Min?

—El sofá es cómodo —respondió Ben—. Ahí me eché una siesta esta tarde.

Esa noche, mientras trataba de acomodarme en el sofá imitación piel que estaba en la sala, recibí una llamada de Cynthia.

—Charlie —dije en un murmullo.

—Bebé.

—Me da gusto oír tu voz.

—A mí también —dijo—. Mucho gusto.

—¿Dónde estás? —pregunté.

—Me da pena decirte.

Me erguí. Al otro lado de los grandes ventanales se veían las siluetas de las palmeras, se movían dulcemente contra el cielo negro purpúreo. Me parecía extraño pensar que Charlie estaba en el frío polar de Wisconsin.

—Dime.

—Leah, me he dado cuenta de una cosa: mis padres son abusivos. Tengo que cortar lazos. No hay otra opción. Si me quedo en su casa, es muy posible que vuelva a consumir drogas. —Hizo una pausa y escuché tumulto a su alrededor: voces, gente que caminaba en un lugar cerrado—. Estoy en un refugio para indigentes.

—Dios mío, Charlie.

—Sé que es mucho pedir. Pero ¿podría quedarme en tu casa hasta que regreses? Aquí es horrible. Hay mucha gente y apesta. Ya me robaron algunas de mis cosas. Solo quiero estar en un lugar seguro y caliente para poder respirar mientras hago un plan. No puedo estar con mis padres.

Me llevé las manos a la cabeza. Pensé en todo lo que había en mi departamento: mis libros, mi joyero, mi bocina portátil. Nada era muy valioso. Yo tenía la computadora conmigo.

—Okey —respondí—. Llamaré a mi casero mañana y veré si tiene una llave. Pero, Charlie, tu mamá está convencida de que recaíste. ¿Estás bien? —Hice una pausa—. ¿Recaíste?

—Lo hace solo para controlarme. Cuando no le gusta lo que digo, sobre todo si se trata de Paul o de sus hijos, o si empiezo a

154

poner límites de algún tipo, les echa la culpa a las drogas. Este siempre ha sido el patrón entre nosotros, aunque creo que nunca había estado tan claro como ahora. Leah, tengo que irme, pero gracias. No doy esto por sentado, me estás salvando, en serio.

Colgamos y me acosté. Cerré los ojos y traté de alejar la persistente desilusión: que no preguntara cómo estaba, que no hubiera dicho nada sobre mi relato, que le había enviado hacía días como me lo pidió. Pero él estaba en un refugio para indigentes, esperar que pensara en mí o en mis vacaciones era egoísta.

Al día siguiente, en la playa, la chica de la Universidad de Florida se acercó y habló en voz alta sobre la gente de su universidad. Ben fingió estar interesado y se reía de manera forzada de sus bromas. Yo echaba chispas sobre mi toalla. Cuando empecé a recibir las llamadas de mi casero, las agradecí.

Me tomó tiempo convencer al casero para que le diera una llave a Charlie y después organizarlos, sobre todo porque Charlie no era fácil de localizar. Sin embargo, finalmente me envió un mensaje desde mi recámara en Norris Court.

No tienes idea de lo bien que se siente estar aquí. Tus almohadas huelen a ti. Y no te preocupes, me bañé tres veces para quitarme el olor del refugio de encima. Tampoco tocaré nada que sea tuyo a menos que sea absolutamente necesario. Solo la regadera, el escusado y la cama. Y voy a abrazar tus almohadas toda la noche hasta destriparlas. Te amo.

Al día siguiente, mientras desayunábamos, recibí una llamada de un número desconocido de Wisconsin.

—Disculpen —dije—, tengo que contestar.

Salí corriendo y respondí justo a tiempo.

—Estoy tratando de comunicarme con Leah Kempler. Soy el oficial Ron Dowling, del Departamento de Policía de Madison.

Sentí un dolor agudo en el abdomen. Me recargué contra la pared para no perder el equilibrio.

—¿Sí? —dije—. Yo soy Leah.

—Leah, le llamo por su novio, Charlie Nelson.

—¿Novio?

—¿No es su novio?

—Bueno, algo así. ¿Está bien?

—Eso es lo que estamos tratando de averiguar. ¿Se está quedando con usted?

La boca se me secó y traté de tragar saliva.

—Se está quedando un tiempo en mi departamento, pero yo no estoy ahí. Mi casero dijo que estaba bien.

—¿Es correcto que vive en los departamentos de Norris Court, al este de Madison?

—Sí.

—Nos gustaría que nos diera permiso de realizar un reconocimiento de bienestar a Charlie. Estamos preocupados de que haya recaído y pueda estar en gran peligro en este momento. Un reconocimiento de bienestar significa que debemos entrar a su departamento solo para asegurarnos de que Charlie está ahí.

—Mire —respondí—, hablé con él anoche. No ha recaído. Nadie escucha...

—La adicción a la heroína es algo grave, señorita Kempler. He entrado a demasiados baños con niños muertos dentro de la tina. Este reconocimiento de bienestar no pretende meter a su novio en problemas; es para asegurarnos de poder ayudarlo antes de que sea muy tarde. Solo necesito su permiso para entrar en su departamento.

Asentí al teléfono.

—Haga lo que tenga que hacer.

Después de colgar corrí al baño. Llegué justo a tiempo para vomitar los huevos y el café que había desayunado. Luego me senté en el frío piso de loseta varios minutos, mirando la taza del escusado. Pensé en llamar a Charlie para prevenirlo, pero no lo hice.

Unas horas más tarde recibí un mensaje de voz del oficial en el que me decía que fueron a mi departamento, pero que Charlie no estaba ahí. «Charlie dejó la puerta abierta», dijo el oficial. «Quería asegurarme de que lo supiera».

Cuando terminó esa semana, todos volamos de regreso a Boston. Aún me restaban algunos días en casa de mi papá antes de volver a Wisconsin. Pasé ese tiempo tratando de escribir, pero, sobre todo, esperaba mensajes de Charlie. Hice un par de largas caminatas por Brookline, imaginando que Charlie estaba conmigo. Le enseñaba mi vieja preparatoria y escuela primaria, el lugar donde tomaba clases de danza, la colina en la que me caí en bicicleta y me luxé el tobillo. Una noche recibí un texto de Robbie: «¿Cuándo vienes a casa para las vacaciones? ¿Quieres que nos veamos?».

No le respondí hasta que mi avión estuvo a punto de despegar del Aeropuerto Logan: «Estuve en Florida con mi familia. ¡Lástima que no nos vimos! ¿Cómo estás?».

Robbie contestó de inmediato: «¡Yo también te extraño! Estoy bien. ¿Cómo estuvieron las vacaciones con la familia? ¿Lo superaste?».

En ese momento anunciaron por la bocina que apagáramos todos los dispositivos electrónicos. Apagué el teléfono y olvidé por completo el mensaje de Robbie.

13

Charlie llegó hora y media tarde para recogerme en el aeropuerto. Cuando por fin apareció, nos abrazamos, pero no me besó. Se había dejado crecer la barba y llevaba la chamarra naranja acolchada. Parecía confundido, sus enormes ojos miraban en todas direcciones.

—Charlie —dije besándolo en la mejilla. Estaba muy contenta de verlo, habían pasado casi dos semanas—. Te extrañé.

—Yo también te extrañé.

Sus mensajes de texto habían sido tan apasionados y afectuosos: «Me muero por abrazarte y besarte el rostro un millón de veces», pero ahora parecía tener problemas para mirarme a los ojos.

Durante el camino a casa, en ocasiones cerraba los párpados mientras conducía y tuve que sacudirlo para mantenerlo alerta.

—¿Qué pasa? —pregunté—. ¿Por qué te estás durmiendo?

—Comí una tonelada de cereal antes de venir por ti —dijo—. Los carbohidratos me cansan.

Reí.

—Esa es una tontería.

Sonrió como adormilado.

—Es cierto. Soy intolerante al gluten.

Nos detuvimos en el supermercado de camino a casa, en el mismo Hy-Vee de Acción de Gracias y, en medio del pasillo de frutas y verduras, Charlie dijo que tenía que ir al baño. Seguí comprando. Cuando tuve todo lo que necesitaba, di otro recorrido por la tienda para buscar a Charlie, pero no pude encontrarlo. Le envié un mensaje: «¿Adónde fuiste?».

Veinte minutos más tarde me encontró junto a las cajas, con todas las bolsas de las compras.

—¿Dónde estabas? —pregunté.

—Perdón. Estoy muy estreñido. —Tenía en la mano una bolsa de Doritos Ranch—. ¿Nos podemos llevar estos?

—Ya pagué todo. Llevo mucho tiempo esperándote.

Asintió y dejó los Doritos en un estante.

En mi departamento todas las superficies estaban cubiertas de platos sucios y cajas de comida para llevar. Charlie debió regresar a su casa y recoger sus pertenencias, porque sus cosas estaban por todas partes: canastas de ropa sucia llenas, su guitarra, pilas de libros, unas bocinas monstruosas de otra época. Había una pipa de vidrio gigantesca y sucia en la mesita de la sala, junto al buen sillón de Craigslist.

—Voy a limpiar todo —dijo Charlie—. No tuve tiempo antes de que llegaras.

Asentí y no dije nada. Fui a la cocina a preparar un poco de pasta. Pensé que me seguiría, que diría algo para disculparse, que me abrazaría, me besaría y obraría su encanto. Pero no me siguió. Preparé la pasta azotando las cacerolas y comí sola, sentada en el piso de la cocina. Cada minuto que no venía me enojaba más. Para cuando terminé de comer, había decidido que terminaría con él. Fui a la sala y lo encontré inconsciente en el sillón de Craigslist; no se había quitado la chamarra.

—Charlie —dije sacudiéndolo—. ¡Charlie!

No se movió.

Fui a mi cuarto y me acosté. Después de un momento escuché que se movía. Cuando entró, se había quitado la chamarra y se sentó en el borde de la cama.

—Te amo mucho —dijo en un tono apenas audible.

—Yo también te amo.

Empecé a llorar, pero él no se dio cuenta. Empezó a jalarme los pantalones de mezclilla, aunque tuve que hacerlo por él; luego, me quitó la ropa interior y empezó a besarme. Besos suaves en el vientre; bajó lentamente, pero después de un minuto se detuvo.

Volvió a perder la consciencia, su cabeza descansaba entre mis piernas con una mano en cada uno de mis muslos. Me moví por debajo de él y lo jalé a la cama.

El día siguiente le dije a Charlie que tenía que irse. Trató de convencerme de que sería bueno para nuestra relación y benéfico para mi escritura que viviéramos juntos, pero no me interesaba. Decidí que prefería la soledad. Ya había lidiado antes con ella y lo haría de nuevo.

—¿Estás terminando conmigo? —preguntó.

Había algo cortante en su tono de voz que me hizo sentir nerviosa.

—No digo eso —respondí—. Pero quiero recuperar mi departamento.

No se fue. No se fue al día siguiente ni el día después. Durante toda una semana, cada mañana salíamos los dos de mi departamento a la misma hora, como una pareja de casados camino al trabajo. Salvo que en lugar de ir a trabajar yo me iba al campus y él a encontrarse con Max. Todas las noches, alrededor de las diez me enviaba un mensaje para decirme que venía en camino. Se comportaba como si todo estuviera normal entre nosotros, como si esta fuera nuestra nueva vida.

Me dijo que él y Max estaban trabajando en un proyecto de negocio, un documental sobre la relaciones raciales en Madison.

—He empezado a grabar todo esto en mi teléfono —me dijo—. No tienes idea de la mierda que tiene que soportar la gente negra en esta ciudad racista. Cuando Max maneja, nos detienen por cualquier razón, pero, si yo manejo, nadie nos molesta. El documental va a mostrar todo esto.

—¿Y si buscaras un trabajo? —le pregunté—. ¿Estás buscando trabajo?

—Eso es lo que estamos haciendo, bebé, estamos dejando solicitudes.

—¿Crees que te puedas quedar con Max? —pregunté.

—Max vive en un motel —explicó. Tenía un cigarro detrás de la oreja—. Voy a fumar.

Dormíamos el uno junto al otro, pero no teníamos relaciones sexuales. En la cama, a veces quería gritarle que se largara y otras suplicarle que me tocara, que me mirara como antes.

—¿Te sigo pareciendo atractiva? —murmuré una noche cuando estaba a mi lado, inconsciente.

Masculló algo que no entendí y puso una mano sobre mi muslo.

En el séptimo día de esta rutina, le dije que él y todas sus cosas tenían que estar fuera de mi casa a las siete de la noche de ese día. Estábamos en el pasillo afuera de mi departamento con los abrigos puestos.

Me miró asombrado.

—¿Esta noche?

Asentí.

—Leah. No tengo a dónde ir.

Me agaché para atar las agujetas de mis botas.

—Lo siento.

Esa noche regresó al departamento a las seis cuarenta y cinco. Iba y venía, desesperado, entre el edificio y su auto, llevando sus cosas en los brazos.

—Si las cosas fueran al revés —despotricaba—, yo nunca te echaría a la calle. Siempre serías bienvenida en mi casa.

No contesté. Me quedé parada en un rincón de la sala mientras esto siguió durante media hora. No le ayudé con la mudanza y Charlie no me pidió ayuda. Tenía miedo de que se llevara algo mío si lo dejaba solo en el departamento.

Al final le pedí la llave. Me miró con las cejas arqueadas.

—¿Para qué la quieres?

—Porque es mi llave.

—No, es mía —dijo—. El casero la hizo para mí.

Sentí un vacío en el estómago.

—Charlie, dejé que te quedaras como un favor. Quiero que me regreses la llave.

Mi voz empezaba a temblar.

—Pues ya no la tengo.

—¿Hablas en serio? —dije—. ¿La llave de mi casa está flotando en algún lugar?

Se encogió de hombros.

—Puedes cambiar las cerraduras si lo necesitas.

—¿La tienes? —pregunté—. Por favor, solo dime si la tienes.

Frunció el ceño y entrecerró los ojos como si tratara de discernir algo.

—¿No confías en mí, Leah?

—No, no confío —afirmé—. Me estás asustando, Charlie.

Los ojos se me llenaron de lágrimas.

—Leah —dijo; de pronto su voz se hizo más suave y amable—, soy yo, soy yo. Pareces muy nerviosa, ¿estás bien?

Me puse en cuclillas y respiré profundo varias veces. Charlie se acuclilló a mi lado.

—Me estás asustando, Charlie —murmuré—. Por favor, solo dame la llave.

—En serio te la daría, pero no la tengo.

Me miró y su rostro volvió a la normalidad, esos ojos enormes e inocentes.

—Okey —dije—. Necesito trabajar. Te llamo después, ¿sí? ¿Tienes un lugar seguro donde quedarte?

De pronto sentí que era importante terminar esta conversación en buenos términos.

—Sí. Me voy a quedar con mi amigo Danny. ¿Te hablo después?

—Okey. Bien, hablemos después.

Tan pronto como se fue, cerré la puerta con seguro. Luego arrastré una de las sillas de la cocina y la equilibré de manera precaria contra la puerta; si alguien la abría, sin duda escucharía el golpe.

Varias horas después le envié un mensaje:

Charlie, te amo pero esta relación no es sana. Voy a quedarme sola un tiempo y concentrarme en la escuela. Creo que eres una persona increíble. Me entristece mucho, pero me parece que es lo correcto. Por favor, cuídate. Me doy cuenta de que estás sufriendo.

Ahí fue cuando sus textos empezaron en verdad. Mensajes largos sobre las razones por las que deberíamos estar juntos, sus planes para el futuro y lo que pensaba del pasado. Los textos eran dramáticos, seductores, manipuladores, románticos, interminables y, en muchos casos, sin sentido.

Recibía cientos al día. Los leí todos.

14

Fui a tomar una copa con Wilson en el Crystal Corner, un bar con luces de neón en las ventanas cubiertas de escarcha y con videojuegos al fondo. Revisé mi teléfono tantas veces que Wilson me preguntó si tenía algún problema.

—Es Charlie —expliqué—. No deja de mandarme mensajes.

Mis amigos no volvieron a mencionar a Charlie después de que lo conocieron en el City Bar, pero sabía que no les había caído bien. Ninguno de ellos lo expresó, salvo Rohan: «Eres excepcional, Kempler. Te mereces lo mejor. ¿entiendes lo que quiero decir?». Todos los demás evitaron mencionarlo y nunca más lo volvieron a invitar.

Solo Vivian dijo algo agradable: «Es encantador, Leah. Tiene algo interesante».

Wilson tomó un trago de cerveza.

—¿Cómo va eso?

—Terminamos. No lo está tomando muy bien.

—Dios —exclamó Wilson mirando mi iPhone, que explotaba por los mensajes—. ¿Por qué no lo bloqueas?

Negué con la cabeza y metí el teléfono a mi bolsa.

—No puedo.

—¿Por qué no?

—Es que... necesito saber lo que dice.

Wilson pareció interesado.

—¿Por qué necesitas saberlo?

—Se está volviendo loco. Me hace sentir mejor saber qué es lo que pasa por su cabeza.

Wilson frunció el ceño.

—No suena bien.

—No te preocupes. No es eso. Es inofensivo, confía en mí.

—Has estado pegada al teléfono toda la noche, Leah. Ese tipo de mensajes no son normales.

—Lo sé —respondí—. Sé que es mucho.

—No digo que sea lo mismo, pero este tipo de cosas pueden agravarse. Mi papá acosó a mi mamá durante años. Cuando era niño, se presentaba en la casa todo el tiempo. A ella le daba miedo incluso abrir la puerta. No teníamos permiso ni siquiera de contestar el teléfono.

—Wilson, no lo sabía.

—Cambió su vida. No importa dónde esté, ella siempre tiene la sensación de que podría aparecer. No es paranoia cuando es cierto que te están observando, ¿sabes? —La expresión de Wilson era dura y me di cuenta de que nunca lo había visto enojado—. Él le dijo que, si se lo decía a alguien, podrían regresarlos a Brasil. Durante mucho tiempo, mi madre no dijo nada porque tenía miedo de que nos llevaran a mi hermano y a mí.

—Lo siento, Wilson. Es horrible.

Me sentía mal por Wilson, pero Charlie no era así.

—Terminé la relación con Charlie de manera muy abrupta —expliqué—. Creo que está confundido. Lo hice por mensaje de texto.

—Si terminaste con Charlie debería dejarte en paz —opinó Wilson.

Miré el teléfono que brillaba en mi bolsa. Otro enorme bloque de texto iluminó mi rostro:

Leah, cuando le dices a alguien que estás locamente enamorado, que nunca habías tenido tan buen sexo y que es el compañero ideal a nivel emocional, espiritual y físico, puedes entender por qué si te terminan de manera tan repentina es como si te arrojaran a la basura. ¿Me mentiste sobre todo eso? Quizá soy muy crédulo para mi propio bien, Leah. Estaba empezando a imaginar un futuro. No solo un futuro de un mes, sino una vida real: pedir una hipoteca, tener bebés y pelearnos por quién lava los platos. En serio, solo quiero hablar para empezar a entender. Solo una conversación. Si me vieras en persona, verías que no estoy enojado, solo desolado.

Miré a Wilson.

—¿Qué pasó con tu papá? —pregunté.

—No sabemos. Probablemente conoció a alguien más. Pero mi mamá sigue yendo al juzgado cada año para renovar la orden de restricción. Tener esa orden significa mucho para ella.

Me sentí culpable, como si por no bloquear a Charlie de alguna manera consintiera el comportamiento del padre de Wilson.

—Solo quiero que sepas que Charlie nunca me ha lastimado; es solo que ahora está mal.

Lo que no le dije a Wilson, porque era demasiado patético, era que, entre las líneas de los interminables mensajes de texto de Charlie, había largos pasajes sobre su amor por mí. Eran mucho más histriónicos que lo acostumbrado. Esas eran las partes que esperaba, más que otra cosa, las que leía con ansias una y otra vez.

Cuando terminamos nuestra segunda copa le pregunté a Wilson si no le importaba acompañarme a casa. Desde mi discusión con Charlie, me sentía nerviosa en las noches. El Crystal Corner estaba en Willy Street y para regresar a Norris Court teníamos que cruzar de un extremo del istmo al otro, eran como veinte minutos a pie. Wilson y yo caminamos por la ciclovía, cruzamos los terrenos baldíos y las vías de ferrocarril hasta la tranquila terminal, donde se alineaban los autobuses estacionados. Mientras esperábamos que el semáforo cambiara para cruzar East Wash, miré a la izquierda, hacia el edificio del Capitolio que estaba en la colina y brillaba contra un cielo negro cremoso.

A mi lado, Wilson estaba de pie, serio, con los pulgares enganchados en las correas de su mochila. Estaba agradecida, en el fondo sabía que Wilson era un hombre con quien jamás me sentiría insegura.

Cuando llegamos a mi bloque de departamentos, caminamos hasta la entrada. Abrí la puerta que daba al vestíbulo principal.

—Gracias por acompañarme —dije—. Te lo agradezco.

—Con gusto, Leah. Cuando quieras.

Le sonreí y abrí la puerta. Un bote de glaseado de fresa estaba en el tapete de la entrada de mi departamento.

—¿Todo bien? —preguntó Wilson.

—Sí. —No estaba segura si debía explicárselo—. Al parecer, Charlie dejó un glaseado frente a mi puerta.

—Dios, Leah, ¿esto es seguro? ¿Estás segura?

—Está bien.

—Escucha. Si quieres sacar una orden de restricción, yo te acompaño. Lo sabes.

—Gracias. Pero, en serio, no es así, te lo prometo.

Asintió.

—Buenas noches, Wilson.

15

La estancia con Danny no salió bien. Charlie ahora dormía en su auto. Sus mensajes eran cada vez más y más extraños. No respondía a ninguno de ellos, pero él no dejaba de escribir y yo no paraba de leer.

Luego, un miércoles a las diez de la noche sonó el timbre de la entrada principal, dos veces seguidas. Mi corazón empezó a latir con fuerza. Fui al baño y me miré en el espejo antes de ir a abrir. Cuando me dirigía a la entrada del edificio, el timbre sonó de nuevo.

Abrí la puerta y lo vi; tenía un aspecto terrible. Llevaba la chamarra naranja y el cabello alzado como si fueran tentáculos grasientos. Llevaba puestos los lentes, pero estaban torcidos sobre su rostro, parecía desquiciado. Había acné en sus mejillas y la frente, antes no lo tenía. La chamarra estaba desabrochada y debajo llevaba su atuendo de iglesia, pero era claro que lo traía puesto desde hacía varios días. Lo podía oler a varios metros.

—Hola —dijo lastimoso.

—¿Estás bien?

Asintió.

Me pregunté por qué me había dado tanto miedo. Parecía que se iba a partir en dos.

Llevaba en la mano una caja de cartón rota.

—Sé que quieres que te deje tranquila —dijo—. Siento mucho molestarte. Me preguntaba si podría dormir en el sótano de tu edificio, solo por esta noche. En mi auto hace mucho frío.

—¡Dios mío! —exclamé viendo la caja. Miré sobre su hombro hacia la ventana que daba al patio. La nieve caía en la oscuridad. Las temperaturas esa semana habían bajado a menos de diez grados centígrados.

—Puedes dormir en la sala —ofrecí.

Tragó saliva.

—¿Estás segura de que no hay problema?

—Solo esta noche —respondí—. Pero luego tienes que buscar otro lugar. Habla con tu mamá, ¿okey?

Asintió.

—Lo haré. Gracias, Leah.

Mientras se bañaba, llevé una almohada y unas cobijas, y le preparé una cama improvisada en la alfombra de la sala. Encontré unos pantalones holgados que podía usar de pijama; le serví un vaso de agua y calenté lo que había sobrado de la cena. Salió envuelto en una toalla, su aspecto era más limpio y más como él.

—No tengo cómo agradecerte —dijo mientras se ponía los pantalones y se sentaba en la cama que había hecho para él.

—¿Ya comiste? —pregunté.

—Comí algo de McDonald's, pero gracias, en serio.

—Aquí hay comida si quieres.

Me fui a mi recámara y cerré la puerta. Durante un tiempo permanecí en la oscuridad. No podía dormir. En el silencio absoluto del departamento podía notar que él también estaba despierto. Abrí la puerta de la recámara y entré a la sala.

—¿Sigues despierto? —murmuré.

—Sí. ¿Tú también?

—Sí.

—¿Estás bien? —preguntó.

—Más o menos. Es difícil dormir si estás aquí en la sala.

—¿Quieres que me vaya?

—No —respondí—. ¿Quieres dormir acá en mi cama conmigo? Sin sexo. Solo dormir junto a mí.

Charlie permaneció callado un momento.

—¿Estás segura de que quieres hacerlo?

—Si tú lo estás.

Lo vi pararse en la oscuridad, levantó las cobijas del suelo y fue a la recámara. Nos metimos a la cama y durante unos minutos solo estuvimos uno al lado del otro, respirando, sin hablar.

—Sé que dijiste sin sexo, pero ¿puedo abrazarte? —preguntó Charlie.

Me volteé hacia él y me tomó en sus brazos. No trató de besarme ni nada, aunque no me hubiera molestado. Me mantuvo a su lado toda la noche. Nos quedamos dormidos así, abrazados, con mi cabeza descansando sobre su pecho.

En la mañana revisé mi correo electrónico en el teléfono, desde mi cama. Charlie seguía dormido a mi lado, con un brazo alrededor de mi cintura. Cuando vi que tenía una respuesta de *The New Yorker*, me incorporé.

Estimada Leah:
Acabo de leer su cuento *Trece* y, en resumen, creo que aquí hay algo grande. No pude dejar de leer. No creo que esté terminado por completo, el final no es como lo hubiera esperado y me pregunto sobre la historia de trasfondo y cuánto se añadió a esta. ¿Estaría dispuesta a hacer una revisión? De cualquier forma, no puedo hacer promesas. Me agradaría mucho hablar más de esto si está interesada.

—¡Mierda! —susurré y salí de la cama de un salto—. ¡Mierda!

Charlie parpadeó

—¿Qué pasa?

—Nada. Acabo de recibir el mejor correo electrónico de mi vida. De *The New Yorker*. —Le aventé mi teléfono y empecé a reír—. Creo que le tengo que hablar a alguien. ¡Mi papá se va a volver loco! Dios mío, Charlie, voy a recordar este día el resto de mi vida. ¿Lo leíste?

Charlie esbozó una débil sonrisa y dejó caer la cabeza en la almohada.

—Genial.

—Tengo que irme —dije.

—¿Te molesta si duermo más tiempo?

—Diez minutos, mientras me baño. Luego tengo que ir a la biblioteca.

Charlie dio vuelta sobre un costado.

Mientras me lavaba el pelo, imaginé un nuevo rumbo en mi futuro. No me importaba el amor, nada podía importarme menos. Iban a publicar un cuento mío en *The New Yorker*. Iba a ser escritora. Me abocaría por completo a esto.

Cuando salí del baño, Charlie seguía en la misma posición.

—Tengo que irme en cinco minutos —dije—. Por favor, prepárate para irte.

Veinticinco minutos después, Charlie y yo salimos juntos de mi departamento.

—¿Vas a llamar a tu mamá? —pregunté al abrazarlo para despedirme.

Charlie se encogió de hombros.

—Deberías —agregué—. Te ama.

—Oye, Leah —dijo Charlie cuando ya me marchaba.

—¿Sí?

—Estoy feliz por ti, por tu cuento y eso. Solo ten cuidado.

173

—¿Qué quieres decir?

—Algo que he aprendido en la recuperación es que el sentido de la autoestima siempre tiene que provenir del interior, nunca de una valoración exterior y, si todo este asunto del *New Yorker* no funciona, aunque estoy seguro de que sí, quiero que estés bien.

No tenía tiempo para este barboteo psicológico.

—Entiendo, Charlie. Ahora solo quiero concentrarme en mi escritura, porque es por eso que estoy en Wisconsin. No tiene nada que ver con la validación.

Asintió.

—Bueno, buena suerte.

Le respondí al editor. Intercambiamos varios correos electrónicos y luego me puse a trabajar. Trabajé todo el día, todos los días por las siguientes dos semanas y media en un mismo cubículo de la Biblioteca Memorial. Era un espacio que tenía una puerta de metal, como de jaula, medía metro y medio por metro y medio, con un escritorio empotrado, una silla y una luz fluorescente en el techo, además de una pequeña ventana que daba al lago congelado. Esas semanas fueron las mejores de mi vida, aunque no exactamente las más felices. Pero estaba viva. Despertaba todos los días y mi mente ya estaba lista para trabajar. Cuando comía o tomaba café, era solo el combustible para volver a la historia. Nunca había querido nada más que esto.

Le envié un mensaje a Charlie: «Los dos tenemos que avanzar. Quiero tener espacio, concentrarme ahora en mi escritura. Por favor, respétalo».

Respondió con uno de sus mensajes interminables y épicos. Me regañaba por culparlo a él de la poca productividad que había tenido en mi escritura, y que si le diera la oportunidad, él podría ser una buena influencia para mi trabajo. Que juntos podríamos escribir y hacer música, que podríamos tener una relación sana, amorosa, creativa e inspiradora.

No le contesté. Continuaba yendo al cubículo de la biblioteca. Charlie no dejó de mandar mensajes, pero puse mi teléfono en silencio y no leía sus mensajes hasta que regresaba a casa, después de la cena.

Le mandé al editor de *The New Yorker* mi revisión de *Trece*. Ahora que no tenía ya que trabajar en el boceto me sentía perdida y sin propósito. Después de presionar el botón de enviar mandé otros cuentos, menos trabajados, a revistas menos prestigiosas. Escribía una carta de presentación tras otra y adjuntaba un texto tras otro: tomen, tomen, tomen. Pensé en lo que Charlie había dicho sobre la valoración externa. Entendí que estaba jodida. No dejaba de enviar correos.

Una noche, mi teléfono empezó a sonar. Era Charlie. Yo estaba en mi cama viendo una película en la computadora. Detuve la película y esperé a que su llamada entrara al buzón. Unos segundos después llamó de nuevo. Luego escuché que tocaban el timbre, no el del complejo residencial, sino el de mi edificio. Traté de respirar profundamente, pero tenía algo atorado en la garganta. Llegó un mensaje: «Leah, ¿por favor, podemos hablar?».

Siguió tocando. Llamó otra vez. Luego otro timbrazo. Esto continuó durante veinte minutos: timbre, llamada, timbre, llamada, timbre. Luego, un mensaje de voz que escuché bajo las cobijas. La voz de Charlie era suave, pero insistente:

> Leah, cuando manejaba hacia acá casi hago algo muy malo, algo que jamás hubiera podido cambiar. Pero, en ese momento, pensé en ti y me di cuenta de que eres la única persona en mi vida que en verdad importa. Estoy frente a tu puerta y sé que estás ahí adentro. Solo quiero hablar de lo que ha pasado en mi vida porque creo que en serio estás confundida o que alguien te ha dicho mentiras sobre mí. Te amo.

Empecé a llorar. Al final le envié un mensaje: «Me estás asustando».

Dos minutos después respondió:

> Estoy muy confundido. Algo está muy mal porque parece que en verdad te doy miedo. Creo que es muy importante que hablemos. Necesito contarte algunas cosas que ocurrieron el mes pasado que explicarán mucho.

Permanecí bajo las cobijas hasta que dejó de tocar y mi teléfono se quedó en silencio. Finalmente se había ido.

A media noche abrí los ojos y vi a Charlie parado a los pies de mi cama; me miraba fijamente. Grité. Mi grito me despertó de pronto. Me senté en la cama jadeando. Estaba sola en la recámara, él no estaba ahí. Había sido un sueño.

16

Al día siguiente, salí de mi departamento para tomar el autobús al campus y vi a Charlie recargado contra mi edificio fumando un cigarro. Hablaba con la mujer que vivía al otro lado del pasillo de mi casa. Charlie le dijo algo, la mujer lanzó una carcajada y agitó la mano antes de alejarse de él. Tuve una horrible sensación de náuseas.

Corrí hacia él.

—¿Qué haces aquí?

Me miró tranquilo.

—Ahora vivo aquí.

—¿Qué?

—Me mudé enfrente, con Ariana y Nick.

Me quedé paralizada.

—No puedes hacer eso, Charlie.

—De hecho sí —dijo—. Sí puedo.

—Esta es mi casa. Tú y yo ya terminamos. —Pensé en lo que me había dicho Wilson en el Crystal Corner—. Charlie, cuando terminas una relación dejas a la persona tranquila.

—He hecho muchos amigos aquí, Leah —explicó Charlie. Sonrió con desdén y me asombró lo cruel que podía ser—. Además, Ariana y Nick me necesitan. Soy el nuevo niñero de Toby.

—¿Quién es Toby?

—Toby es su gato. Este es mi nuevo empleo. —Tiró la colilla del cigarro al piso y cayó a unos centímetros de mi bota. El extremo encendido brilló sobre la nieve sucia—. Esta es mi vida ahora, Leah. Así que acostúmbrate a verme por aquí.

Ese día no fui al campus como lo había planeado. Regresé a mi casa, me senté en la sala y escuché la voz de Charlie en el pasillo: el sonido de sus pasos, el crujir de las puertas que se abrían y cerraban. Miré por la ventana, esperando que volviera a salir para fumar otro cigarro. Luego cerré las cortinas y lloré contra una cobija.

Tenía miedo. Lo odiaba, lo odiaba de verdad.

Mi hermoso departamento con los estantes empotrados y la chimenea. Estos dos años en los que había trabajado tanto. Y ahora era verdad que no se alejaría. ¿Tendría que mudarme? ¿Podría convencer a Ariana y a Nick de que lo corrieran? ¿Cómo se había relacionado con Ariana y Nick? Yo apenas conocía a mis vecinos de enfrente. No podía imaginar cómo los había convencido para que lo dejaran vivir con ellos.

La verdad era que sí imaginaba cómo.

Llamé a Vivian y le platiqué lo que estaba pasando.

—¡Carajo, Leah! Te está acosando. ¿Por qué no llamas a la policía?

—No sé —respondí.

—¿Podrías obtener una orden de restricción?

Cuando dijo esto supe que ella y Wilson estuvieron hablando y sentí vergüenza por haberme metido en este lío.

—No es eso —le dije.

No podía llamar a la policía. Yo había sido cómplice en todo esto. ¿Qué podría decirles? ¿Por qué él no tendría derecho a vivir aquí? Para empezar, era mi culpa por haber dejado que viniera.

El día siguiente tampoco salí. Cuando escuché la voz de Charlie en el pasillo, llamé a Robbie. Aunque no lo había visto ni hablado con él desde Acción de Gracias, sabía que tomaría la llamada.

—¡Leah! —exclamó. La calidez de su voz llenó mis ojos de lágrimas de inmediato. —¡Dios! —dijo—. ¿Estás bien? ¿Qué pasa?

Le conté todo: sobre las primeras citas, el tiempo que pasé en la casa de Charlie en los suburbios, cuando se quedó en mi casa y cuando lo corrí. Le platiqué de todos los mensajes y llamadas, cómo se aparecía frente a mi puerta por las noches. Le conté de la llave, que vivía al otro lado del pasillo y podía escuchar su voz.

—Tengo miedo de salir de mi casa. —Lloré en el teléfono.

—Leah —dijo Robbie cuando terminé de hablar—. No me importa que este tipo sea un adicto. Mucha gente lo es. Carajo, quizá yo lo soy. Pero no te está tratando bien. Es siniestro.

—Me parece que lo que la gente no entiende de esta situación es que es algo mutuo, aunque no lo parece.

—¿Tú tampoco lo tratas bien?

—No. Lo amo.

—Ya veo —dijo Robbie tenso.

—De cualquier forma —añadí secándome los ojos y la nariz con la manga de mi sudadera—, gracias por escucharme.

No dijo nada y le pregunté:

—¿Estás saliendo con alguien?

—No, Leah, no salgo con nadie.

Su voz era distante, no se parecía nada a Robbie.

—¿Pasa algo?

—Es solo que no estoy seguro de por qué llamaste para contarme esta historia de ti y de tu novio.

—Ya no es mi novio. Pero lamento haberte llamado. Es que... confío en ti —dije.

—Pues es difícil escucharlo. —Permanecí en silencio—. Usas a las personas, Leah. Es algo que haces. Ahora tienes mucho miedo de que te usen a ti, pero eso es lo que tú les haces a los otros.

Me sentía afiebrada y enferma.

—Lo siento, Robbie. No quería... Entiendo que...

—Te sigo queriendo y para mí es difícil escuchar que estás enamorada de otra persona. Sobre todo de alguien como ese tipo.

—No debí llamarte. Ya no te llamaré para hablarte de esto —me disculpé.

—Está bien —respondió Robbie suavizando la voz—. Sabes que siempre te contestaré. No importa lo que pase.

Charlie no vivió mucho tiempo al otro lado del pasillo. No sé si se fue por voluntad propia o si Ariana y Nick le pidieron que se fuera, pero una semana después se había ido y yo regresé a mi vida.

Volví a pasar tiempo con Vivian y Wilson. Les platiqué más sobre la relación, en particular a Vivian por aquello que dijo de que Charlie era intrigante.

Me era difícil hablar de Charlie con personas que ya se habían formado un juicio de él. Traté de explicarles a Vivian y a Wilson los matices de mi relación. Pensaba que si alguien podía entenderlo serían ellos, escritores de ficción. Nosotros escribíamos sobre situaciones caóticas, personajes antipáticos, pero comprensivos. Lidiábamos con lo gris, no con lo blanco y negro. A menudo, cuando hablaba de Charlie sentía como si tratara de describirlo de la manera correcta. Sabía que ciertos detalles lo harían desagradable para la gente, o peor, que yo les pareciera desagradable. Que pensaran que era débil, patética,

180

desesperada. Por eso omití partes de la historia, cosas que él dijo e hizo, y otras que yo dije e hice. Tampoco es que Charlie me hubiera pegado alguna vez. Me parecía difícil incluso imaginar a Charlie alzando la voz. Aún no tenía claro de dónde provenía mi miedo, si siquiera podía llamarse miedo.

17

Vivian y yo paseábamos. Era febrero y el piso estaba cubierto de nieve por la tormenta de la semana anterior; había montones de nieve sucia a ambos lados del camino. Hablábamos de su novela, de lo que pensábamos del último cuento escrito por Rohan, de los recientes intentos de David por atraerla nuevamente, cuando mi teléfono vibró en mi bolsillo. Era Faye. No había tenido noticias suyas desde que me llamó cuando estaba en Florida.

—Es la mamá de Charlie —le dije a Vivian—. ¿Te importa si contesto?

—No —respondió Vivian.

—Leah, disculpa que te moleste —dijo Faye.

—No hay problema —respondí—. ¿Está todo bien?

—No, querida. ¿Charlie está contigo?

—No. Terminamos. ¿No te lo dijo?

—Me dijo. —No sonaba enojada—. Si lo ves, ¿puedes llamarme o asegurarte de que vaya al hospital? —Faye hablaba en voz baja, jadeando—. No podemos encontrarlo y Paul encontró jeringas en el garaje.

Me paré en seco.

—¿Jeringas?

—Sí. Charlie está en problemas y tiene que ir al hospital lo más pronto posible. Si aparece, solo trata de llevarlo o puedes llamarme; a cualquier hora del día o de la noche. Tengo que irme, muchas gracias.

Metí el teléfono a mi bolsillo.

—Recayó —le dije a Vivian.

—¿Sí?

—Encontraron jeringas... —Me quedé sin voz—. Sé que suena como una locura, pero, en serio, le creí cuando me decía que no... —Mi estómago dio un vuelco y empezó a dolerme. Tuve que recurrir a todas mis fuerzas para no sentarme en la banqueta cubierta de nieve—. Me prometió que nunca más se iba a drogar.

Vivian se acercó y me abrazó. La parte superior de su cabeza me llegaba a la barbilla.

—Debes pensar que soy muy estúpida —me lamenté cuando se apartó.

—No —dijo Vivian—. No lo pienso. Espero que no te moleste lo que voy a decir, Leah, pero me parece que estabas en negación.

La palabra me pareció fría y distante, como si no tuviera nada que ver conmigo. Jeringa, eso sonaba real.

Caminamos en silencio hacia Norris Court. No podía dejar de imaginar a Charlie con una aguja en el brazo. Nunca antes me permití imaginarlo. Ahora, era en lo único en lo que podía pensar. Todas esas veces en que desaparecía durante horas. Cada vez que no podía mantener los ojos abiertos. La noche que lo encontré inconsciente en su auto. Me pregunté si alguna vez se drogó en mi departamento, en el baño o en mi recámara, y qué había hecho con las jeringas. Ahora sentía una nueva especie de miedo. Pensé en todas las veces que tuvimos relaciones sexuales sin condón. Casi expreso este miedo en voz alta frente a Vivian, pero no podía soportar decirle lo irresponsable que había sido.

Cuando llegamos a Norris Court me quedé paralizada.

—Ese es el auto de Charlie.

Hacía ya varias semanas que no había visto su automóvil, pero ahí estaba, estacionado frente a mi edificio: un Honda Civic azul, manchado de nieve sucia, la placa naranja, roja y verde de Wisconsin que terminaba en RH3.

A mi lado, Vivian parecía aterrada; eso me asustaba aún más. Ella casi nunca se mostraba temerosa.

—¿Te quedarás conmigo? —pregunté.

—Por supuesto.

Vivian me siguió. Desde la banqueta vi a Charlie en el asiento del piloto, con la cabeza apoyada en el volante y los brazos colgando a ambos lados. Mi corazón latía muy fuerte y me faltaba el aliento. Me hundí en el pequeño montón de nieve que estaba entre la banqueta y el auto y toqué con fuerza en la ventana.

Después de golpear algunas veces, Charlie alzó la cabeza, exhalé. Retrocedí para que pudiera abrir la puerta.

—Hola —saludé.

Sonrió, débil.

—¿Recuerdas a Vivian? —agregué haciendo una seña hacia ella, quien nos veía a unos pasos—. ¿De la maestría?

—Por supuesto —dijo Charlie—. Qué gusto verte de nuevo.

Su voz era suave y apenas podía escucharlo. Podía ver que trataba de comportarse, por mí, por Vivian.

—Igualmente —contestó Vivian sonriéndole.

—Charlie, creo que deberíamos ir al hospital —dije—. Podemos ir juntos.

—No sé.

Su mirada estaba apagada, no había luz en ella, y su rostro estaba pálido y cerúleo. En ese momento, lo vi desde el punto de vista de Vivian y comprendí, en un instante, lo enfermo que estaba.

—Yo iré contigo —dije extendiendo la mano—. Te amo, Charlie.

Lo dije para que aceptara venir conmigo. Pero también era cierto, lo amaba.

Él tomó mi mano.

Nos llevamos el auto de Charlie. Vivian manejó y Charlie y yo íbamos en el asiento trasero. Charlie fumó todo el camino y no soltó mi mano ni un segundo. Nadie dijo nada, salvo Charlie que, de vez en cuando, le indicaba a Vivian la ruta hacia el hospital más cercano.

Cuando nos estacionamos, antes de que Vivian y yo bajáramos del auto, Charlie dijo:

—Lo siento. ¿Les importa si me fumo otro cigarro antes de entrar?

Aún no habíamos respondido cuando sacó un pequeño vaporizador de su bolsillo. Cerró los ojos e inhaló con fuerza, como lo haría un asmático con su inhalador. Me sentí avergonzada frente a Vivian, pero a ella parecía no importarle. Inhaló unas cuantas veces más. Había pequeñas lágrimas en el rabillo de sus ojos.

—En serio lo siento mucho —repitió, sobre todo hacia Vivian—. No estoy en mi mejor momento.

—No te preocupes —respondió ella mirándolo—, en serio.

La sala de urgencias estaba vacía. Nos registramos y nos sentamos en un rincón a esperar a que llamaran a Charlie. Vivian tomó una revista y empezó a hojearla hasta que vio un crucigrama.

—Palabra de seis letras para un postre en una copa —dijo.

Ni Charlie ni yo podíamos pensar en la respuesta, pero era lindo que tratara de distraernos.

—Soy muy mala para eso —dije.

—Yo también —agregó Charlie y sonrió. No llevaba abrigo. Me pregunté a dónde iba y si necesitaría uno cuando estuviera ahí.

—¿Charlie Nelson? —llamó una enfermera con un expediente en las manos desde el otro lado de la sala.

Yo estaba muy nerviosa, como si me hubieran llamado a mí. Nos pusimos de pie y él miró a Vivian.

—Quizá te vuelva a ver otro día en mejores circunstancias.

Vivian asintió.

—Espero que te sientas mejor, Charlie.

—Gracias, yo también —respondió y se despidió con un pequeño gesto de la mano.

Él y yo entramos juntos a la sala de exploración, tomados de la mano.

Charlie fue directamente a la mesa de exploración. Sin decir una palabra, extendió el brazo para que la enfermera le tomara la presión arterial y respiró profunda y lentamente cuando examinaron su ritmo cardiaco. Hizo todo esto de manera automática, sin que se lo indicaran. Parecía débil y resignado sentado en esa mesa, con los hombros caídos, como un adolescente sumiso o un anciano.

—Charlie —dijo la enfermera después de apuntar todos sus signos vitales—. ¿Qué te trae hoy aquí?

—Necesito una desintoxicación —le informó, aunque no parecía avergonzado como cuando se lo dijo a Vivian—. Iba bien, pero luego todo cambió. Mi doctora es Kristin Mitchell, del Centro de Tratamiento para la Adicción de Opioides. Estoy en su clínica como paciente ambulatorio. Tal vez puedan enviarle mi expediente, o quizá el hospital ya lo tiene.

Esperaba que la enfermera mostrara alguna reacción, algún gesto de repulsión, pero solo asintió con amabilidad.

—Veremos qué podemos hacer, Charlie. Es posible que tengas que quedarte aquí una noche o dos hasta que haya una cama disponible, pero te encontraremos lugar.

—En agosto ustedes me encontraron lugar en Milwaukee. Creo que se llamaba Safe Haven. Me gustaba.

Sentí un golpe en el estómago. Miré a Charlie, pero no se dio cuenta. Agosto fue solo dos meses antes de que nos conociéramos. Traté de asimilar esta nueva información con la imagen que tenía de Charlie, del hombre que me había invitado a salir en el supermercado, con quien me reuní para tomar algo en el Weary Traveler. Si lo hubiera sabido, ¿habría sido diferente? Me cuestioné cuántas veces había recaído en los últimos tres años de su recuperación, incluso si realmente habían sido tres años. Me pregunté cuánto tiempo durante nuestra relación había estado drogado. Quizá jamás tendría la respuesta.

—Charlie —dije. Me miró intensamente—. Me tengo que ir.

Asintió y extendió los brazos; sentía la mirada de la enfermera. Quizá pensaba que éramos patéticos o que yo también era adicta.

Lo abracé y él me devolvió el abrazo, más fuerte de lo que yo esperaba.

—Te amo —murmuró a mi oído.

—Te amo —respondí con un nudo en la garganta.

Encontré a Vivian llorando en la sala de espera.

—¿Estás bien? —pregunté.

—Lo entiendo —dijo enjugándose los ojos—. Entiendo por qué lo amas.

Nunca nadie me había dicho algo así. Me senté a su lado y también me puse a llorar.

Llamé a Faye y le dije que estábamos en la sala de urgencias de UnityPoint con Charlie.

—Voy para allá —dijo con voz ronca—. No tardo.

Esperamos hasta que Faye llegó. No pensé que Paul vendría, pero llegaron juntos. Primero entró Faye, precipitándose por la puerta con su abrigo largo de lana con forro de piel; luego Paul, varios pasos atrás, con los labios apretados y las manos en los bolsillos. Cuando Faye me vio, levantó la mano y se apresuró. Me abrazó con urgencia y luego también abrazó a Vivian.

—¿Cómo está?

—Adentro, con una enfermera —respondí—. Parece que está bien.

—Gracias por traerlo.

Llevaba el pelo recogido en un chongo alto y el maquillaje se escurría bajo sus ojos por las lágrimas o la falta de sueño, no podría decirlo.

Paul se había unido al círculo y puso una mano sobre la espalda de Faye.

—Charlie ya está donde debe estar —dijo—. Los médicos lo ayudarán.

Faye no respondió a su comentario.

—¿A qué hora lo admitieron, Leah?

—Hace como cuarenta minutos.

—Okey. Voy a la recepción para ver si puedo entrar.

En ese momento pude imaginar la vida de Faye. Ya había estado otras veces en una sala de urgencias como esta. Conocía este miedo, sabía qué pasaba.

Cuando regresé a casa esa tarde, me sorprendió el silencio. Mi teléfono no iba a sonar. Charlie estaba en otro lugar; no estaba segura de en dónde exactamente, pero no me llamaría ni vendría. Se había acabado. Estaba sola.

18

Hice una cita en la Clínica de Salud Estudiantil de la Universidad de Wisconsin para hacerme una prueba de VIH y hepatitis C. Antes de que me sacaran sangre me reuní con una enfermera especializada. Me preguntó si tenía alguna razón para creer que había estado expuesta.

—En realidad, no —respondí—, pero mi exnovio consume drogas intravenosas y no usamos protección.

Pensé que me iba a dar un sermón, pero no lo hizo.

—¿Sabes si comparte las jeringas? —preguntó.

—No sé. Ni siquiera sabía que se inyectaba hasta hace unos días.

Asintió y anotó algo en la computadora.

—Qué bueno que vienes a hacerte la prueba.

Sentí un nudo en el estómago.

—¿En serio? ¿Cree que puedo tener algo?

Negó con la cabeza.

—No. No lo creo. Pero me parece que está bien que vengas a revisarte. Aunque sea solo para que estés tranquila.

Estaba inclinada hacia adelante sobre una sillita con ruedas. Era una mujer alta y elegante, con cabello corto canoso y aretes largos. Sus ojos eran pequeños y cálidos; hacía buen contacto visual. Su ropa de hospital estaba teñida. No parecía alarmada ni escandalizada por lo que le había dicho y no me hablaba como si fuera una estúpida; esto me hizo sentir más segura que nada de lo que hubiera podido decirme en ese momento.

Era una profesionista singular, alguien que uno puede imaginar fuera del trabajo: cuidando el jardín, paseando al perro. Quizá era el teñido de su ropa. De pronto, me dieron ganas de que me abrazara, de que nos hubiéramos conocido en otro contexto.

—Estar tranquila suena bien —dije—. Me estoy volviendo loca.

—Parece que es mucho estrés.

—En verdad no lo sabía.

Asintió.

—Lamento que estés pasando por esto. ¿Tienes alguien con quién hablar? ¿Un consejero o un terapeuta?

Negué con la cabeza.

—Si quieres, podría darte un referencia para que consultes a alguien aquí en la clínica. ¿Te interesaría?

—Estaría bien —respondí, para no decepcionarla.

Sonrió amablemente.

—Perfecto. Meteré la referencia al sistema mientras te hacen el análisis de sangre.

—Gracias —dije con los ojos llenos de lágrimas.

Arriba, en el laboratorio, vi cómo se llenaban los tubos de ensayo con mi sangre. No sabía cómo había podido ser tan descuidada. Me sentía frágil y horrorizada al pensar que mi cuerpo podía estar irreversiblemente contaminado. Quizá esto sería el principio del fin para mí. Cuando empecé a llorar en serio, la persona que me sacaba la sangre —una mujer baja y rechoncha con una trenza gruesa que le caía sobre la espalda— sonrió y me dio una palmadita en el hombro.

—Ya casi terminamos. Lo estás haciendo muy bien.

—Gracias —balbuceé—. ¿Cuándo salen los resultados?

—En unos días. Supongo que para el viernes o quizá el lunes.

No sabía que haría conmigo si era hasta el lunes. Hubiera preferido permanecer inconsciente.

En su lugar, vi un programa de telerrealidad durante dos días seguidos. Hacía semanas que habían acabado mis clases, así que no tenía que salir de cama, salvo para ir a la cocina y al baño. No respondí ningún mensaje ni llamada telefónica.

Los resultados llegaron el viernes en la mañana; los recibí en el portal de salud de estudiantes: eran negativos. Al estar revisando el correo, también vi que tenía un mensaje de los Servicios de Salud Mental y Conductual en el que me invitaban a hacer una cita para una consulta inicial con un terapeuta. Nunca le di seguimiento. Ya me sentía muchísimo mejor.

El editor de *The New Yorker* me respondió.

Se ve muy bien, Leah. Me adelanté y marqué el borrador con control de cambios; en su mayoría, son cuestiones de gramática, aunque sigo pensando que podrías trabajar el final. Incluyo un comentario largo en el borrador. Revisa mis notas y dime si tienes preguntas. Envíame otro borrador cuando esté listo y, con suerte, podré mostrárselo al resto del equipo para ver qué les parece. Gracias por tu esfuerzo y trabajo.

Segundo asalto. La misma dinámica en el cubículo de la biblioteca. Aparte del taller y la única clase que daba, todo lo que hacía, todos los días, era trabajar en el manuscrito. Les di copias a Vivian y Wilson, y ellos me dieron sus comentarios. Nos reunimos en la sala de Vivian y trabajamos en la historia como locos.

Solo quedaban tres meses para la graduación y aún no había publicado nada. Publicar en *The New Yorker* no era solo algo que podía poner en una carta de presentación; era tener el pie del otro lado de la puerta. Más que el pie, probablemente significaría buscar agente, hablar de contratos editoriales, un futuro asegurado.

Empecé a buscar un empleo: asistente de docencia, asistente administrativa, organizaciones sin fines de lucro. Nuestros profesores nos lo decían constantemente: encuentren un trabajo que les permita escribir al mismo tiempo. Pensé en lo engreídos e ingenuos que habíamos sido todos al principio del programa, pensando que lo habíamos logrado en grande. Vivir de escribir. Ahora que estábamos a punto de graduarnos, habíamos aceptado el hecho de que íbamos a tener que empezar a ganar un sueldo como todo el mundo.

19

Recibí una llamada de Charlie desde el teléfono de su casa. Habían pasado dos semanas desde el día en que Vivian y yo lo llevamos al hospital.

—Leah —dijo con voz equilibrada y confiada cuando contesté—. ¿Cómo estás?

Hacía meses que no lo escuchaba así, quizá desde la primera semana que lo conocí.

—Estoy bien —respondí—. ¿Tú cómo estás?

—Quiero agradecerte —dijo—. No lo digo a la ligera, pero quizá me salvaste la vida.

—No —espeté—. Si hice algo fue empeorar las cosas. Estaba haciendo posible que...

—Leah —interrumpió—, nada de esto es tu culpa. Nada. Eres la persona más amable, más dulce... y me aproveché de eso. No puedo imaginar lo que fue para ti estar conmigo cuando me convertí en el Dr. Jekyll, o quizá en Mr. Hyde. —Lanzó una risita—. Siempre se me olvida cuál es el trastornado.

—La cuestión es que para mí no es blanco y negro, Charlie. Es como si fueras dos personas distintas, pero también sigues siendo una sola persona. Siempre eres Charlie. Tienes un solo cuerpo, ¿sabes? No va y viene dependiendo de si estoy con Jekyll o Hyde.

—Lo entiendo —dijo Charlie—, pero tú te mereces estar con alguien que sea bueno contigo todo el tiempo. Yo no lo fui. Para mí es difícil pensarlo. Para ser francos, me pone muy mal pensarlo. Y sé que tengo muchas cosas más en que pensar, pero entiendo que eché todo a perder.

—Quizá los dos lo echamos todo a perder.

—Creo que fui yo —insistió—. Si pudiera volver al pasado y cambiar algo, sería encontrarte hoy por primera vez o mañana. Encontrarme a esa hermosa chica en el supermercado y pedirle que saliera conmigo mientras esperamos en la fila. Ahora que estoy verdaderamente sobrio. Después de tocar fondo y cometer todos los errores, me gustaría estar en mi mejor momento para ti.

Me acosté en la cama y apreté el teléfono contra mi oreja. Ninguno de los dos dijimos nada durante un momento.

—Leí tu historia —comentó de pronto—. La que me mandaste por correo en diciembre, *Trece*.

—¿Lo hiciste?

—Sí. La leía todas las noches en rehabilitación, antes de dormir.

—¿En serio?

—Es increíble. Eres increíble. La manera en la que ves el mundo. También me hizo reír.

—Gracias por leerla. Ahora es muy diferente.

—¿Cómo?

—Cambié el final.

—Pero me encantó el final.

—Al editor no le gustó. Dijo que el hecho de que la mamá se fuera era demasiado dramático o cliché, algo así.

—Pero ¿no fue eso lo que pasó? ¿En tu vida? No es demasiado dramático. Así es la vida.

Mis ojos se llenaron de lágrimas.

194

—Charlie...
—¿Sí?
—Te he extrañado.

Charlie y yo volvimos a estar juntos. No éramos novios, pero paseábamos por el vecindario o íbamos juntos al supermercado o a la tienda de la esquina en East Johnson. De vez en cuando me acompañaba a la cafetería, pero nunca quería gastar dinero en café y no era del tipo que le gusta sentarse a leer ni tener una conversación mientras bebes un capuchino.

Me encantaba ir a la tienda con él. Me fascinaba hacer cosas juntos, pasear en su auto, sentarnos en el patio mientras él fumaba, tomarnos de la mano al caminar por la calle. A veces se burlaba de mí porque cuando estábamos en el departamento yo lo seguía por todas partes. Si se levantaba e iba a la cocina, yo me paraba y caminaba atrás de él. Ahora que Charlie estaba despierto, quería estar todo el tiempo con él.

Mientras estuvo en rehabilitación me escribió una canción y la tocó para mí cuando estábamos sentados el uno frente al otro sobre la alfombra de la sala. Cantaba diferente cuando estaba sobrio, era más expresivo y su voz resonaba en todo el departamento. Siempre que tenía la oportunidad, lo grababa mientras tocaba. En realidad, creía que el arte podía salvar a una persona. Y por más que quería salvar a Charlie, sabía que si algo iba a salvarlo sería su música.

Un día me pidió todas mis historias para leerlas.

—¿Todas? —pregunté.

—Sí. Todas.

Nos quedamos en la cama con mi computadora en su regazo y leyó en voz alta cada uno de los cuentos que escribí, uno tras otro. Esperaba que se distrajera o que tomara descansos para ir a fumar, pero leyó durante horas. Se detenía solo para reír en las partes chistosas y decirme cuando le gustaba una oración. Después de cada relato, hablaba de los personajes como si fueran personas reales, como si eso sucediera en realidad. Me sentía muy mimada, como si por fin entendiera quién era yo.

En la noche preparaba de cenar. Solo sabía cocinar algunos platillos: quesadillas, huevos con tocino, picadillo, bistecs y sándwiches de tocino. Para el postre, en general nos servíamos tazas de chocolate caliente.

Durante esa temporada, él también escribió. Unas cuantas páginas sobre nuestra relación. Me dio su relato y me pidió que le dijera honestamente lo que pensaba. Me dijo que fuera implacable. Para ser sincera, su escritura me recordaba sus mensajes de texto: desmesurados y eufóricos. No era tan brillante ni honesto como el relato que escribió en la universidad, pero esto no se lo dije. Le comenté que me había encantado y que debería seguir escribiendo, que quería leer más cosas de él. Esa parte era cierta, sí quería leer más.

20

—Escuché que van a publicar *Súper 8*.

Así nos lo anunció David, con una voz suave que no acostumbraba. Estábamos en el City Bar, en nuestra mesa. Bajó la mirada con humildad fingida.

—En el número de otoño. El editor de *Harper's* me escribió ayer.

Harper's, como si una de las mejores revistas fuera una ocurrencia. Parpadeó hacia Vivian.

—Felicidades —dijo Vivian, junto con todos los demás. Pero no se levantó de su asiento ni sugirió que tomáramos *shots*.

Se trataba de la historia que escribió en el primer trimestre, en la que un hombre hacía un viaje en automóvil. Fingí estar contenta por David mientras brindábamos, pero en el fondo estaba furiosa.

Él no dejó de lanzarle miradas a Vivian el resto de la noche, como si ella le debiera algo.

David me repugnaba porque podía reconocer su desesperación. Quería tanto que lo amaran que creyó que eso iba a suceder ahora. Pensó que ser admirado y amado eran lo mismo, que ambos provenía del mismo pozo.

Revisé mi correo electrónico seis o siete veces ahí en el bar, como si *The New Yorker* fuera a responderme a las diez de la noche de un martes.

Después de esa noche, empecé a consultar mi correo de manera obsesiva: docenas, cientos de veces cada hora. No hacía mucho esos días, además de revisar mi correo. Era la única del grupo que no había publicado nada. Charlie tenía razón: estaba hambrienta de valoración. Solo necesitaba que publicaran este. Después de que lo aceptaran, estaba segura de que todo funcionaría.

Vivian y Rohan se acostaron. Vivian nos contó sobre esto a Wilson y a mí una mañana gris de domingo del mes de marzo. Estábamos sentados al final de una mesa comunal en el bar Johnson.

—Rohan y yo no queremos que el grupo se sienta extraño —explicó inclinándose sobre la mesa—. No le digan a nadie.

Durante los fines de semana ese bar no era el mejor lugar para contar secretos porque siempre estaba lleno de universitarios; pero ese día no había nadie a quien conociéramos.

Wilson rio.

—Bueno, ahora las únicas personas que no lo saben son Sam y David.

—A David se le va a romper el corazón —dije.

—¿Puedo ser yo quien se lo diga? —preguntó Wilson.

—¡No! —exclamó Vivian con una sonrisa. Luego se encogió de hombros—. Claro, lo que tú quieras. La verdad me importa un carajo quién lo sepa. Solo nos quedan algunos meses.

—Pero ¿son pareja? —pregunté.

—No lo sé. Solo es algo que sucedió. —Miró su teléfono—. Hace doce horas; de hecho, tal vez va a venir.

—¿Tenemos que fingir que no tenemos idea de lo que pasó? —pregunté—. Pero ¿cómo fue?

Vivian sonrió con satisfacción.

—Fue muy bueno.

Wilson se sonrojó y se distrajo con su computadora.

Luego, Vivian disimuladamente me escribió un mensaje por debajo de la mesa: «¡Rohan sabe lo que hace!».

Como si lo hubiéramos conjurado, la puerta se abrió y Rohan entró. Cuando nos vio al fondo de la cafetería, nos saludó con un gesto de la mano y recorrió las mesas atestadas mientras se quitaba la bufanda y bajaba el cierre de su chamarra de invierno con la enorme capucha de piel. Cuando dejó su mochila en el asiento junto a Vivian, estaba radiante. Su cabello seguía húmedo por la ducha.

—Voy por un café —dijo—. ¿Alguien quiere algo? Viv, ¿quieres que vuelva a llenar tu taza?

—Estoy bien —respondió—. Gracias.

Ella también estaba radiante.

Todos trabajamos con esmero el resto de la mañana y después, puesto que éramos muchos para que esto no sucediera, nos pasamos la tarde conversando y chismeando; pedimos comida, pasteles y más café.

Me la estaba pasando bien. Cuando por fin miré mi teléfono varias horas después, había un mensaje de texto de Charlie en el que me preguntaba qué hacía: «Estoy en el Johnson, ¡ven!», escribí de inmediato. Aunque no esperaba que viniera, diez minutos después se presentó y me quedé asombrada. Nos miramos fijamente en el lugar abarrotado. Vi que la ansiedad lo inundó cuando se dio cuenta de que estaba con mis amigos.

De pronto sentí que me había equivocado. Con Charlie, por no haberle dicho que no estaba sola; y con mis amigos, por no prevenirlos a tiempo de que él vendría. No le había contado a nadie que había vuelto a verlo. Sabía que no estarían de acuerdo. También sabía que Charlie se estresaba cuando estaba con ellos porque sentía su desaprobación, aunque Vivian sí le caía bien.

Sentí resentimiento por tener que prevenir a la gente. Vivian y Rohan habían estado sentados el uno al lado del otro todo el día, coqueteando, divirtiéndose, y nadie los molestaba.

—Charlie está aquí —dije en voz baja mientras él se acercaba. Todos mis amigos dejaron de reír y volvieron a sus computadoras, como si fueran niños de primaria y la maestra llegara a regañarlos.

—Hola, bebé —saludó Charlie.

—Hola —respondí, deseando que no me hubiera llamado «bebé» frente a ellos—. No pensé que en verdad fueras a venir. Hizo una mueca.

—¿No querías que viniera?

—No, yo...

—Hola, hombre —intervino Rohan—. Qué gusto verte de nuevo.

—Sí, igualmente —dijo Charlie. Con un gesto de la cabeza saludó a Wilson y luego le sonrió a Vivian—. Hola, Vivian. Leah me dijo que terminaste de escribir tu novela. Excelente noticia.

—Gracias, Charlie —respondió—. ¿Te quieres sentar? Podemos jalar una silla.

—Estoy bien, gracias. —Volteó a verme—. En realidad, vine para saber si me prestas tus llaves para esperarte en tu casa cuando termines. No quiero ir hasta la mía y luego regresar más tarde. Estoy tratando de no gastar todo mi dinero en gasolina yendo y viniendo todo el tiempo.

—Ah —exclamé, mirando rápidamente a mis amigos que nos observaban. Ya no le tenía miedo a Charlie, pero pensar en darle mis llaves, así fuera por una hora, me ponía nerviosa—. De hecho, ya me iba así que me voy contigo.

—Perfecto, te espero afuera. —Dio unas palmaditas sobre el bolsillo donde guardaba los cigarros—. Que les vaya bien. —Se despidió de mis amigos y se marchó.

Cuando empecé a recoger mis cosas se hizo un silencio.

—Pensé que habían terminado —dijo Rohan de pronto.

—Regresamos, bueno, algo así —expliqué—. Está mucho mejor.

—Nos preocupa menos cómo está él y más cómo estás tú —dijo Vivian con cuidado, como si hablara con alguien inestable.

—Estoy bien.

—No me gusta nada la manera en que te habla —dijo Rohan.

Alcé la vista, enojada. No estaba segura exactamente de a qué se refería, pero sabía que preguntarlo sería un error. Cualquier cosa que Rohan dijera me daría vueltas en la cabeza hasta alojarse definitivamente en mi interior.

—Es muy cariñoso —dije.

Me di cuenta de lo patético que esto les sonó a ellos. Todo estaba ahí, reflejado en sus rostros.

—¿Por qué no puedes quedarte? —insistió Rohan—. ¿Por qué tienes que irte en cuanto él llega?

Wilson miraba la pantalla de su computadora. No había dicho nada, parecía decidido a no participar en la conversación ni reconocer lo que estaba sucediendo. No estaba segura si esto me hacía sentir mejor o peor.

Sin embargo, Vivian y Rohan tenían el rostro serio, pero sabía que, en el fondo, estaban contentos. Seguían radiantes de la noche anterior, de la emoción de poder estar sentados el uno al lado del otro todo el día, de saber que muy pronto saldrían juntos del bar Johnson e irían a uno de los dos departamentos acogedores y llenos de libros; volverían a tener relaciones sexuales y después se quedarían dormidos hablando de su brillante futuro. Lo que sea, se tenían mutuamente.

Yo estaba celosa; en ese momento los despreciaba.

Lo que yo tenía con Charlie no era normal, lo sabía. Pero ¿quiénes eran ellos para juzgar? Ninguno de ellos, ninguno, me había hecho sentir tan bien ni tan amada como Charlie me hacía sentir. La verdad era que había momentos en los que me sentía tan feliz con él que podía echarme a llorar. Estar con Charlie era lo más cercano a ese sentimiento de amor incondicional que tanto había anhelado.

—Lo estoy averiguando —dije—. Luego nos vemos.

21

Recibí el correo electrónico mientras Charlie estaba en el trabajo. Había encontrado un nuevo empleo como mesero en un restaurante del centro, en general trabajaba en el horario del almuerzo. Yo estaba en la oficina de la universidad; acababa de terminar una clase cuando abrí el correo electrónico del editor en mi teléfono, las palabras nadaron frente a mí antes de que pudiera entenderlas. Las importantes resaltaban y entendí cuál era la respuesta mucho antes de tener los medios para asimilar el contenido o los detalles: «Gracias, desafortunadamente, decepción, en otro lugar, en el futuro».

Empecé a llorar de inmediato, como lo hacen los niños chiquitos cuando se lastiman: fuerte y caótico. Las lágrimas se mezclaban con mocos. El único en la oficina aparte de mí era David.

—¿Estás bien? —preguntó alarmado.

—Me dijeron que no.

—¿Quién? —dijo acercándose a mi escritorio.

Berreando, le mostré el correo en mi teléfono.

—Carajo —dijo.

David me miraba con verdadera compasión y eso solo me hizo llorar aún más.

Para mi sorpresa, me dio un abrazo.

—Sé que no lo ves así, Leah, pero esto es bueno. Haber llegado tan cerca con *The New Yorker* es grandioso. Les enviarás otro cuento y este lo publicarás en otro lado. Esta historia es jodidamente buena.

Asentí y tomé mi mochila.

—Gracias —dije—. Tengo que irme.

Caminé los tres kilómetros a casa llorando. Cada vez que me calmaba, aunque fuera un segundo, una nueva oleada me invadía y volvía a empezar. Cuando entré a mi departamento, grité y aventé mi mochila en la sala. Ya no lloraba como una niña, lloraba como si alguien hubiera muerto.

Cuando Charlie llegó esa noche, yo no había terminado.

—Déjame leer el borrador —pidió.

—No.

Pero lo dejé. Después de leerlo, despotricó contra el editor por sugerir que cambiara el final.

—Debes confiar en tus instintos —dijo—. La historia era perfecta como estaba originalmente. ¿No te dijo Dot que era perfecta?

Empecé a reír entre lágrimas.

—Bea —lo corregí.

Frunció el ceño.

—¿Qué?

—Se llama Bea. ¿De dónde sacaste Dot?

Yo reía, lloraba y me limpiaba la nariz con la manga.

Sonrió.

—Okey, Bea. Ella sabe de qué habla. Envía la historia a otras revistas, la que tiene tu final. Se publicará. El jodido *New Yorker* no sabe de qué demonios está hablando.

—Pero lo saben, Charlie —repliqué, ahogada de nuevo en tristeza—. Es *The New Yorker*.

—Leah, escucha —dijo poniendo ambas manos sobre mis hombros—. Un día vas a mirar hacia atrás y esto te va a hacer reír. Sé que ahora no lo sientes así, pero vas a estar bien. Seguirás escribiendo y todo saldrá bien. Lo sabes. Yo no sé muchas cosas, pero sé esto.

—Okey —respondí.

Le creí y seguí llorando.

El enojo me duró tres días y luego empecé a escribir de nuevo. Encontré un nuevo lugar para trabajar en la Sociedad Histórica de Wisconsin, una habitación hermosa con techos como de catedral, brillosas mesas de roble y unas lámparas verdes de escritorio que emitían una luz suave y clara. No era particularmente supersticiosa cuando se trataba de escribir, pero decidí que el cubículo de la biblioteca Memorial ya había sido suficiente.

Empecé algo nuevo. No sabía exactamente qué era, pero me gustaba trabajarlo, de la misma manera en la que me gustó hacerlo en *Trece*. Despertaba todos los días ya con las escenas en mente, en mi caminata al campus pensaba en nuevas oraciones, detalles que tenía en la punta de la lengua. Era la historia de una hija que buscaba a su madre. Lo que hacía diferente este relato de los otros era que en este la hija y la madre se encontraban.

Nunca busqué a mi madre en internet. No indagué su dirección en Saint Paul en Google Maps. Siempre he tenido mucho miedo de lo que podría encontrar. Si Aaron había hallado detalles tan específicos: «Trabaja en la biblioteca pública, da clases de cerámica», no sabía con qué podría toparme. Quizá se había vuelto a casar, quizá tenía hijastros o quizá estaba sola.

Había dejado casi todas sus cosas, su ropa y pertenencias, toda su joyería, incluido su anillo de bodas. Se llevó sus documentos importantes y, de acuerdo con mi papá, sacó algo de efectivo de la cuenta mancomunada. También tenía su propio dinero en una cuenta separada de cuando sus padres murieron.

Había dejado una nota para mi padre. Entre otras cosas, escribió: «Diles a los niños que los amo. Deberías llevarlos a consulta con un terapeuta».

Al encontrar la nota, mi padre se alarmó, pensó que era una nota de suicidio. Aaron, Ben y yo estábamos abajo, en la cocina, cuando escuchamos unos gemidos fuertes y horribles que provenían de su recámara. Aaron nos dijo a Ben y a mí que nos quedáramos ahí y subió corriendo las escaleras. Encontró a nuestro padre con la nota en una mano y el teléfono en la otra; estaba a punto de hablarle a la policía.Cuando mi padre le enseñó la nota a Aaron, este le aseguro que claramente mi madre nos estaba abandonando, no que se iba a suicidar.

Nunca hablamos de esa noche, en la que mi padre encontró la nota, Aaron encontró a mi padre y Ben y yo encontramos a Aaron, quien en ese entonces tenía dieciocho años y lloraba en su recámara. Fue él quien nos explicó qué había pasado. Esta vez, nuestra madre no se había ido solo por un fin de semana. No regresaría a casa.

Ben y yo dormimos en la recámara de Aaron. Recuerdo que pensé: «Al menos tengo a mis hermanos». Me parecía insoportable pensar que Aaron se iría a la universidad en otoño y Ben lo haría unos años después. Nuestra familia se dividiría. Odiaba la idea de que me dejaran atrás. Mis hermanos me aseguraron que esto no sucedería, que siempre estarían ahí para mí, que siempre estaríamos el uno para el otro. Pero ese día, algo cambió. Después de mi madre, todos nos fuimos, uno detrás de otro. No hubo vuelta atrás después de eso. Nuestro hogar era un recuerdo.

Mi padre nos preguntó, a tres adolescentes, si queríamos consultar a un terapeuta. Ben y yo dijimos que no. Aaron dijo que sí. Estoy segura de que mi madre tenía razón de que ir a terapia hubiera sido una buena idea, pero que ella nos conminara a hacerlo era demasiado insultante.

Le llevó mucho tiempo a mi papá divorciarse de mi madre porque era imposible ponerse en contacto con ella. Cuando finalmente empezó a responder sus llamadas telefónicas no le pidió nada, ni pensión ni bienes ni custodia. Dijo que firmaría cualquier cosa que él quisiera que firmara. Solo quería terminar bien.

Una tarde de finales de marzo busqué a mi madre. Fue más fácil de lo que pensé: escribí su nombre en Google y entré al primer enlace que salió. Tenía la misma dirección en Saint Paul, Minnesota, que estaba en los sobres que me enviaba con las tarjetas de cumpleaños. Escribí su dirección en Google Maps. Era un recorrido de cuatro horas y media desde Madison.

Por una parte dudaba de buscar a mi madre porque anhelaba que ella lo hiciera primero. Siempre esperaba que apareciera en mi puerta, que las tarjetas de cumpleaños volvieran a llegar al buzón, un correo electrónico, una solicitud de amistad en Facebook.

—Si la veo —le dije a Charlie—, quiero saber que es porque ella realmente quiere verme y que no lo hace por compasión.

—¿No te ha rechazado ya lo suficiente? —dijo Charlie—. ¿En serio importa lo que diga o haga? ¿A quién le importa si la buscas o ella te busca a ti? Ha demostrado qué tipo de madre es durante los últimos doce años.

Sentí una oleada de amor por Charlie tan intensa que me di cuenta de que no me importaba cómo resultaran las cosas con mi mamá. Ahora tenía a Charlie.

—¿Vendrías conmigo? —pregunté.

Nos costó mucho trabajo convencer a Faye de que dejara a Charlie salir de Madison y manejar hasta Minnesota; pero al final nos pusimos en camino después de prometerle que llamaríamos regularmente y regresaríamos al día siguiente. Charlie y yo nunca habíamos salido juntos de Madison, por primer vez sentí que éramos una pareja normal: cafés del Starbucks lado a lado, pararnos a cargar gasolina e ir al baño en alguna plaza en la autopista.

Cuando Charlie se tardó mucho tiempo en el baño, empecé a ponerme nerviosa, pero luego lo vi al otro extremo haciendo fila en McDonald's.

—¿Quieres algo? —me preguntó cuando me acerqué a él.

—Acabamos de desayunar.

Se encogió de hombros.

—Quiero aprovechar mi libertad.

Escuchamos música en el auto; las primeras dos horas estuve tranquila con Charlie en la carretera. Luego, los letreros de la interestatal a Minneapolis se hicieron cada vez más frecuentes. Me imaginé tocando la puerta de mi madre y que no me reconociera; tener que explicarle quién era. Imaginé que me cerraba la puerta en la cara.

Cuando éramos niños hacíamos varios viajes al año para visitar a la familia de mi padre en Nueva Jersey, pero nunca fuimos a Saint Paul. Mi madre no hablaba mucho de su pasado, decía que era demasiado doloroso.

La madre de mi madre murió de cáncer de mama a los cincuenta y dos años y el padre de mi madre de una apoplejía cuatro meses después. Mi madre iba en el último año de universidad cuando sus padres murieron. Ella y mi padre llevaban pocos meses saliendo juntos.

—Tu padre no era como los otros chicos de veintidós años —me dijo mi madre una vez—, No le asustaba mi dolor y nunca hizo que mi tristeza se tratara de él. Era muy paciente. No creo que hubiera sobrevivido a esa época sin él. Se convirtió en mi familia, en mi única conexión real con el mundo; aunque la verdad es que no teníamos idea de lo que estábamos haciendo.

Mis padres se casaron cuando tenían solo veintitrés años, y Aaron nació al año siguiente.

Cuando era más joven pensaba que la manera en la que se habían conocido mis padres era muy romántica, aunque su relación hubiera empezado y terminado con un duelo. Que te salven de la tristeza y salvar a alguien de la tristeza no eran solo situaciones que yo anhelara de la nada. Era algo en lo que me había criado. No sabía cómo separar el sentimiento de amor del sentimiento de querer huir.

Cuando llegamos a Saint Paul avanzamos por las tranquilas calles aledañas sin hablar; escuchábamos las instrucciones del GPS e imaginé a mis abuelos y mi madre paseando por las mismas calles cuando eran una joven familia, hacía medio siglo. Al dar vuelta en Greenacre, un tranquilo callejón sin salida suburbano, le dije a Charlie que necesitaba una bolsa, tenía que vomitar.

Se estacionó a un lado del camino, frente a la casa donde vivía mi madre, y me dio la bolsa vacía de McDonald's. Me senté encorvada sobre la bolsa manchada de grasa, tuve arcadas durante varios minutos, Charlie había puesto su mano en mi cabello. Cuando escuché la chispa de su encendedor, lo miré.

—¿Vas a fumar ahora?

Arqueó una ceja.

—¿No debería?

—Estoy tratando de no vomitar, Charlie.

Apagó el cigarro y lo puso sobre el tablero para fumarlo después.

—Perdón. Esto es un poco estresante.

—¿Por qué es estresante para ti?

—Verte estresada me estresa —explicó mirando alrededor, girando el cuello y dando golpecitos en el volante—. Aparte, hace mucho tiempo que no salía de Madison. Esta es una sobrecarga sensorial.

Empecé a respirar fuerte y rápido. Estaba aterrada de que alguien saliera de la casa blanca con persianas moradas. Mi madre o un hombre o un niño… un adolescente. O que Charlie empezara a volverse loco. De pronto, deseé estar aquí con Robbie, sabía que él sería un consuelo en un momento como este.

—¿Estás bien, Leah?

Negué con la cabeza.

—¿Quieres que entre contigo?

Lo miré. Había dejado de golpetear el volante y me prestaba toda su atención.

—Okey —respondí. No sabía qué podría hacer si lo dejaba solo mucho tiempo.

Caminamos de la mano hasta la puerta. Nada en la casa me llamó la atención. Podría haber pasado por aquí un millón de veces sin nunca saber que mi madre vivía adentro. El pasto estaba cubierto de nieve vieja y sucia. En la entrada del garaje, había un auto con placas de Minnesota. La casa era mucho más pequeña que la nuestra en Brookline, mucho más chica que la de Charlie.

Toqué el timbre. Un minuto después se abrió la pesada puerta morada y una mujer pequeña en pijama apareció frente a nosotros, detrás de la contrapuerta. Me asombré. La recordaba más alta, capturando todo el aire de la casa. Pero aquí estaba, en su apenas metro y medio de estatura. Su largo cabello negro reposaba sobre sus hombros y estaba enhebrado con canas. Sus ojos eran los mismos: enormes, almendrados y alerta. Me miraba fijamente.

—Leah —dijo, era la voz de mi madre. Sentí alivio de que dijera mi nombre, que supiera quién era. Sonreí, ella también sonrió. Luego abrió la contrapuerta—. Dios mío —exclamó. Me abrazó y pude oler su cabello contra mi barbilla, seco e hirsuto, con el mismo aroma a incienso y especias, pero también algo ácido y penetrante, no el olor que yo recordaba.

Me sentí mal cuando nos abrazamos, como si tratara de abrazar algo pequeño y afilado, como una tachuela. Recordé sus partes suaves: su estómago, sus pechos, la parte superior de sus brazos. Ahora, nuestros cuerpos no encajaban. Sentí como si pudiera pulverizarla o empalarme en ella.

Se apartó rápidamente y el abrazo terminó. Traté de sonreír, pero estaba a punto de llorar. Había deseado tanto que este momento fuera simple. Quería que el abrazo hubiera arreglado algo. Quería que fuera más grande, más rellena y más fuerte que yo. Que el que mi madre me abrazara fuera la cosa más fácil del mundo.

Di un paso atrás para sentir la familiaridad de Charlie detrás de mí. Sentí su mano suave en mi espalda.

—Hola, mamá —saludé, consciente del tono de mi voz. ¿Sonaría distinto para ella? La última vez que me escuchó hablar apenas tenía trece años—. Te busqué. Ahora vivo en Wisconsin, así que...

—¿Vives en Wisconsin? ¿Estás en Madison?

Sonreía y me estremeció verla sonreír así, escuchar su voz. Asentí.

—Estoy en Madison, en la maestría.

Miró a Charlie.

—¿Es tu marido?

Las lágrimas aparecieron sin previo aviso.

—No —respondí parpadeando para evitar las lágrimas—. Solo tengo veinticinco años. Charlie es mi novio.

Mi madre extendió la mano y él la estrechó.

—Charlie —repitió—. Yo soy Naomi. Encantada de conocerte.

Mi madre me sonrió y, esta vez, se me hizo un nudo en el estómago. Era diferente a la sonrisa anterior. Esta sonrisa era educada, para un desconocido.

—¿Te gusta el Medio Oeste? —preguntó—. Aquí crecí —agregó, quizá pensó que yo habría olvidado esa parte de su vida.

Me encogí de hombros, estaba mareada. En ese momento pensé en Ben y Aaron, los únicos en el mundo que entenderían este momento.

—Es agradable —respondí—. Me gusta.

Seguíamos en la entrada, sosteniendo la contrapuerta. El recibidor de su casa estaba oscuro y atiborrado de zapatos. Advertí que había un par de hombre, unas botas para escalar y unas sandalias naranjas enormes, pero no vi ninguna otra señal de alguien adentro. No vi zapatos de niños y lo agradecí. Había una mesa baja con una canasta atiborrada de correo y un pasillo con varios contenedores de reciclaje apilados y con cajas de cartón rotas.

—¿Quieren pasar? —preguntó mi madre—. Me temo que Todd y yo debemos irnos en unas horas, pero me encantaría sentarme y escucharlo todo. Hay mucho de qué hablar para ponernos al tanto. —Lanzó una risa y apretó mi brazo—. Dios mío, eres hermosa, Leah. —Luego miró a Charlie—. ¿No es hermosa?

Charlie asintió.

—Lo es.

—¿Quién es Todd? —pregunté sintiendo náuseas.

—Todd es la persona con la que vivo —respondió mi madre—. Es artista y el dueño de esta casa.

Hizo una seña para que entráramos y la seguimos hasta la sala, que estaba llena de muebles baratos y feos, de los que se pueden encontrar en un dormitorio universitario. En realidad, no era muy distinto del mobiliario que tenía en mi departamento de Madison. Los sofás eran viejos y desvencijados, el piso tenía una alfombra café desgastada llena de pelusa. Había tazas y vasos por todas partes. La habitación no tenía luz en el techo, pero mi mamá enchufó una lámpara y la prendió. Olía a rancio.

—Siéntense, pónganse cómodos —dijo.

Charlie y yo nos sentamos en el futón.

—Tiene una casa bonita —comentó Charlie.

Me di cuenta de que lo decía en serio. Charlie había pasado mucho tiempo en lugares muy feos, pero yo odiaba la habitación, todo en ella. Me estremecía y me asustaba. No podía entender por qué mi madre vivía aquí y Monica en nuestra casa.

—Leah —dijo mi madre sentándose frente a nosotros—, ¿qué estudias?

Pensé en responder. Platicarle de mi programa de maestría, del taller, la clase que daba, pero no pude hacerlo.

—¿Esto es todo? —pregunté.

Su sonrisa se congeló.

—¿Esto es qué?

—¿Vamos a hablar de lo que estoy estudiando?

Cruzó los brazos sobre el pecho como para protegerse. Su expresión se endureció y recordé la manera en la que podía hacer eso: dejarte afuera. Toda la felicidad y curiosidad anterior se desvanecieron.

—Ojalá hubieras llamado con anticipación —dijo—. No estaba preparada para esto.

—No tengo tu maldito teléfono.

Hizo un gesto de dolor. Luego miró a Charlie como si esperara que interviniera. Cuando no lo hizo, dijo:

—Veo que estás aquí para una especie de confrontación. Puedo entenderlo, en verdad. No espero que me perdones, ni tú ni tus hermanos. Pero ahora que ya eres una adulta me gustaría ser tu amiga. Leah, te ves tan bien, pareces...

—No necesito amigos —interrumpí—. Esperaba otra cosa.

Me puse de pie, temblando, asombrada de mi capacidad para hablar tan directamente. De hecho, estaba aterrada. Miré a Charlie.

—Vámonos —dije.

—Solo quiero decir algo —intervino Charlie poniéndose también de pie. Miró a mi madre—. Usted se lo perdió. —Parecía que también ganaba fuerza—. Su hija es lo mejor que hay.

Justo en ese momento, él era perfecto para mí. Mejor que cualquier fantasía o sueño.

Mi madre no dijo nada más mientras salíamos de la habitación, pero escuché que lloraba e hice un esfuerzo monumental para no regresar y disculparme.

Pensé que vendría corriendo tras de mí cuando cruzamos el jardín hasta el auto, que me llamaría por mi nombre. No podía imaginar que me dejara ir, no una segunda vez. Pero cuando subí al auto y me permití mirar hacia la casa, la puerta estaba cerrada.

En el camino de vuelta, Charlie manejó en silencio y yo cerré los ojos tratando de recordar esas mañanas en las que me subía a la cama de mi madre. En mi recuerdo, era suave y complaciente. Me echaba sobre ella, con todo mi cuerpo y ella era feliz de tenerme ahí.

Pero quizá yo era la única que había sido feliz. Tal vez ella no me quería ahí. Era imposible saber con certeza dónde terminaban mis sentimientos y empezaban los de ella. En mi memoria, su rostro estaba borroso. ¿Me había rechazado? ¿Me había abrazado? No lo recordaba. Todo lo que podía evocar era la luz de la mañana en la recámara de mis padres, todo ese calor bajo las cobijas. La suavidad del vientre de mi madre cuando la rodeaba con mis brazos y la apretaba contra mi cuerpo.

Cuando nos instalamos en el Airbnb, Charlie llamó a Faye para decirle que habíamos llegado bien. Escuché su lado de la conversación. Sabía que Faye le hacía preguntas sobre mi madre que él evitaba responder. Colgó el teléfono, salimos al pequeño porche y nos sentamos el uno al lado del otro en las sillas de jardín de madera que hacían juego. El porche daba a un vecindario nevado y tranquilo de pequeñas casas familiares, muy parecido al de la calle de mi madre. Estaba atardeciendo y el cielo se veía amoratado, una tajada fina de luna se asomaba entre las ramas desnudas de los árboles.

—¿Me das uno? —pregunté.

—¿Estás segura?

Asentí.

Charlie me pasó un cigarro.

—Creo que es adicta —dijo Charlie mientras me encendía el cigarro.

—¿Qué?

—Tu mamá. Estaba en pijama y pasaba del mediodía, además, dijo que debía ir a algún lado. Su casa era un caos. Parecía sospechosa, ¿no crees? Prendió su propio cigarro e inhaló. Probablemente es alcohólica. ¿Oliste algo cuando la abrazaste?

215

—No es eso —dije—. Creo que sencillamente no quiere tener nada que ver conmigo.

—Apuesto a que todas esas tazas estaban llenas de alcohol. Y ese tipo, Todd, también es alcohólico.

Apagué el cigarro en el cenicero y presioné las palmas contra mis ojos.

—Carajo, lo siento, Leah.

—No creo que tengas razón —le dije a Charlie—. Deja de proyectarte.

—No estaba...

—Solo porque tu papá es un adicto no significa que mi mamá también lo sea.

—Mi papá no es un adicto, hasta donde yo sé —respondió Charlie—. Es solo un imbécil.

Lo miré.

—El único otro adicto en mi familia es el hermano de mi mamá. Todo lo que sé acerca de mi papá es que es francés, quizá por eso soy tan velludo.

—Ah.

—Lo siento —dijo, extendiendo su mano libre que estreché—. No sé nada de tu mamá.

—Está bien. Yo tampoco sé nada de tu papá obviamente.

—Lo que hiciste hoy fue muy valiente. Luchaste por ti. Espero que no te moleste que te diga esto, pero tu mamá es una cobarde —dijo.

—No me molesta —respondí.

Durante un segundo pareció genuinamente enojado.

—Al carajo con ella.

Esa noche, en la cama, Charlie trazó un círculo con el dedo desde la parte alta de mis muslos donde tocan el hueso de mi cadera, debajo del ombligo, hasta el otro extremo y de regreso al lugar original, conectándolo de tal manera que dibujaba el círculo completo.

—Te voy a besar por todas partes salvo dentro de este círculo —dijo.

Lo hizo, empezando por el cuello y bajando lentamente por mis hombros. Extendió mis brazos sobre mi cabeza y me besó cerca de las axilas y a los costados de mis senos. Me besó las costillas, los pechos y el estómago. Besó los bordes del círculo, pero no el interior. Luego bajó y me besó las piernas, el interior de mis mulsos, las rodillas, el empeine de mis pies, mis tobillos. Cuando empezó a subir y llegó otra vez al círculo, yo ya estaba tan excitada, jadeante por la anticipación, que no supe qué hacer más que quedarme ahí y dejarlo que continuara.

22

La lectura de fin de año de la maestría en Bellas Artes se celebró unas semanas después, una tarde lluviosa de abril, en el salón trescientos uno de la Biblioteca Pública de Madison. Conforme más gente entraba, las filas de sillas empezaron a llenarse. Pronto solo había lugar al fondo, parados. Todas nuestras familias estaban ahí. Los padres de Vivian vinieron de Manhattan, su madre era glamorosa y parlanchina.

—¡Cuánta gente! —no dejaba de decir el papá de Vivian, mirando alrededor de la sala abarrotada—. ¡Qué evento!

La madre y el hermano de Wilson volaron desde Pittsburgh; se sentaron juntos en la segunda fila y platicaban con la gente de alrededor. Parecían más callados que Wilson, pero compartían ciertos gestos: la sonrisa fácil, una manera de inclinarse cuando alguien decía algo y su risa era idéntica a la de él.

Los padres de Rohan, su madre vestida con un sari dorado y magenta, y su padre vestido de traje, se hacían amigos de todos, en particular de los papás de Vivian. La madre de Sam y su esposa, Katie, habían llegado unas horas antes de Kansas City tras manejar ocho horas. Sam estaba con ellas, se veía tenso e incómodo como nunca lo había visto. Los padres de David estaban sentados en silencio en la primera fila; veían su teléfono y no hablaban con nadie, ni siquiera entre ellos.

Mi propia familia, que ocupaba casi una fila completa, no socializaba. Eran amigables, pero conversaban solo cuando se dirigían a ellos, no buscaban interactuar.

Las familias en las que nacimos parecían arbitrarias. No podemos cambiar algunas cosas: los padres que tuvimos, la infancia que vivimos. ¿Era posible cambiar la manera de comportarnos en este auditorio?

Luego comenzó la lectura. Me enorgullecí al escuchar las lecturas de mi grupo. Ya había leído sus historias antes, muchas veces, pero nunca las había escuchado en voz alta ni frente a un público. Se habían corregido algunos de sus relatos, pero en su mayoría eran iguales. Pensé en nosotros durante el taller, sentados en el salón Helen C. White; era un proceso divertido porque a veces las historias ya eran bastante buenas y, en cierto punto, teníamos que hilar muy fino. Después de un rato, hablábamos más de nosotros mismos que de lo que estaba escrito en la página.

Hubo una época durante nuestro primer año, antes de que empezáramos a hablar de agentes, publicaciones y contratos editoriales, en la que solo se trataba de las historias. Ya no volvería a ser así, habíamos llegado muy lejos. Pero esa noche solo se trataba de nuestros relatos. Era como si todos estuviéramos al inicio de algo.

Cuando fue mi turno, me paré y caminé al podio. Alcé la mirada sin encontrar a mi familia entre la multitud.

—Voy a leer un fragmento de mi cuento llamado *Trece* —anuncié.

Conforme avancé en el relato, casi me olvido de toda la gente. Había trabajado tanto en él que las partes autobiográficas ya no eran autobiográficas. Se habían transformado en ficción.

El personaje del padre ya no era mi padre, sino Eli Glass, un hombre a quien conocía íntimamente, de una manera en la que no conocía a mi padre. La historia había cobrado vida propia y eso era lo más emocionante de todo: me encontré moviéndome en lugares que nunca hubiera imaginado.

Cuando terminé, el público aplaudió y, finalmente, alcé la vista. Primero vi a mi padre, quien sonreía de oreja a oreja. Luego vi a todos los demás. Al fondo, estaba Charlie. No lo había invitado a la lectura. No estaba segura de cómo se había enterado. Casi no entraba a Facebook. Debió ver el asombro en mi rostro, porque su expresión cambió a incertidumbre o, quizá, vergüenza. Pero luego me sonrió y levantó ambos pulgares. Se apresuró a bajar por uno de los lados y salió por una puerta.

Volví a mirar a mi familia: aplaudían y sonreían. Ben era el único que parecía distraído. Su mirada estaba clavada en la puerta por la que Charlie acababa de salir.

Cuando todos terminamos de leer, tomamos fotos del grupo. Luego nos mezclamos, hablamos con las familias de nuestros compañeros, saludamos a nuestros alumnos que vinieron a escuchar nuestras lecturas. En un momento, Ben y yo salimos del auditorio para ir al bebedero que estaba al final del pasillo y descansar un poco del caos. Al girar en la esquina, cerca de los baños, nos encontramos con Charlie.

Tenía un cigarrillo apagado en la boca y escribía en su teléfono. Llevaba puesta la chamarra naranja.

—Charlie —dije.

Alzó la vista, abrió mucho los ojos y su mirada se movió de mí a Ben. Se sacó el cigarro de la boca y lo metió a su bolsillo. Parpadeó en dirección de Ben.

—Debes ser el hermano de Leah.

—Uno de ellos. Soy Ben.

Ben no extendió la mano para estrechársela.

—Charlie —se presentó. Luego volteó a mirarme, nervioso—. Estuviste increíble —agregó—. Tu texto fue el mejor.

—De eso no estoy segura. —Me reí.

—Lo fue. Digo, no me quedé a escuchar el de Albert Einstein, así que tal vez el suyo fue mejor, pero lo dudo. —Charlie rio un poco y miró a Ben, pero él estaba impasible.

—¿Te está gustando Madison? —le preguntó Charlie a Ben.

—Me encanta —respondió Ben—. Probé el queso en grano y bebí cerveza junto al lago. Leah nos ha dado un gran *tour*.

—Muy bien —dijo Charlie sonriendo—. Deberías venir en verano. Es la mejor época del año. Todo el mundo va a la terraza del Memorial Union.

Charlie le hablaba a Ben como lo hacía con sus hermanastros: buscaba su aprobación mientras esperaba al mismo tiempo que lo pisotearan.

—Bueno, debemos regresar —interrumpí, haciendo un gesto hacia el salón.

—Claro —dijo Charlie—. Felicidades de nuevo, Leah.

—Gusto en conocerte, Charlie —dijo Ben.

—Igualmente. Espero que te la pases muy bien en tu visita a Madison.

Charlie ya estaba empezando a buscar el cigarro en su bolsillo.

—Entonces —dijo Ben cuando Charlie se alejó—, sigues viéndolo.

—Más o menos —respondí—. Va y viene.

Ben arqueó las cejas.

—No era lo que esperaba.

—¿En serio?

Negó con la cabeza.

—¿Qué era lo que esperabas?

—No sé, a alguien más... —Hizo una pausa—. No a él, parece un buen tipo.

Sabía lo que Ben no estaba diciendo. Esperaba que Charlie fuera feo, asqueroso, con un aspecto sucio. Me sentí orgullosa. Incluso con esa horrible chamarra y el cigarro arrugado colgando de su boca, Charlie tenía algo y Ben lo había advertido.

—Es simpático —dije con voz ronca—. Muy simpático.

Esa noche, después de que mi padre y Monica se fueron a su hotel, llevé a Ben y a Aaron al Caribou, en East Johnson, el lugar donde me reuní con mis compañeros la primera noche en Madison. Encontramos unos bancos cerca del fondo y pedimos unas bebidas.

—Necesito decirles algo —dije.

Aaron dejó su cerveza y Ben bebió de la suya. Mis hermanos bromeaban mucho, pero sabían cuando algo era serio.

—Vi a mamá. La busqué y fui a su casa en Saint Paul.

Aaron me miró a mí, a Ben y a mí de nuevo.

—¡Carajo! ¿Es en serio? ¿Cómo? ¿Qué demonios pasó?

Ben permaneció sentado con la cerveza en la mano. Su expresión ahora era sarcástica.

—Apuesto a que te fue bien, ¿no? —Como no respondí, sonrió sarcástico—. Apuesto a que fue un encuentro amoroso.

—No —respondí—. No lo fue.

—No —repitió Ben negando con la cabeza—. Claro que no.

—Hermano —intervino Aaron dando una palmada en la mesa—. ¿Qué pasó?

—Bueno, sigue viviendo en la misma dirección de Greenacre. Vive con un tipo llamado Todd, pero no sé si es su novio.

Nunca lo vimos. Ella está igual. Digo, más vieja, pero igual, su voz y todo.

Les describí todo el encuentro, pero omití algunas partes de Charlie. Aaron estaba a punto de caerse de la silla, hasta parecía alegre.

Pero Ben no se lo creía, nada parecía sorprenderlo.

—¿Vimos? —preguntó.

—¿Qué?

—Dijiste: «Nunca lo vimos». ¿Con quién estabas?

—Charlie me acompañó.

Ben y Aaron intercambiaron miradas.

—Así que Charlie conoció a nuestra madre —dijo Ben.

Asentí.

—¿Ella le dijo algo? —agregó.

—Le preguntó si era mi marido.

—Qué raro —dijo Aaron—. Quiero decir, estás muy joven para estar casada.

—Pero él usó palabras muy particulares. Le dijo que ella se lo perdía.

—Me alegro de que alguien estuviera contigo —afirmó Ben—. Fue muy amable de su parte acompañarte.

—¿Debo entender que ustedes dos siguen juntos? —preguntó Aaron.

—No sé. A veces lo estamos.

—Mientras no corras peligro —dijo Aaron—. Aunque sea un buen tipo, no quiero que sufras.

—No corro peligro, Aaron.

No me molestó. Mis hermanos me caían mejor cuando estábamos así, nosotros tres, sin novios o novias cerca.

—¿Ustedes recuerdan si mamá bebía cuando éramos niños? —pregunté.

—A veces, en la cena —respondió Aaron—. De hecho,

podía ser un poco cruel cuando bebía, pero nada que llamara la atención.

—Era cruel todo el tiempo —dijo Ben—. No importaba que estuviera borracha o no.

—Entonces ¿sí se emborrachaba?

—No —intervino Ben—. No que yo recuerde.

—Te equivocas —le dijo Aaron a Ben—. No era cruel todo el tiempo. Muchas veces era dulce, muy dulce.

Aaron no hablaba a menudo de nuestra madre, pero cuando lo hacía, yo ponía atención. Él era quien hablaba de ella de manera más desapegada, como si ella ya no pudiera lastimarlo.

—Entonces ¿por qué Charlie no vino a cenar con nosotros esta noche? —preguntó Ben cuando salíamos del Caribou.

—No pensé que fuera bienvenido.

Ben se encogió de hombros y luego pasó uno de sus brazos sobre mis hombros.

—Lo que leíste hoy era bueno, Leah, muy bueno.

Lo miré.

—¿Sí?

—Charlie tenía razón. El tuyo fue el mejor.

—No funciona así —dije.

—Tienes talento —respondió Ben—. Estoy orgulloso de ti.

Charlie perdió su trabajo. Empecé a notar moretones en la parte interior de sus brazos. Pero esta vez era diferente, no se quedaba dormido en medio de una frase o frente al volante. Sucedía por episodios, en lugar de en espiral. Algunas semanas eran mejores que otras. Ahora sus días giraban en torno a Max. Según supe, él no tenía auto, pero Charlie sí, y eso era parte de su acuerdo. A cambio de usar el coche de Charlie, Max le suministraba drogas.

Charlie estaba en constante comunicación con Max a lo largo del día. Trató de hacerme creer que era una amistad. Como si siempre le estuviera haciendo favores a Max porque tenía un gran corazón. Sabía que Charlie me mentía, pero en lugar de entrometerme, escuchaba con atención las conversaciones en clave que él tenía por teléfono. Solo vi a Max en una ocasión, por casualidad, estaba en el auto una vez que Charlie pasó por mí después de una clase. Max estaba en el asiento trasero, su novia también. Ninguno me habló, pero al subir al auto Max sonrió y arqueó las cejas hacia mí; luego vio a Charlie, quien iba al volante, y sacudió un poco la cabeza como si la situación lo divirtiera. La novia de Max, que parecía más joven que todos nosotros, nunca apartó la mirada de su teléfono.

Hicimos el camino en silencio hasta nuestro destino. Charlie se estacionó frente a Norris Court y comenzó a hablar del auto con Max.

—Te llamo cuando vaya a tu casa —dijo Max mientras Charlie le daba las llaves.

Se me ocurrió que por tu casa, se estaba refiriendo a mi departamento; que Max había venido ya varias veces.

La higiene y el guardarropa de Charlie comenzaban a deteriorarse. Cuando cantaba, su voz era distinta dependiendo del día. En ocasiones, hubiera podido llenar un estadio entero con su voz. Otras veces era suave y delicada, ponía los ojos en blanco. Pensaba que su voz sonaba bien sin importar qué pasara.

Charlie no volvió a intentar mudarse a mi departamento. Creo que sabía que no terminaría con él, ni mañana ni pasado mañana; él era una persona que pensaba casi siempre a corto plazo.

Tenía razón, no pensaba terminarlo. Me había rendido a la relación. A lo bueno y a lo malo. Había dejado de intentar cambiarlo; sin embargo, pasaba casi todo el tiempo tratando de entenderlo.

Había días en los que se dormía en medio de un programa de televisión y lo sacudía para despertarlo.

—Charlie —decía—. ¿Estás dormido o qué?

—Estoy despierto —respondía esforzándose por abrir los ojos—. Solo estoy cansado.

—¡No confío en ti! —gritaba furiosa—. No sé si estás echándote una siesta o estás drogado.

—Perdón —se disculpaba—. Solo estoy cansado.

Cuando iba al baño yo me quedaba afuera escuchando, tratando de averiguar qué pasaba al otro lado de la puerta. Muchas veces ponía la mano en el picaporte, a punto de abrir, pero tenía miedo de entrar y verlo defecando. O quizá me daba miedo otra cosa. Registraba el departamento en busca de jeringas, bandas elásticas, cucharas sucias; pero nunca encontré nada.

Busqué tantas veces en Google *adicción a la heroína* que mi internet estaba convencido de que era heroinómana y no dejaba de aparecer publicidad de centros para el tratamiento de la heroína: «Puedes tener ayuda: habla con un consejero hoy». Vi *Pánico en Needle Park*, *Trainspotting: La vida en el abismo*, *Candy*. Leí *Yonqui*, de William S. Burroughs, y *El hijo de Jesús*, de Dennis Johnson. Cuando vi a Al Pacino, en la década de los setenta, dormirse perdido a causa de las drogas en el Upper West Side, me di cuenta de cuántas veces había visto a Charlie de esa forma, cuántas veces me había llevado a casa apenas consciente. Durante esa primavera, vi la película muchas veces. Me tranquilizaba. Era una vieja historia que ya se había contado antes, pero también era una historia de amor.

Una vez encontré una mancha brillante de sangre en la taza del escusado y me sentí tanto revindicada como horrorizada.

—Charlie —lo llamé para mostrarle—. ¿Qué es esto?

—El *sub* me constipa mucho, bebé —explicó—. Te daría los detalles, pero dudo que quieras volver a acostarte conmigo.

Nunca supe en verdad lo que hacía. Yo estaba fuera de su mundo, aunque él estuviera en el mío. En realidad, Charlie era mi mundo entero.

Difícilmente comía algo, pero, cuando lo hacía, era mi comida. Una vez desperté en la madrugada y escuché ruido, del hueco debajo de la puerta entraba luz y, al salir, lo encontré en mi cocina. Había vaciado el medio litro de yogur de vainilla en un tazón, junto con las frambuesas y los arándanos que había comprado esa mañana en Madison Fresh. Los botes verdes donde venían las moras yacían vacíos en la barra.

—Charlie —dije con sequedad. Cuando me miró, sentí unas súbitas ganas de golpearlo. —¿Sabes cuánto cuestan esas moras? —No dijo nada—. Las compré para mi desayuno; siempre te comes mi comida.

—Lo preparé para ti, bebé. Pensé que te gustaban estos postres de yogur.

—No es así como me gusta.

—Está bueno —dijo—. Pruébalo.

Levantó la cuchara.

—Tengo que irme a dormir.

En la mañana, Charlie me dijo que iba al supermercado con Max y me preguntó si necesitaba algo.

—¿Tú y Max hacen las compras juntos?

—Sí, él tiene que comprar comida para sus hijos.

—¿Tiene hijos?

—Los ve los fines de semana, a veces, cuando su ex lo deja.

—Quiero unas moras y unos burritos congelados de Amy's.

—Bebé, esas cosas congeladas son pésimas para ti.

Arqueé las cejas.

—Los cigarros tampoco son buenos.

Una noche me envió un mensaje de texto: «Tengo una sorpresa para ti. ¿Dónde estás?». Le respondí: «City Bar». Añadió: «Nos vemos afuera en diez minutos».

Terminé mi cerveza y les dije a mis amigos que me iba.

—¿Tan rápido, Kempler? Acabamos de llegar —dijo Rohan, aunque ya llevábamos más de una hora ahí.

—Perdón. Le dije a Charlie que nos veríamos —expliqué.

Vi cómo Vivian y Wilson intercambiaban una mirada, la sentí profunda en mi estómago.

—Dile que lo ves mañana —dijo Rohan—. Es noche de City Bar.

—Lo sé —respondí—. Lo siento. Los veo pronto.

Les lancé una sonrisa que esperaba demostrara toda mi buena disposición: «Por favor, no hablen de mí cuando me vaya». Luego me fui. Mejor hubiera dicho que no me sentía bien.

Cuando encontré a Charlie en State Street llevaba la chamarra naranja abierta, le cubría el cuerpo como una capa sucia. Su cabello estaba grasoso y un cigarro le colgaba de los labios.

—¿Cuál es la sorpresa? —pregunté.

—Ya verás.

Tomó mi mano y me llevó por la calle, pasando por los escaparates de las tiendas, los cafés y los bares; doblamos en la esquina hasta el estacionamiento de Lake Street, luego hasta Nam's Noodle & Karaoke Bar, en la calle Regent (una combinación de restaurante asiático y karaoke).

Cuando entramos, tres chicas universitarias estaban sobre el escenario al fondo del restaurante, gritando la canción *Bad Romance* en los micrófonos. Un grupo de amigos ocupaba varias mesas al frente y las ovacionaban y cantaban.

—¿Qué hacemos aquí? —le pregunté al oído mirando alrededor.

El lugar estaba abarrotado de estudiantes de licenciatura; sentí un miedo repentino de que alguno de mis alumnos estuviera ahí y me viera con Charlie.

—Siéntate —dijo jalándome hasta una de las mesas vacías cerca de la parte del frente del restaurante, al lado opuesto del escenario.

Charlie se acercó al hombre que estaba detrás de la barra, quien también parecía organizar el karaoke. Habló con el tipo un minuto, se levantó y entrecerró los ojos hacia el escenario.

Cuando terminó la canción de las chicas, la audiencia estalló en aplausos y el hombre detrás de la barra asintió con la cabeza hacia Charlie. Lo vi subir al escenario. No se le ocurrió quitarse la chamarra.

Tomó el micrófono con ambas manos, como para equilibrarse. Cuando sonaron los primeros acordes de *That's Life*, de Sinatra, por las bocinas, me miró.

—Esta es para la hermosa chica que está al fondo —dijo en el micrófono.

Su voz sonó muy fuerte y me señaló directamente.

Después empezó a cantar. Nadie en la sala parecía verlo o escucharlo, salvo el hombre que trabajaba ahí y yo. Los estudiantes borrachos, ahora que sus amigas habían terminado de cantar, hablaban y reían frente a sus tazones de fideos y cerveza. No les importaba el hombre de treinta y un años con la chamarra superholgada. Charlie parecía no darse cuenta de nada. Cantaba verso tras verso, a todo pulmón, decidido. Quizá era la adrenalina; sin embargo, bajo la horrible iluminación de neón, con la gente riendo y gritando, juro que no sabía si estaba cantando bien o mal.

Me di cuenta de que me estaba hundiendo en mi silla. Me preguntaba si todo este tiempo me había equivocado con Charlie.

En la burbuja de mi departamento y en el silencio de los suburbios, su voz me parecía mágica. En el mundo real estaba drogado, sudoroso y necesitaba un baño con urgencia. En el mundo real yo era su única oyente fiel. Aun así, cantaba cada nota y, su voz, a pesar del ruido y de todas las risas de borrachos, llenaba toda la habitación.

Cuando terminó la canción, aplaudí. Sentía la cara caliente.

Se acercó a mí.

—Estuvo muy bien —dije y le di un beso.

Su boca tenía un sabor metálico, como cuando se drogaba.

Antes de que nos fuéramos, miré al hombre que estaba detrás de la barra. Quería que me dijera lo que él había presenciado. ¿El hombre que subió al escenario estaba loco o fue la interpretación más hermosa que había escuchado esa noche? Hubiera confiado en la opinión de ese hombre, más que en la de cualquier otra persona en mi vida: Vivian, Wilson, Ben o Faye. Pero el tipo ya no prestaba atención, estaba atendiendo al siguiente cliente.

23

Empecé a escribir una historia sobre una madre que, a pesar de su alcoholismo, era funcional. Dormía borracha, conducía borracha, ayudaba a sus hijos con la tarea borracha, iba a trabajar borracha, asistía borracha a las conferencias de padres y maestros, a las fiestas de cumpleaños y citas con el médico. Como estaba borracha la mayor parte del tiempo, sus hijos ya no se daban cuenta. La habían visto sobria algunas veces en su vida. No obstante, un día desapareció.

A la mitad de la historia, llamé a mi padre.

—¿Pasa algo? —preguntó cuando descolgó.

Casi nunca le llamaba.

—Todo está bien —respondí—. Tengo una pregunta que hacerte sobre mamá.

—Ah.

Escuché que se levantaba y caminaba a otra habitación, así que imaginé que estaba con Monica. En general, él no mencionaba la existencia de mi madre frente a ella, como si pensara que era una falta de respeto.

—¿Mamá era alcohólica?

Mi padre resopló. Esa es la única palabra en la que puedo pensar para describir el sonido que hizo.

—¿Alcohólica? No, tu madre no era alcohólica. ¿Por qué piensas eso?

—Bueno, debía tener algún problema, ¿no?

—Leah, hace mucho tiempo que me di por vencido en tratar de entender a tu madre.

—Sí, pero...

—Tenía problemas. No desperdicies tu tiempo pensando en eso —dijo con su tono de maestro de clase.

—Okey.

—Pero, Leah, tú sabes que no tienes la culpa de que se fuera.

Esta última parte la dijo con urgencia, como si recordara una oración de un libro de paternidad.

—Bueno, pero ¿sabes qué hacía los fines de semana en los que desaparecía? ¿Se veía con alguien? ¿Iba a algún lugar específico?

—Nunca supe qué hacía. Me decía que necesitaba alejarse. —Parecía sorprendido—. Lamento que esos fines de semana te hayan afectado tanto. Debí haber hablado con ustedes tres sobre lo que estaba pasando, pero, la verdad, ni yo sabía lo que ocurría. No estaba seguro de qué decirles.

—Está bien, papá. —Traté de sonar calmada—. Pero sin respuestas es natural que trate de rellenar los huecos, ¿no crees?

Permaneció en silencio un buen rato.

—¿Papá?

—Créeme —dijo al final—. Lo entiendo.

Después de que colgamos, eliminé del disco duro el borrador a medio terminar de la historia.

Dar clases era el único momento en la semana en el que sentía que hacía algo real. Ahí, lo que decía, cuánto había dormido, lo bien que había comido o lo loca o menos loca que me sintiera no tenía consecuencia.

Durante mis clases, los constantes mensajes de texto de Charlie me molestaban. A veces veía que mi teléfono se iluminaba en mi bolsa con el torrente de mensajes. Lo imaginaba en su auto, en algún lado, esperando a que acabara para poder regresar a nuestra burbuja. Pero dar clase, el lenguaje compartido y el sentimiento de solidaridad que construíamos durante el curso de un semestre hablando de relatos, me parecía más real que mi mundo con Charlie. Las conversaciones con él eran como humo. Desaparecían tan pronto como comenzaban. Aunque estuviera siempre ahí, también estaba en otro lugar.

Danny, el amigo de Charlie, vivía en una zona de Madison en la que nunca había estado; más allá de la universidad, de los dos lagos, de las cafeterías y de las viviendas de los estudiantes. Su casa, una especie de rancho pintado de blanco cuya pintura estaba desgastada y pelada, estaba junto a un taller mecánico y enfrente de la autopista. En la entrada del garaje no había un auto, sino una suerte de desorden: un asador descubierto, una silla de jardín, una alberca para niños medio desinflada y varios botes de basura. La casa parecía oscura en su interior, como si no hubiera nadie. Estábamos ahí porque Charlie me dijo que necesitaba dejarle algo a Danny de camino a Norris Court desde los suburbios.

—Ahora regreso —dijo Charlie cuando se estacionó en la entrada.

—¿No voy contigo?

—Solo son unos minutos.

Dejó el auto encendido y desde el asiento del copiloto vi que tocaba la puerta. Esta se abrió y Charlie desapareció en el interior.

Cuando al fin salió, veinte minutos después, lo seguía un hombre de mediana edad. Los vi a los dos, caminaban hacia el auto hablando y riendo. Había cierta pesadez en Danny, en el aspecto cabizbajo de su rostro, en su frente, en cómo soltaba el cuerpo. Caminaba lento y encorvado. Tenía una barba rubia y dispersa. Debajo de la chamarra azul y blanca de invierno que llevaba abierta, tenía una sudadera negra.

No esperaba que Danny fuera de mediana edad. Junto a él, Charlie parecía un adolescente con cara de bebé, de paso ligero.

—Hola, bebé —dijo Charlie al tiempo que abría la puerta del conductor—. ¿Te molesta pasarte para atrás? Solo vamos a llevar a Danny al trabajo, será rápido.

El auto de Charlie solo tenía dos puertas, así que para subir al asiento trasero había que saltar. Obedecí y caí en el asiento estrecho sin elegancia. Luego subieron Charlie y Danny. Siguieron con su conversación, algo sobre Aaron Rodgers. No se molestaron en hacer presentaciones.

Examiné la parte posterior de la cabeza de Danny. Tenía el cabello delgado, seco y rubio con algunas canas. Además de una calva incipiente en la parte superior, aunque no parecía viejo. Su risa era un poco maniaca y aguda, como la de Charlie a veces; no era la risa de un adulto, sino la risita demasiado alta de un adolescente hiperactivo.

Charlie, quien había estado tranquilo y melancólico en el camino de ida, de pronto estaba muy nervioso. Se echó en reversa para salir del garaje y abrió las ventanas para que entrara el aire frío. Vi por el retrovisor cómo sonreía de manera demente. Sacó sus cigarros y se los ofreció a Danny.

—Todo bien, hombre.

Danny sacó una enorme bolsa Ziploc llena de tabaco y papel para liar. En su regazo, enrolló un cigarro con unos dedos expertos que se movían rápidamente.

—¿Le echaste algo más? —preguntó Charlie.

—Un poco de hierba. ¿Quieres uno?

—Claro, hombre.

Danny repitió el proceso y, esta vez, vi cómo le echaba marihuana. Se lo pasó a Charlie.

Luego, Danny volteó a mirarme. Su piel estaba pálida, sobre todo alrededor de los ojos, pero, debajo de la barba descuidada, el cuello y las mejillas se veían ásperos y enrojecidos.

—Estás muy callada —dijo, sin hacer contacto visual.

Antes de que pudiera responder, giró de nuevo y empezó a reír.

—¿Por qué está tan callada? —le preguntó a Charlie—. ¿Me tiene miedo o algo?

Charlie rio también.

—No tiene miedo.

Hubo un minuto de silencio en el que nadie habló; Charlie y Danny fumaban su cigarro y el olor invadió el auto. Traté con desesperación de pensar en algo que decir.

La verdad era que sí le tenía miedo, pero también estaba enojada. Estaba enojada con Danny, pero mucho más con Charlie. No me gustaba estar en el auto con ellos, donde me sentía como una niña pequeña y también como chaperona. Y odiaba que un desconocido me dijera que yo era callada. Odiaba que me importara lo que Danny pensara de mí.

—Danny, ¿qué haces? —dije finalmente.

—¿Qué dijiste? —preguntó Danny sin voltear—. Tienes que hablar más fuerte.

—¿En qué trabajas?

—Trabajo en el Ruby Tuesday.

—Qué bien. ¿Y te gusta? —pregunté.

Permaneció en silencio un rato.

—Hoy es mi primer día —contestó al fin.

Se hizo otro silencio. En ese momento, pensé que estas eran el tipo de preguntas que haría mi familia. Podía escuchar en mi cabeza la alegre vocecita de Monica: «¿Y qué hace Charlie?». Me recargué en el respaldo y dejé de hablar.

—Hombre —dijo Charlie rompiendo la calma—, ¿te acuerdas de esa maldita perra, Carol, la del Checker's?

Danny rio.

—Carajo, no pensaba en ella desde... Dios, pobre mujer. Cuando ese ayudante de mesero retrasado se puso como loco con esa familia. Y a ella se le pelaron los cables. Eso fue una salvajada.

Charlie y Danny rieron con más fuerza.

Miré por la ventana. El día estaba soleado, pero demasiado frío. A veces así era en Wisconsin, el invierno regresaba sin previo aviso. La temperatura bajaba de un día al otro, todo se cubría de nieve y hielo otra vez. Hacía tanto frío que podías ver tu aliento; si salías con el cabello mojado, se congelaba de inmediato.

Eran las tres de la tarde. Me sentía sucia, como si necesitara bañarme con urgencia. En cuestión de horas, el sol se pondría y el día habría acabado. No había hecho nada ese día salvo esperar a Charlie. Esperar a que se despertara y luego esperar a que terminara la lista de cosas que Faye le había encargado antes de que *tuviéramos permiso* de salir de la casa —quitar la nieve de la entrada, guardar los platos, limpiar el estudio—. Después, esperarlo en el auto y, ahora, sentada en el asiento trasero mientras cruza todo Madison. Todo parecía plano y apagado.

Me pude haber puesto histérica, haberme enojado con Charlie por hacerme perder el tiempo con sus tonterías; todo ese valioso tiempo para escribir se había ido por el caño. Sin embargo, tampoco podía imaginarme sentada escribiendo. Si estuviera en casa en este momento, probablemente estaría acostada viendo programas en mi computadora.

Charlie se detuvo en el estacionamiento de un centro comercial.

—¿Aquí está bien?

—Sí. Gracias por traerme. —Danny volteó a verme y asintió—, Gusto en conocerte, Leah.

Me dolía el pecho. Nunca imaginé que supiera mi nombre.

—Sí, igualmente, Danny.

Salió, metiendo la bolsa Ziploc en el bolsillo interior de su abrigo y cerró la puerta.

—¿Quieres pasarte para adelante? —me preguntó Charlie.

Me pasé al asiento de enfrente mientras Charlie arrancaba y vi que Danny cruzaba el estacionamiento hacia el Ruby Tuesday. Caminaba increíblemente despacio, un pie delante de otro, como si sus zapatos fueran de plomo.

Tenía problemas de estómago, reaccionaba a todo lo que comía. Incluso cuando no comía, sentía el estómago revuelto. A veces despertaba a la mitad de la noche con calambres y vomitaba sin razón alguna.

Regresé a la clínica de salud. Me decepcionó que me recibiera una enfermera diferente a la que me había atendido la primera vez. Me hizo preguntas y me hicieron algunos exámenes.

—Lo más probable es que sea ansiedad o depresión —me dijo al ver que los resultados eran normales—. ¿Alguna vez has considerado medicarte?

—¿Esos medicamentos no te hacen subir de peso?

—No todos. —Frunció el ceño—. ¿Te preocupa subir de peso?

—Sí.

La enfermera miró mi expediente y luego observó mi cuerpo.

—Eres bastante delgada. ¿Estás consciente de que perdiste ocho kilos desde tu último examen en otoño?

Por su tono, entendí que era una cuestión de preocupación, pero, en el fondo, me enorgullecía y asombraba.

—No lo sabía —dije frunciendo el ceño.

—¿Comes bien? —preguntó—. ¿Desayuno, comida y cena?

Desde que estaba con Charlie, mis hábitos alimentarios eran irregulares, como los de él. Solo comía cuando el hambre me debilitaba, excepto las veces que él preparaba la comida. Cuando me sentía así, a menudo estaba demasiado cansada para prepararme algo de comer, así que en lugar de cocinar comía algo rápido como una barra de proteína, un burrito congelado o un tazón gigante de cereal.

—No siempre —dije—, pero no tengo un trastorno alimentario.

La enfermera escribió algo en la computadora.

—¿Alguna vez has hablado con un terapeuta?

La terapeuta me dio un folleto titulado: *Terminar una relación con un adicto a las drogas*. Leí las indicaciones: «Espera hasta que esté sobrio, hazlo en público y mantente firme», mientras ella estaba sentada y me veía leer.

Alcé la vista. Pamela, así se llamaba, tenía un rostro amable y llevaba un perfume floral que inundaba el pequeño consultorio. Sobre su escritorio, a plena vista, tenía una fotografía en la que aparecían sus tres hijos, un esposo rechoncho y un labrador. Me pareció extraño, porque pensaba que los terapeutas tenían que esconder su vida personal a sus pacientes. Estábamos sentadas en sillas tapizadas de rojo, frente a frente. De la pared colgaban unas enormes fotografías de conchas que estaban enmarcadas. En la parte de atrás de la puerta había un letrero que decía: «Cuando la oruga pensaba que el mundo había terminado, se convirtió en mariposa».

Me preguntó si contaba con una red de apoyo. Nombré a las personas de mi programa de maestría. Luego me preguntó qué me gustaba hacer para divertirme.

—Me gusta leer y escribir.

—Es maravilloso, pero esas son actividades en solitario. ¿Qué te gusta hacer con otras personas? ¿Algún deporte o pasatiempo?

—Me gusta caminar —respondí.

—Genial —dijo y su rostro se iluminó—. Paseas con amigos.

Prefería caminar sola, pero solo asentí y le sonreí.

—¿Qué fue lo que te atrajo de Charlie la primera vez? —preguntó.

Me pareció algo pervertido contarle a Pamela lo bueno que era el sexo con él, lo maravilloso que olía. Me hubiera gustado describirle su rostro al detalle. Mejor aún, enseñarle una foto; pero hablar de estas cosas bloquearía la conversación. Ella hubiera querido profundizar.

—Su sonrisa —dije—. Hay algo vulnerable en él. No se retiene en nada de lo que hace.

—Algo vulnerable —repitió.

Asentí.

—Por la forma en la que lo describiste, parece que Charlie es un joven triste.

—Ha tenido una vida difícil.

—Lo que escucho es que eres una cuidadora.

Sonrió con falsa modestia cuando dijo cuidadora, como si fuera una mala palabra.

—¿Sí?

—¿Te parece que cuidas a Charlie?

—Creo que sí lo cuido —respondí.

—¿Él también te cuida?

—Sí.

—¿Qué hay acerca de tus dolores de estómago? ¿Cómo te cuida cuando te sientes mal?

Luego me preguntó sobre mi infancia. Cuando le conté que mis padres estaban divorciados y que mi madre se marchó cuando yo tenía trece años, entrecerró los ojos como si se hubiera sacado la lotería.

Así seguimos. Era predecible. Me parecía obvio que tenía una idea de quién era Charlie y quién era yo. Era claro en su mente lo que debería suceder a continuación. Intentaría hacerme ver cómo el trauma de mi infancia me había arrojado a los brazos de Charlie. Era un poco insultante, tanto para mí como para él. ¿Y si fuera mucho más sencillo y dulce que eso? ¿Si amara a Charlie solo porque era Charlie?

Cuando el tiempo se acabó, Pamela me preguntó si podíamos vernos la siguiente semana a la misma hora.

—¿Puedo ver mis horarios y llamarla?

—Por supuesto —respondió—. Envíame un mensaje por el portal.

En el camino de salida, tiré a la basura el folleto que me había dado.

Unas noches después, estaba en la cama doblada de dolor. Charlie había ido a la tienda de la esquina a comprar *ginger-ale* para calmar mi estómago. Había pasado más de media hora desde que se fue y la tienda estaba al final de la cuadra. Pensé en ir a buscarlo, pero eso implicaba quitarme la pijama y quizá bañarme; acababa de pasar casi una hora vomitando en el baño.

Al final escuché la puerta.

—¡Ya regresé, bebé! —gritó Charlie. Entró al cuarto con una sola lata de *ginger-ale*—. Disculpa la tardanza, pero me encontré con mi amigo Jon afuera de la tienda.

Yo no sabía quién era Jon.

—Está bien —dije tomando la lata—. Gracias.

—¿Cómo te sientes?

—Mal.

Se sentó al borde de la cama y puso la palma de su mano sobre mi frente.

—¿Hay algo que pueda hacer?

—¿Te quedas conmigo? —pregunté—. No te vayas otra vez, ¿okey?

Me apretó la mano.

—Solo voy a salir a fumar un cigarro y regreso enseguida. ¿Está bien?

—No, Charlie —respondí—. Quédate aquí conmigo. No podía sacarme de la cabeza lo que dijo Pamela: «¿Él también te cuida?»—. Siempre huyes.

—No estoy huyendo, bebé. No he podido fumar desde que me encontré a Jon, no paró de hablar. Lo haré muy rápido, te lo prometo.

Aparté mi mano de la de Charlie. Mi lloriqueo se transformó en rabia. Tal vez ya estaba enojada.

—Estos dolores de estómago son por tu culpa, Charlie. Tengo ansiedad por esta relación. —Me quité las cobijas, estaba sudando—. ¿No te puedes quedar aquí sentado conmigo?

—Me voy a sentar contigo, pero solo necesito...

—Yo siempre estoy ahí para ti. No es justo.

—Estoy aquí. Acabo de ir a comprarte...

—¡No lo estás! ¡Carajo!, eres impredecible.

Lo fulminé con la mirada. Él se levantó.

—Creo que ahora lo mejor es que te dé un poco de espacio. Solo diez minutos. No quiero causarte más ansiedad y creo que estoy empeorando las cosas. ¿Por qué no te tomas el *ginger-ale* y descansas un poco? Vendré después para estar contigo, ¿okey? ¿Te parece bien?

Me recosté en la almohada. Estaba demasiado cansada para seguir peleando.

—Okey.

Pasaron los diez minutos y Charlie no regresó. Le di otros diez y llamé a su teléfono. No me respondió. Esperé más tiempo. Cuando pasó una hora, me levanté, me lavé los dientes y me puse una sudadera y zapatos. Estaba mareada, débil y furiosa. Lo busqué en el pasillo del edificio y bajé al sótano; empecé a ponerme nerviosa. Lo llamé otra vez, pero me mandó al buzón de voz: «Charlie, háblame» —dije en la grabadora—. «Estoy preocupada». Imaginaba encontrarlo inconsciente, tirado contra una pared en algún lado, o en su auto con la cabeza apoyada en el volante. Me pregunté si debía llamar a Faye.

Afuera había oscurecido. Recorrí los edificios de Norris Court en busca de Charlie o de su auto. Empecé a sentir pánico y mi estómago daba vueltas: una señal de que tenía que regresar al baño. Después de recorrer dos veces mi edificio sin señales de Charlie, entré para asegurarme de que no había regresado mientras estuve afuera.

Cuando estaba a punto de abrir la puerta de mi departamento, escuché la risa de Charlie. Venía del otro lado del pasillo, del departamento de Ariana y Nick. Me quedé helada y escuché.

Al menos, pensé que parecía la risa de Charlie. Se escuchaba difusa, así que era difícil saberlo. Me acerqué y presioné la oreja en la puerta. Esto me hizo sentir como una loca; me sentía una acosadora, pero tenía que saberlo. Escuché de nuevo, esta vez estaba segura. Charlie estaba en el departamento.

Sabía que no me diría la verdad si le preguntaba, así que lo esperé ahí, en el pasillo, entre los dos departamentos.

Me senté recargada contra la pared durante mucho tiempo. Cuando por fin se abrió la puerta, salió cubierto en una nube de humo de marihuana. Sonreía. No me vio.

—¿Qué haces? —exclamé cuando me levanté.

Me miró y abrió los ojos muy grandes, por el miedo y la sorpresa, como si yo fuera una especie de aparición de Halloween.

Me acerqué a él y lo empujé con ambas manos, con toda la fuerza que tenía. Se tambaleó hacia atrás y se golpeó contra la pared. Luego se empezó a reír.

—No es gracioso —dije. Yo estaba llorando.

—Me acabas de empujar —dijo sin dejar de reír—. Estás tan enojada.

—¿Qué te pasa, Charlie? Te odio.

Entré hecha una furia a mi casa; me sequé las lágrimas, pero dejé la puerta abierta para él.

Me encontró en la sala, sentada en el piso y se sentó junto a mí. En su mirada y por la manera en la que olía, supe que estaba drogado. Con marihuana, no con heroína.

—Pensé que te había pasado algo —dije—. Te busqué por todas partes. Pensé que estarías... casi llamo a tu mamá. Y luego hiciste que me sintiera como una loca por quedarme ahí sentada junto a la puerta, escuchando para saber si eras tú.

—Lo siento. —Charlie ya no reía—. Pensé que te tomarías el *ginger-ale* y te dormirías, que sería bueno para ti tenerme lejos un momento. Pensé que te hacía un favor al darte espacio.

—No trates de hacerme creer que lo hiciste por mí, ¿okey? Te dije lo que quería. Quería que te quedaras conmigo.

Me miró con unos ojos sin vida y enrojecidos. Supe que no importaba lo que dijera, no lo recordaría al día siguiente. Esta no era una conversación real.

—Solo quiero que siempre te quedes conmigo —repetí como disco rayado.

24

Pasábamos la mayor parte de las tardes en casa de Charlie. Faye nos hacía de comer y me preguntaba cómo iban mis escritos. Me encantaba estar con ella. Era la única persona en mi vida que estaba feliz de que Charlie y yo estuviéramos juntos.

Me sentía más segura cuando estaba en su casa. Como si yo no fuera la única que cuidara a Charlie y, al mismo tiempo, alguien me estuviera cuidando a mí.

Me gustaba que su casa estuviera siempre tan limpia, todo estaba en orden y en el mismo lugar. Nunca se acababa nada, papel higiénico, jabón o leche. Había hielos en las cubiteras y toallas limpias en el baño. Me gustaba cómo Faye cocinaba todas las noches a la misma hora y parecía que siempre estaba de buen humor. Sabía que yo la hacía feliz porque yo también amaba a Charlie.

Tenía menos dolores de estómago cuando estaba en su casa. Quizá por la cocina de Faye o sentía menos preocupación ahí.

Se notaba que Faye amaba a Paul y, aunque él no me cayera bien, me gustaba verlos juntos. La manera en la que se besaban antes de salir de la casa, los apodos que usaban como «cariño» o «corazón». En mi familia nadie nos llamábamos así, siempre usábamos nuestros nombres. Para mí, «Lee» era el sobrenombre más amoroso que había conseguido. Nos amábamos, por supuesto, pero no nos sentíamos cómodos entre nosotros.

Una mañana me senté con Faye en la sala mientras Charlie podaba el pasto. Ella estaba en el sofá, con las piernas cruzadas sobre los cojines y descalza.

—¿Cómo te fue cuando viste a tu mamá en Saint Paul? —preguntó—. Charlie nunca me contó nada.

—Fue difícil —respondí—. Hacía doce años que no la veía y actuó como si no hubiera pasado nada. Solo quería actualizarse. Me dijo que quería ser mi «amiga».

—Es terrible —dijo Faye frunciendo el ceño—. En verdad, terrible.

La verdad era que no me sentía molesta por la visita a Saint Paul. El daño que mi madre me había hecho había ocurrido hacía mucho tiempo. No necesitaba obsesionarme con lo que había pasado ni tratar de entender su comportamiento para entenderme a mí misma. Me conocía muy bien. Sabía lo que quería y lo que anhelaba. Entendía lo que me hacía sentir plena y lo que me hacía sentir vacía.

—Fue difícil —le dije a Faye—. Pero me alegro de haber ido. Ahora lo sé. Charlie me lo dijo. Había esperado todo este tiempo para que me rechazara de nuevo. Pero el hecho de que no me hubiera buscado todos estos años era ya un rechazo. Ahora puedo seguir adelante.

Faye sonrió con tristeza.

—Ustedes dos son fuertes.

Sonreí y me encogí de hombros. De hecho, yo pensaba que Charlie y yo éramos débiles de la misma manera, que era parte de la razón por la que seguíamos juntos. Aunque, por supuesto, no se lo dije a Faye.

—¿Sabes? Yo no creía en Dios hasta que pasó lo de Charlie hace unos años —dijo Faye—. Luego, empecé a aceptar que no tengo todo bajo control. Creo que las cosas pasan como deben pasar. Si me hubieran dicho que un día viviría en esta hermosa casa con el amor de mi vida, nunca lo hubiera creído. Mi vida era tan distinta.

—Distinta, ¿cómo? —pregunté.

—Durante mucho tiempo solo fuimos Charlie y yo. Yo trabajaba todo el tiempo, vivíamos al día. Siempre he sido feliz, incluso cuando no tenía mucho dinero. Charlie heredó eso de mí, esa chispa. Pero me sentía muy sola. Tenía miedo de sentirme siempre así. Durante años solo fuimos Charlie y yo. Yo era muy joven.

—¿Qué pasó con el padre de Charlie? —pregunté.

—Tuvimos un matrimonio breve. Él era mucho mayor. Se fue antes de que Charlie naciera, cuando supo que estaba embarazada.

—Lo siento —dije—. Es horrible.

Se encogió de hombros como diciendo «Ni tanto».

—Ahora Charlie tiene a Paul, y él lo ama como si fuera su propio hijo.

Asentí, aunque me parecía muy alejado de la verdad. Miré por la ventana hacia donde Charlie empujaba una podadora de última generación. Llevaba puestos los audífonos y meneaba la cabeza de arriba abajo.

—Me dio gusto que Charlie estuviera conmigo cuando fui a ver a mi mamá —dije—. Me hizo sentir muy amada.

—Charlie es un amor. Es el tipo de hombre que te deja entrar —opinó Faye—. Me doy cuenta de que tú eres igual, dejas que la gente se te acerque.

La miré y esperé que siguiera hablando.

—Yo también era así cuando estaba más joven —continuó Faye—. Probablemente, la razón por la que alguien como el padre de Charlie entró a mi vida. Alguien me mostraba un poco de amor y abría los brazos confiada. Después de un tiempo, aprendí que hay mucha gente mala en el mundo. No me hizo menos amorosa, pero sí más exigente. Al final, tienes que decidir qué quieres aceptar en una relación.

Fantaseaba con estar con Charlie para siempre. En parte, porque sabía que podía hacerlo si quería, él nunca me iba a dejar. Él, Faye, Paul y su casa en los suburbios. Lo daba todo por sentado. Pero, cuando me imaginaba una vida con Charlie, no podía visualizarlo en un trabajo ni recogiendo a los niños en la escuela o llevándome a una cita médica cuando fuera vieja. No podía imaginarnos envejeciendo juntos.

Envié una solicitud y obtuve un puesto para dar clases de escritura en una universidad pública en Boston. Mi trabajo empezaría en otoño. Decidí que terminaría mi relación con Charlie cuando regresara a la Costa Este. No veía ninguna otra opción. Terminar en persona era demasiado arriesgado. Tampoco pensaba que fuera capaz de hacerlo.

Charlie sabía que mi plan era regresar a Boston, pero aún no le decía que había aceptado el trabajo ni que había comprado un boleto de ida para ir antes a casa de mi papá en agosto. Hablábamos vagamente de tener una relación a larga distancia y de que él se mudara algún día a Massachusetts para vivir conmigo, pero no creía que lo tomara en serio. Su mamá apenas lo había dejado manejar a Saint Paul una noche.

Yo quería casarme y tener hijos algún día. Charlie no tenía permiso de quedarse con su propio dinero. Pasaba los días dando vueltas en Madison con Max. No habíamos tenido una cita decente desde que fuimos al Weary Traveler el octubre pasado. A veces pensaba en estas cosas y no entendía por qué seguía con él, aunque en el fondo sí lo sabía.

Charlie me explicó alguna vez cómo se sentía consumir heroína.

—Imagina que sientes dolor, el dolor más insoportable de tu vida. La piel te arde, los pensamientos te atormentan y la más mínima luz o movimiento te provoca náuseas. Y tienes miedo porque no sabes cuándo va a terminar o si lo hará. —Hablaba de los síntomas de abstinencia, pero yo me imaginaba que también hablaba del dolor de estar vivo—. Pero sabes que en algún lugar hay un botón y que todo lo que tienes que hacer es presionarlo y el dolor desaparecerá. —Tronó los dedos—. Te sentirás tranquilo y seguro, protegido por completo. Ese botón es la heroína.

—Dios mío —exclamé.

—Paso cada segundo de cada día convenciéndome de no presionar ese botón, aunque sé exactamente dónde está y lo fácil que sería presionarlo solo una vez más.

—Suena como una tortura —dije.

Charlie asintió.

—Para mí, la heroína es como el aire.

25

A finales de mayo, los seis nos pusimos toga y birrete y cruzamos el escenario gigante del estadio Camp Randall para recoger nuestro diploma. Todo me parecía muy tonto, rodeados de miles de estudiantes de enfermería, negocios y veterinaria. Todos estos nuevos profesionistas estaban a punto de salir al mundo para ejercer el derecho, gestionar impuestos y ayudar a dar a luz a bebés. Nuestro diploma significaba poco. Los documentos de Word que editamos una y otra vez, las revistas literarias a las que los enviamos, las largas horas de debate después del taller, todo eso parecía no importar en ese enorme anfiteatro.

Inventábamos personajes que eran médicos, abogados y trabajadores sociales. Pero ¿qué hacíamos en realidad?

Había pasado mucho tiempo pensando en cuán diferente yo era del resto de mis compañeros; era más tímida que ellos. Dependiendo del día y de mi humor, podía ser más inteligente, o no tanto, o más o menos sensible. El día de la graduación, rodeados de médicos, trabajadores sociales y abogados, solo éramos un pequeño grupo de seis individuos. Éramos iguales. Seis personas que amaban escribir, que deseaban desesperadamente escribir y que no tenían idea de lo que estaba por venir.

Sam fue el primero en irse de Madison porque tenía una esposa y un hogar que lo esperaban en Kansas City.

La última noche de Sam nos reunimos en Mickey's, un bar-restaurante en Willy Street. Este lugar era como la casa de una tía excéntrica: tenía tres salones enormes conectados por pasillos estrechos y oscuros, muebles de época como sofás y divanes de seda, paredes pintadas de verde y azul con rayas amarillas, una habitación que era completamente magenta. Había espejos con marcos ornamentados y candelabros que colgaban de las paredes y el techo. Al fondo había una mesa de billar rodeada por divanes para acostarse o jugar juegos de mesa.

Esa noche nos sentamos afuera, en el patio trasero, era un espacio rodeado por una cerca de madera y decorado con luces que titilaban. Era la primera noche de junio y ya había pasado una semana desde la graduación. Las clases habían terminado y habíamos presentado nuestra tesis. Nuestros alumnos habían regresado a su casa para el verano. Estábamos borrachos y nostálgicos. Hablamos de los personajes que habían poblado nuestras historias y de las novelas que leímos los últimos dos años.

Todos habíamos escrito relatos que no tuvieron éxito, historias que probablemente quedarían en el olvido, borradores guardados en nuestra computadora. Pero también teníamos personajes que habían cobrado vida, tanto, que se habían vuelto parte de nosotros. Algunas de esas historias habían salido al mundo en pequeñas revistas o internet.

La mujer y el dentista eran parte de Vivian y, como habíamos leído todos sus borradores una y otra vez, también se habían vuelto parte de nosotros. Año y medio después, cuando Simon & Schuster publicó su novela y nosotros leímos sobre esos personajes y escenas por última vez, impresos en un libro, fue como volver a casa, a esos días en el salón Helen C. White.

—Por todos nuestros amigos imaginarios —brindó Rohan, levantado su vaso.

Todos levantamos nuestro vaso.

El verano llegó. Después de Sam, uno por uno se fueron todos mi amigos. Wilson había encontrado un trabajo como maestro en una preparatoria inglesa, en Filadelfia. Vivian y Rohan se fueron juntos a Nueva York. Vivian trabajaría como mesera en un restaurante donde ya había trabajado y Rohan aceptó un empleo como corrector de textos en una empresa de publicidad. David fue el único que consiguió una beca de investigación en un internado al sur y se iría en septiembre.

Charlie y yo pasábamos mucho tiempo fuera. Él estaba trabajando otra vez, como paisajista, y asistía a las reuniones de Narcóticos Anónimos. No estaba consumiendo drogas, ni siquiera fumaba marihuana. Nunca antes lo había visto tanto tiempo sobrio.

Salimos en otra cita, esta vez a la terraza del Memorial Union. Hicimos una larga fila y Charlie compró helado para los dos; luego, nos sentamos en el muelle para ver a las personas en sus veleros y kayaks. Había varios grupos de universitarios en enormes balsas inflables para fiestas, sus risas viajaban como música sobre el agua. El lago Mendota era de un azul perlado, lucía como un cuerpo de agua completamente distinto al de invierno, que era más parecido a un océano crudo y violento, con olas que rompían en la orilla; y, durante la temporada más severa del invierno se congelaba a tal punto que podían aterrizar aviones pequeños en su superficie.

Estábamos sentados juntos en uno de los muelles más alejados, con las piernas colgando sobre el agua tranquila.

—Charlie, tomémonos una foto —dije.

Nos abrazamos, extendí el brazo con el teléfono en modo autorretrato y tomé la foto. Luego me eché hacia atrás y tomé una solo de Charlie. Me puse a verlas mientras él fumaba un cigarro. Había dejado su helado casi entero.

Mi humor no siempre se adaptaba al clima ni a lo que la gente a mi alrededor sentía. Ese día, sencillamente estaba feliz.

Me acerqué a él y pasé el brazo sobre sus hombros.

—Para decirte la verdad, en general los días como estos me hacen sentir sola. Todas estas personas felices y en grupos —dije—. No me gustan mucho los gentíos. Pero contigo siento que soy parte de algo.

Aventó la colilla del cigarro al lago.

—Creo que tú y yo podríamos ser algo realmente especial. Pienso que juntos podemos hacer cosas increíbles.

—¿Lo crees?

—Hemos pasado tanto juntos —continuó—. Y mira cuánto nos amamos. Tú generas algo distinto en mí, algo de lo que no sabía que era capaz. —Movió la cabeza hacia mi teléfono—. Solo mira esas fotos de nosotros y te darás cuenta de cómo nos vemos juntos. Mi mamá también lo nota, me lo dijo. Es raro, ¿sabes?, que dos personas se hagan tan felices.

Lo besé en la mejilla. Yo también sentía que éramos una hermosa historia de amor.

—¿Te das cuenta de lo maravilloso que eres? —dije, descansando la cabeza sobre su hombro.

Charlie sonrió sin dejar de mirar el lago.

—Quizá algún día llegaré a ese punto.

La mañana siguiente era 15 de julio.

—Charlie, quiero decirte algo.

Me acerqué a él y le toqué el brazo. Estábamos en el sofá cama, en los suburbios.

Giró, apenas estaba despierto. De pronto, sentí que yo era cruel con Charlie. Lo que iba a hacer era cruel.

—Conseguí un trabajo en Boston, empiezo el 1.º de septiembre.

Se sentó y parpadeó.

—Okey. ¿Entonces tenemos como mes y medio?

—Me mudo a Boston el 1.º de agosto.

Vi cómo absorbía la información. Tragó saliva.

—Así que no tenemos mucho tiempo —concluyó.

—No.

Tenía una expresión de pánico, pero permaneció quieto.

—¿Por qué no puedes trabajar aquí? —preguntó—. Hay muchísimo trabajo en Madison.

—Mi plan siempre fue regresar a Massachusetts.

—Pero tu familia es tóxica, Leah. ¿No es mejor para ti estar aquí, con gente que te ama y apoya?

—Ya acepté el trabajo.

Charlie se recargó sobre la almohada y cerró los ojos.

—¿Charlie?

—No sé qué voy a hacer sin ti —dijo sin emoción.

Seguía con los ojos cerrados y su cuerpo, bronceado y musculoso por el trabajo bajo el sol, parecía inerte acurrucado entre las cobijas. Quería decirle algo, pero no sabía qué.

—¿Estás terminando conmigo? —preguntó con una voz tan suave que apenas pude oírlo.

Hacía mucho tiempo que no lo escuchaba hacer esa pregunta.

—No.

Abrió los ojos, esperanzado, y me acercó a él.

—Okey —respondió—. Nos las arreglaremos.

Pasé la siguiente semana vendiendo mis muebles usados en Craigslist y Saint Vinny's, empacando, enviando mis libros a Boston y tirando cosas. Cada vez que Charlie iba a la casa no mencionaba mi inminente mudanza o el estado de mi departamento: las paredes desnudas, la cocina que empezaba a vaciarse, lo deprimente que se veía todo. Hasta que los dos sillones de la sala desaparecieron. Cuando entró en la sala en la que solo quedaba la alfombra, encorvó los hombros.

—Es triste, ¿verdad? —dije.

—Me hubiera gustado sentarme en ese horrible sillón viejo una vez más.

Me acosté en el suelo.

—Todavía está la alfombra.

Charlie se acostó a mi lado.

—Mi mamá dijo que podríamos ir a Boston en otoño para visitarte. Siempre quiso ir a Nueva Inglaterra. La naturaleza y todo eso. —Charlie giró hacia mí—. De hecho, creo que una relación a la larga distancia podría ser muy buena para nosotros. Yo puedo concentrarme en mi trabajo y música, y tú en la escritura; así, cuando nos veamos, será algo por lo que esforzarnos. El tiempo que tengamos juntos será más significativo.

Asentí, pero no dije nada.

—¿Alguna vez te sentiste así con alguien? —preguntó—. ¿Esta conexión?

—No, nunca —respondí.

—Lo he estado pensando y, en realidad, no importa que estemos separados. Cuando cierro los ojos por la noche, pienso en ti, en el hecho de que nuestro amor existe. Para mí, eso es suficiente para seguir adelante, para vivir otro día.

—Pero no puedo ser lo único que te motive.

—Lo sé, pero la vida es mejor cuando estás en ella. Haces que todo lo jodido valga la pena.

—Siento lo mismo, Charlie.

—Esta es la mejor relación que he tenido.

No respondí. Era una ilusión. Todo lo que decía era un engaño, pero esta relación había sido eso. ¿Para qué decir la verdad ahora? Estaba junto a mí y yo todavía dudaba, eso era real. Eso nunca desapareció. Nos tomamos de la mano y miramos el techo, respirando el aire del departamento de Norris Court. Pasamos juntos poco menos de un año.

Mientras revisaba las pilas de papeles, encontré una hoja de registro del Centro de Rehabilitación Safe Haven donde estuvo Charlie. Se titulaba Disparadores. Su caligrafía era pequeña y desordenada, el lápiz apenas era legible.

NOMBRA UN MOMENTO, LUGAR, PERSONA
O SITUACIÓN RECIENTE QUE HAYA SIDO
UN DISPARADOR PARA TI.

Rohan.

¿CÓMO TE HIZO SENTIR ESTE MOMENTO, LUGAR,
PERSONA O SITUACIÓN?

Como un perdedor.

ESPECIFICA CUÁL FUE EL DISPARADOR EN ESTE
MOMENTO, LUGAR, PERSONA O SITUACIÓN.

Exitoso, talentoso, mejor escritor, vida sin problemas.

¿CÓMO SE MANIFESTARON ESTAS EMOCIONES? ¿QUÉ
HICISTE CON ESTAS EMOCIONES?

Mi vida es basura, pérdida de tiempo. Mente de adicto.

¿CÓMO PUEDES REPLANTEAR ESTAS EMOCIONES NEGATIVAS?

Puedo mejorar con la guitarra. Puedo seguir en la música y procurar mis propias pasiones. Rohan es un imbécil. No conozco los problemas de Rohan.

Mi corazón se hinchó de orgullo al leer las respuestas de Charlie. Doblé el papel en cuatro y lo guardé con mis pertenencias.

En mi última noche en Madison Charlie me recogió para llevarme a su casa a cenar. Cuando salí del departamento, estaba en el patio, fumando. Llevaba una camisa rosa arremangada y un pantalón de vestir. Su atuendo era demasiado caluroso para el verano y sudaba, pero se veía bien. Acababa de rasurarse; se veía tan apuesto que no podía evitar sentirme atraída hacía el, quería acercarme. Aventó el cigarro al suelo y lo aplastó con el talón del zapato.

—Hola —dijo dándome un abrazo rápido.

—Hola.

—Estoy muy nervioso.

—¿Por qué?

Me tensé pensando en todo lo que podría haber salido mal: una pelea con Faye, algo en su trabajo, un médico, una receta.

—Te compré algo, pero no sé si te va a gustar.

—¿En serio? —exclamé.

Charlie no era de las personas que daban regalos; sus obsequios tendían a ser cosas como bocadillos de la gasolinera o una flor que había cortado del jardín de un desconocido.

—Sí —dijo tomando mi mano—. Te lo quiero dar aquí.

Caminamos hasta el parque Giddings, una zona pequeña con pasto que daba al lago Mendota. Había un árbol inclinado a la orilla del lago y una banca para sentarse y leer. Hoy teníamos el lugar para nosotros solos. Charlie y yo nos sentamos en la colina viendo hacia el agua profunda y azul que brillaba en los bordes bajo la luz de la tarde.

—Antes de conocerte pensaba que había estado enamorado —dijo Charlie—. Pero ahora sé que era lujuria o deseo o algo más. Quizá desesperación. —Estaba concentrado, hablaba con convicción—. Leah, tú me has visto en mis peores momentos, pero también me has visto muy feliz, lo más feliz que nunca he estado.

Me di cuenta de que estaba viviendo este momento como si mirara desde arriba. Dos jóvenes altos, sentados con las piernas dobladas y los tobillos entrelazados, con las manos sobre las rodillas y el cuerpo ligeramente dirigido hacia el otro. Si no hubiera sido por la manera intensa en la que nos mirábamos, podríamos haber sido hermanos. Siempre pensé que Charlie era mucho más guapo que yo, pero, en ese momento, solo noté lo similares que éramos. El rostro ingenuo, encorvados, la mirada escrutadora.

—Sé que te vas a Boston —continuó—. Y yo me voy a quedar aquí en Madison y así será nuestra vida durante un tiempo. Eso está bien, es bueno. Todavía tengo cosas que hacer. No solo en mi trabajo, la música y lo demás, sino también en mi recuperación. Para ser franco, probablemente me dejé llevar demasiado por nuestra relación este año. Me distraía y no iba a las reuniones ni me enfocaba en estar limpio, lo cual es culpa mía. Pero de lo que me di cuenta este año, al conocerte a ti, Leah, es que lo que más quiero en el mundo es tener una familia. —Hizo una pausa. Su voz empezaba a temblar—. Y quiero tener esa familia contigo.

Quitó las manos de sus rodillas y se acomodó en el pasto para quedar de rodillas frente a mí.

Empecé a sentir calor. Mi cuerpo, mi rostro, mis manos. Cada molécula en mi interior.

Sacó una cajita de terciopelo de su bolsillo trasero y con manos temblorosas la abrió. Un diamante en forma de óvalo brillaba sobre un delgado aro de plata.

—Leah, ¿te quieres casar conmigo?

Lo miré. Era la pregunta más desquiciada que jamás me habían hecho. ¿Cómo no podía darse cuenta de que estábamos a punto de terminar? ¿Cómo no podía entender que esta relación estaba condenada? Que en el fondo había algo triste y roto entre nosotros.

Charlie me miraba fijamente con sus ojos claros y pupilas enormes. Estaba limpio, por completo lúcido. Sus pestañas eran largas y gráciles. Parpadeaba rápidamente. Detrás de él estaba el lago tornasolado y el cielo que poco a poco se oscurecía, los suaves colores de Madison en el verano. Podía notar que estaba asustado, esperando mi reacción. Tenía sudor en las sienes y unas gotitas perlaban su labio superior. Me dieron ganas de llorar. La verdad era que nunca había amado tanto un rostro como amaba el de Charlie.

Me imaginé diciéndole que no, pero me asustaba hacerlo. Con Charlie, siempre era más seguro decir que sí. Solo quedaba esta noche, mañana sería otro día.

—Okey —respondí.

Esta palabra tuvo mucho más efecto del que yo esperaba, porque, una vez que la pronuncié, cuando vi la emoción en su rostro, el asombro, el alivio, el amor, en ese orden, yo también sentí una oleada de emoción. Charlie me abrazó sin decir una palabra y me invadió la felicidad.

—¿Puedo ponértelo? —preguntó.

—Okey —respondí riendo como si fuera gracioso. Un anillo de broma, un dedo de broma.

Charlie sacó el anillo de la caja, sus manos seguían temblando, y me lo puso. Estaba un poco grande, pero casi me quedaba; eso me conmovió, que eligiera casi la talla perfecta.

—Es hermoso, Charlie —dije. Me mordí la lengua para no preguntar: «¿Cómo lo pagaste?».

—Sé que no es el diamante más grande.

El diamante era del tamaño de una mariquita.

—No me importa.

—Lo sé, pero te mereces una buena piedra.

Eso me hizo reír.

—El tamaño del diamante es la última de mis preocupaciones.

—Leah —dijo tomándome en sus brazos—. Vamos a tener la vida más feliz juntos.

En ese momento sentí la gravedad del error que estaba cometiendo.

De camino a su casa, Charlie bajó las ventanas y puso la música a todo volumen. El aire veraniego entró al auto en oleadas y nos despeinó. Cantó *Get Lucky* y *Royals*, dando golpecitos sobre el volante con los pulgares y moviendo la cabeza al ritmo de la música. Conocía todas las letras. Cantaba hermoso. Lo observaba cantar y traté de no romper en sollozos. Se me ocurrió que Charlie no conocía el nombre de mi padre. No sabía quién era mi mejor amiga de la infancia ni nada de mis cuatro años como universitaria. Nunca hablamos de religión, política ni nada que saliera en los noticieros. Nunca me había invitado a salir a cenar.

—Charlie —dije, pero no me escuchó por la música.

Cuando llegamos a casa de Charlie, todos estaban ahí: Faye, Paul, Chad y Tyler; y, por primera vez, estaba puesta la mesa del comedor de los Nelson. Todos iban bien vestidos y se veían muy elegantes, sobre todo Faye. Cuando entramos juntos tomados de la mano, Faye se levantó del sofá, llevaba un vestido rosa de verano, y se llevó las manos a la boca.

—¡Dios mío! —murmuró mirándonos de manera alternada a Charlie y a mí.

Me di cuenta de que Charlie debió contarle lo que pensaba hacer. Él sonrió mirando al piso, desviando el comentario hacia mí.

Miré a su familia. Todos parecían esperanzados, no solo Faye, sino los demás también. En ese momento vi cuánto les importaba Charlie, cuánto lo apoyaban. Para ellos, casarnos era sinónimo de éxito. Después de años de sufrimiento y recaídas, que Charlie encontrara una esposa sería algo normal, algo para celebrar.

—Nos vamos a casar —dije, mostrando la mano izquierda.

De nuevo, las palabras y los gestos tuvieron más poder de lo que hubiera esperado. Faye se abalanzó sobre mí, enjugándose los ojos con el dorso de la mano y cuando la abracé, yo también empecé a llorar.

—Te amo, querida —me dijo besándome.

Cuando pensé «mi suegra», ya no sabía si me mentía a mí misma o no.

Chad y Tyler abrazaron a Charlie y le daban palmaditas en la espalda. Charlie sonreía y, de pronto, vi su retrato de niño. «Quizá él sí sería mi marido», pensé al ver a Charlie reír con sus hermanastros y estrechar la mano de Paul con solemnidad.

—Me alegro por ti, hijo —dijo Paul en voz baja, orgulloso.

Faye sacó una botella de champaña.

—No todos los días mi niño se compromete con la chica más hermosa de Massachusetts —dijo—, Los amo, chicos, no me ma linterpreten, pero ya era hora de tener a otra mujer en la familia.

Destapó la champaña y todos ovacionaron. Creo que nunca había visto a Charlie tan tranquilo.

Mientras Faye pasaba las copas, miré a todos en la sala y pensé: «Quizá así se siente estar en familia. Tal vez es aquí donde se supone que debo estar».

Desperté en medio de la noche y Charlie no estaba en la cama. En lugar de levantarme a buscarlo, extendí el brazo hacia su lado y encontré su teléfono metido entre las cobijas. Sus últimos mensajes de texto eran aburridos, los que me había enviado a mí, a Faye y a su padrino de Narcóticos Anónimos. Abrí sus mensajes de Facebook y descubrí que todo ese día había mensajeado con alguien llamado Rafe Thomas. Nunca había escuchado ese nombre. El último mensaje que Charlie le envió fue esa tarde, a las 6:36 p.m., tan solo unos minutos antes de que lo viera fuera de mi departamento y camináramos hasta el parque Giddings.

Abrí los mensajes.

> Charlie 6:33 p.m.: Hola, hombre, ¿tienes más del dragón?

> Rafe 6:35 p.m.: Te llevo mañana. ¿Mismo número?

> Charlie 6:36 p.m.: mismo #.

Sentí náuseas. Dejé el teléfono de Charlie en las cobijas, donde lo encontré, y salí de la cama. Estaba a punto de abrir la puerta cuando Charlie volvió.

—Hola, bebé —murmuró y puso sus manos sobre mis hombros—. ¿Estás bien?

—¿Dónde estabas?

—En el baño.

—¿Haciendo qué?

Se tensó en la oscuridad.

—Fui a hacer pipí. —Hizo una pausa—. ¿Qué pasa?

Me acerqué a él, olía normal. Ni siquiera olía a cigarro y seguía desnudo.

Prendí la lámpara que estaba junto al sofá cama.

—¿Quién es Rafe Thomas?

—Carajo —dijo Charlie en voz baja, cubriéndose los ojos de la luz—. Eso está muy brillante.

—Charlie, ¿quién es Rafe Thomas?

—Un tipo de Narcóticos Anónimos, pero no le digas a nadie. Se supone que es anónimo.

—¿Por qué le preguntaste si tenía más «dragón»? Acabo de leer tus mensajes de Facebook.

Charlie se sentó sobre la cama.

—Dragón es marihuana. Rafe es quien me consigue mi marihuana medicinal.

—No me mientas —dije con la voz temblorosa—. Ya no soy una idiota.

—Mira. —Se frotó el rostro con las palmas de las manos—. No sabía si hoy me darías el sí. Estaba muerto de miedo, casi me da un ataque de pánico. Pensé en conseguir algo como plan alternativo. Leah, tienes que entender. —Me miró suplicante—. No iba a llevar mi plan a cabo. Le envié el mensaje solo para sentirme mejor. ¿Nunca le has enviado un mensaje a un tipo con el que nunca va a pasar nada, pero sabes que te va a contestar y el hecho de tener ese mensaje en tu teléfono te hace sentir bien? Te da autoconfianza, o quizá te da el valor de salir y hablar con el tipo con el que sí quieres estar.

No respondí.

—Eso es Rafe Thomas para mí —continuó—. Le escribí a Rafe porque sabía que me respondería, con él es fácil. Es como una prostituta, está ahí cuando lo necesitas, a cualquier hora del día o la noche. Fue un mensaje que mandé por impulso mientras esperaba a que llegaras. Pero eres tú a quien quiero en verdad.

—Le llamaste a un vendedor de drogas minutos antes de pedirme matrimonio. ¿Cómo demonios se supone que puedo seguir adelante con algo así?

Echó la cabeza hacia atrás como si lo hubiera golpeado.

—Por favor, no me hagas sentir vergüenza, Leah. Por favor, no me hagas eso. Salir de esto es todo un proceso, no se hace de la noche a la mañana. —Su voz era grave y desesperada—. Pregúntale a cualquier consejero o especialista en adicciones. De hecho, creo que sería muy buena idea que asistieras a Al-Anon para que puedas hablar de esto, procesarlo. Es una parte natural de la recuperación, los errores. Pero deberías tener un lugar donde poder hablar de eso.

—¿Qué pasará si tenemos hijos y recaes?

Charlie me miró a los ojos.

—Eso no va a pasar.

—¿Cómo puedo creerte?

Suspiró, cansado, y se cubrió el rostro con ambas manos.

—¿Charlie?

Se acercó a las puertas de cristal. Me daba la espalda y seguía cubriéndose la cara, tenía los hombros encorvados. Después de un momento, me di cuenta de que lloraba.

—¿Vale la pena que lo siga intentando? —dijo finalmente.

—¿Qué quieres decir?

—Cada vez que trato de ser normal armo un lío.

Se veía tan frágil ahí de pie, desnudo junto a la ventana oscura, que los ojos se me llenaron de lágrimas.

—No sé si, en verdad, existe alguien que sea normal, Charlie.

Giró rápidamente y me miró.

—¿Eso significa que nunca tendré lo que todos tienen? —Su rostro estaba hinchado y tenía las mejillas encendidas—. ¿No podré casarme ni tendré una familia?

Lo había visto llorar antes, pero nunca como ahora, como si le hubieran robado algo o arrebatado. Estaba frenético, aterrado, como un niño pequeño.

—Claro que no —respondí. Me acerqué a él y lo abracé—. Tú también tendrás todo eso.

—Porque si no es así, más me vale ser solo un heroinómano.

Lloró con más fuerza y cuando recostó su cabeza sobre mi hombro, dejó caer todo su peso sobre mí.

—Ven. —Lo llevé a la cama, jalé las cobijas y nos acostamos. Lo acurruqué contra mí como nunca lo había hecho—. No eres y nunca serás «solo un heroinómano» —murmuré mientras empezaba a tranquilizarse en mis brazos—. Eres Charlie y eres una persona hermosa. Eres músico y escritor. Y yo te amo, Charlie. Te amo.

En la mañana, cuando desperté, el diamante en mi dedo brilló frente a mí y me sorprendió. Cuando volteé, Charlie ya estaba sentado en la cama. Nos miramos sin decir nada. Tampoco nos tocamos.

Cuando abracé a Faye para despedirme en la cocina, me apretó y murmuró a mi oído.

—Nos vemos pronto, niña querida. Ya te extraño.

Regresamos a Norris Court por mis maletas y a entregarle la llave al casero. Lo único que quedaba en el departamento era el colchón que compré usado y tiraría en la calle para que lo recogiera la basura. Al entrar al departamento vacío, olía diferente sin mis cosas. Olía como cuando entré por primera vez.

Charlie cargó mis maletas, las subió al auto y regresó. Yo estaba sentada en la recámara sobre el colchón desnudo, recargada contra la pared. Todas las ventanas estaban abiertas y entraba una brisa cálida. Cuando llegué a este departamento, dos veranos atrás, tenía veinticuatro años. El próximo mes cumpliría veintiséis. En ese tiempo escribí más de lo que había escrito en toda mi vida. No publiqué nada y conocí a Charlie.

Charlie entró y se sentó a mi lado. Me tocó la rodilla que sobresalía de la falda de mi vestido. Llevaba el mismo vestido de algodón azul que usé casi todo el verano. Lo había lavado pocas veces y pensaba en lo sucio que estaba; mi verano con Charlie impregnaba la tela. Nos besamos ahí, sobre el colchón, ese beso bien pudo haber sido el mismo que nos dimos en su estudio el octubre pasado. Nos acercamos. Deslizó su mano entre mis piernas y sus dedos acariciaron mi ropa interior, que ya estaba húmeda.

—Charlie, mi autobús sale en treinta minutos —dije.

—Entonces tenemos que apurarnos.

Nos desvestimos. Charlie se colocó encima de mí y se puso un condón. Cuando me penetró, nos miramos, registrando cada detalle del otro en nuestra memoria. Pero no podía dejar de pensar en la hora. Todavía teníamos que bajar el colchón a la banqueta, dejar la llave en la oficina del casero y después tenía que llevarme a la estación Memorial Union. Debía llegar a tiempo, de lo contrario perdería el vuelo. Sabía que probablemente a él no le importaba si las cosas no salían como las tenía planeadas.

—Charlie —dije recargándome sobre los codos—. En serio, tenemos que irnos.

—Pero quiero que tengas un orgasmo.

—No puedo.

Se apartó y yo me pasé el vestido por la cabeza mientras él se vestía. Tiró el condón en el escusado.

—Entonces, tienes que volver pronto —dijo cuando regresó a la recámara—. Por lo menos para terminar esto.

—¿Me ayudas con el colchón? —pregunté.

Juntos empujamos el colchón hasta la puerta. Parecía triste y vulgar, cubierto de manchas sospechosas, recargado a un lado del camino, junto a todos los contenedores de basura verdes y negros.

Fui corriendo a dejarle la llave al casero, nos subimos al auto de Charlie e hicimos cinco minutos de camino a la estación, pasando frente al lago Mendota, al antiguo departamento de Vivian y todas las enormes, viejas y hermosas casas coloniales de Gorham. No hablamos en el trayecto, no había nada que decir. Nada que hiciera más fácil este momento.

Charlie se estacionó al otro lado de la parada del autobús, que ya estaba ahí frente a una fila de estudiantes con sus maletas. La gente había empezado a subir. No me había sentido nerviosa, pero ahora, de pronto, temblaba y tenía el estómago hecho un nudo.

Sacamos mis maletas de la cajuela y caminamos hasta el final de la fila. Mientras esperábamos, no dijimos nada sobre el anillo de compromiso ni de que me visitaría en el otoño. Permanecimos de pie, en silencio, mirándonos. Cuando llegamos a la puerta del autobús nos abrazamos; luego Charlie se apartó y se enjugó las lágrimas.

—Te amo, Leah —dijo.

—Te amo, Charlie.

Luego volví a abrazarlo con fuerza, hundiendo mi rostro en su cuello. De alguna manera sabía que sería la última vez que lo vería.

Subí al autobús y me senté en una de las primeras filas, estaba sin aliento. Los estudiantes seguían subiendo. Unos minutos después escuché mi nombre y alcé la vista. Charlie estaba frente a mí. Los ojos me saltaron. Era como ver a alguien que regresaba de los muertos. Levantó mi mochila.

—Olvidaste esto.

—Dios mío —dije riendo—. Gracias

La tomé y nos abrazamos una última vez. Lo vi alejarse del autobús, cruzar la calle con las manos en los bolsillos, hacia donde estaba estacionado su auto. Llevaba pantalones de mezclilla y una camiseta naranja. Ese día no se había bañado ni peinado y estaba un poco desaliñado. Se veía joven, apuesto y fuerte. Antes de subirse a su auto, encendió un cigarro. Se metió y se fue.

26

Terminé mi relación con Charlie unas semanas después con un mensaje de texto. Se resistió un poco, pero no lo hizo de forma tan incansable como acostumbraba. Envió sus largos textos habituales, cartas de amor teñidas con amenazas y acusaciones, o quizá eran amenazas con un tinte de ternura. Pero nunca hablamos por teléfono. Me pidió que le regresara el anillo: «En serio necesito el dinero», decía en un texto.

Me mudé a un departamento en Medford con una mujer diez años mayor que yo, Jade, y empecé a trabajar en la Universidad Pública Bunker Hill. Trataba de convencerme de que estaba bien, pero la verdad es que me sentía más miserable que nunca, incluso que en los peores momentos con Charlie.

Recordaba lo que Charlie me dijo alguna vez: «Estaba destinado a convertirme en un adicto».

Tan pronto como conocí a Charlie, el momento en el que me sonrió en el supermercado, cuando me di cuenta de que él también quería conocerme, me hice adicta. No importaba a quién más conociera ni quién tratara de convencerme de cambiar de opinión. Me hubieran podido dar el argumento más convincente del mundo de por qué estaba mejor sin él, pero nada habría cambiado. Había algo en mí, una parte de mí que había estado ahí mucho antes de que lo conociera, que había encontrado algo en él que sencillamente no podía abandonar.

El departamento de Jade en Willard Avenue estaba completamente amueblado. Antes vivía ahí con su exprometido, Fred. Sus libros estaban ordenados alfabéticamente en los estantes. Las habitaciones tenían plantas por doquier, cuadros y tapetes orientales sobre los pisos de madera. El refrigerador estaba cubierto de recordatorios, invitaciones de boda y anuncios de nacimientos.

Jade era abogada. Debía ganar mucho dinero porque tenía un juego completo de batería de cocina Le Creuset y el mobiliario no era de IKEA. Era el tipo de persona que nunca esperaba al día siguiente para lavar los trastes, nunca olvidaba regar las plantas y no dejaba que el correo se amontonara. El departamento siempre olía bien. Estaba muy ocupada toda la semana en su trabajo, pero los viernes y sábados por la tarde la encontraba sentada en el sofá, en pijama, navegando en internet en su teléfono, con el televisor prendido en *La ley y el orden*, y unas galletas que se horneaban en la cocina. Casi nunca salía de la casa ni invitaba a sus amigos, a pesar de todas las invitaciones pegadas en el refrigerador.

Los fines de semana, cuando yo me encerraba en mi recámara, podía escucharla a medianoche lavar los platos que había usado para hornear. Luego la oía en el baño, se lavaba los dientes y la cara. Se cuidaba. Sabía que esto hacía que su depresión fuera diferente a la mía. Por alguna razón, escucharla hacer estas cosas, realizar estos rituales, me entristecía tanto que empezaba a llorar mientras escuchaba su ajetreo y yo yacía como un cadáver en la oscuridad.

Empezamos a intercambiar anécdotas sobre Fred y Charlie. Era la primera vez que sentía que podía contarle todo a alguien.

Entre más hablaba de Charlie con Jade, más me enojaba. Quizá era porque Jade ocultaba sus opiniones sobre mi relación.

Ella todavía estaba enamorada de Fred y era de lo que más hablaba; quizá yo me involucraba en su enojo. Pero también me hacía sentir bien contarle de Charlie. Jade no asumía que yo buscara un consejo. Cuando se lo agradecí, me dijo:

—¿Por qué necesitarías consejo? Tú lo dejaste.

—Tuvo que pasar un año.

—No importa cuánto tiempo. La gente hace las cosas a su ritmo.

Jade estuvo con Fred durante siete años. Terminó la relación cuando lo encontró sacándole anticonceptivos del blíster. Fred nunca fue violento físicamente, pero se ponía celoso si ella hablaba con otros hombres, incluso su padre. Criticaba cómo se vestía, cómo hablaba, cada opinión que tenía. Si perdía peso, sospechaba que se sentía atraída por otros hombres. Si subía de peso, decía que no se cuidaba lo suficiente. Revisaba constantemente su teléfono, correos electrónicos e historial de búsqueda en internet.

Desde que terminaron, él le enviaba mensajes de texto y de voz amenazando con suicidarse. Lo bloqueó en todas partes, pero él abrió nuevas cuentas. Llegaba a su departamento o a su oficina sin invitación. También había encontrado notas en el parabrisas de su auto.

Fred no era así al principio. Cuando lo conoció, era amable, divertido e inteligente. Lo vi una vez cuando se presentó en el departamento un viernes en la noche. Iba vestido con un traje bonito y tenía la cabeza llena de canas prematuras. Como Jade, aparentaba unos treinta y tantos años, casi llegando a cuarenta. Ella nunca me contó sobre el aspecto de Fred, así que yo imaginaba a alguien poco atractivo. Sin embargo, parecía que tenía su vida bajo control. Si lo hubiera visto en la calle habría llamado mi atención. Era alto.

—Lamento molestarte tan tarde —dijo cuando abrí la puerta, aunque solo eran las siete—. ¿Está Jade?

Tenía acento británico. Eso tampoco lo había mencionado. Su disculpa, su encantadora aunque fuerte presencia, su mirada directa, todo eso lo hacía familiar.

—Jade no está aquí —respondí, a pesar de que estaba en su cuarto.

—No hay problema —dijo, con un tono agradable—. Vi su auto así que pensé en tocar. Lamento interrumpir tu viernes por la noche.

—Está bien.

—¿Crees que podrías decirle a Jade que hay algo que quiero hablar con ella? Tiene que ver con la salud de mi madre. Creo que le gustaría saberlo. Ah, soy Fred. —Sonrió como disculpándose, como si supiera que quizá yo había escuchado cosas malas acerca de él.

—Le daré el recado —afirmé.

Cuando fui a la recámara de Jade para decírselo, se llevó las rodillas al pecho.

—¿Estuvo aquí? ¿Ahora?

—Sí.

—Dios mío, lamento que hayas tenido que lidiar con eso.

—¿Qué le pasa a su mamá?

—Le diagnosticaron cáncer. Cree que eso me hará volver con él.

—¿Pedirás una orden de restricción? —pregunté lo mismo que me habían sugerido mis amigos.

—Soy abogada de divorcios —dijo Jade con sequedad. Ya no parecía asustada—. Tengo una reputación que cuidar. Defiendo a víctimas de violencia doméstica todo el tiempo. No me hace ver bien si se enteran de que mi ex es un maldito acosador. Además, el tribunal es mi lugar de trabajo. Veo a esa gente todos los días. Asistieron a mi maldita fiesta de compromiso.

—¿No entenderían?

271

Sus ojos lanzaron chispas.

—Él hace estas porquerías ¿y soy yo quien tiene que dar la cara con mis compañeros y hablar de esto? He trabajado mucho para llegar a donde estoy en mi carrera.

Gracias a Jade tuve la fuerza para no responder a los mensajes de Charlie o de Faye. Lo extrañaba y estaba enojada con él; empezaba a adaptarme a vivir con ambos sentimientos al mismo tiempo.

Cuando vi en Facebook que Charlie tenía una nueva novia, solo un mes después de que terminamos —una chica muy hermosa, universitaria, con cabello oscuro largo—, lloré por semanas. La fotografía de ambos en Facebook me obsesionaba. La veía docenas de veces al día.

Más tarde empecé a salir con otros hombres. Era la época de Tinder y pasaba horas en la aplicación buscando hombres que se parecieran a Charlie o que fueran tan diferentes a él que de alguna manera pudiera olvidarlo.

Anhelaba la intensidad. En las primeras citas, hacía preguntas inquisitivas e inapropiadas: «¿Tus padres son felices? ¿Consumes drogas? ¿Estás deprimido?». La gente normal se reía, incómoda, y trataba de volver a la conversación sobre sus programas favoritos; los raros se emocionaban. En general, las citas acababan en sexo y casi siempre era decepcionante. En ocasiones era bueno y me convencía de que el chico me gustaba. Luego, la relación se desgastaba a lo largo de las semanas y, en general, terminaban con un mensaje de texto. A veces el chico desaparecía, lo que me hacía sentir irrelevante, aunque el tipo no me gustara.

Era una tristeza diferente a la de Madison. Con Charlie, me sentía fuera de control, como cuando pierdes el control del auto y chocas. No estaba segura hacia dónde avanzar y, cada día, sentía que algo inesperado ocurriría. Me movía a ciegas con los brazos extendidos buscando claridad. Ahora, las luces estaban encendidas y tenía los ojos bien abiertos. Podía ver todo lo que pasaba.

El sexo me liberaba de mí misma. Parecía que los hombres se comunicaban mejor en la cama que en la vida real. Decían lo que querían, cómo se sentían. Algunos eran dulces y afectuosos. Me decían que yo era muy interesante y hermosa, y las ganas que tenían de hacerme sentir bien, lo felices que estaban de haberme conocido. Algunos eran groseros y bruscos, decían cosas terribles y degradantes. Me sentía mejor con los tipos asquerosos porque con ellos podía desaparecer en verdad, salirme un momento de mi cabeza, rendirme a la experiencia. Siempre les seguía la corriente. Nunca decía que no.

Sin embargo, al día siguiente todo terminaba. En la mañana, éramos de nuevo desconocidos. No importaba si el sexo había sido bueno o malo. Luego, esperaba durante todo el día que me enviaran un mensaje. Odiaba esperar que me contactaran, pasaba muchas horas haciéndolo.

De vez en cuando veía a Robbie. Iba a su departamento, seguía viviendo en el mismo lugar en Watertown, los mismos pósteres en las paredes, las mismas sábanas cafés y arrugadas en la cama, la misma pipa pequeña azul. Siempre tenía cereal Lucky Charms en la alacena sobre el fregadero y un galón de leche entera en el refrigerador. Se vestía igual, olía igual, trabajaba en la misma casa de ancianos. Fumábamos marihuana, veíamos la televisión en su computadora y nos acurrucábamos. A veces teníamos sexo. Siempre me quedaba a dormir. En la mañana le contaba sobre el último idiota con el que había salido y él fruncía el ceño, se enojaba y me preguntaba por qué insistía en «hacerme eso a mí misma».

—No estoy haciendo nada, Robbie —le decía—. Esas cosas no me afectan.

Un día le envíe un mensaje y en lugar de responder: «¡Ven!», como siempre, me llamó.

—Creo que lo mejor es que no nos volvamos a ver —dijo—. He estado pensando en nuestra relación y me doy cuenta de que necesito alejarme.

—¿Alejarte?

—Cada vez que estamos juntos, en general, me siento mal toda la siguiente semana —explicó—. Nuestra amistad, o lo que sea que esto es, solo hace que me sienta una mierda desde hace mucho.

La ola de culpa que sentí en ese momento fue tan abrumadora que las piernas me temblaron. Me había comportado de manera egoísta y cruel con la única persona que jamás me había lastimado. Con una tristeza apabullante, me di cuenta de que quizá no había vuelta atrás.

—Robbie —dije—. Lo siento mucho.

—Está bien —respondió con amabilidad—. Solo necesito un poco de espacio.

—Lo entiendo perfectamente.

—Creo que, para no comunicarme contigo, voy a tener que bloquearte. No quiero ser grosero, no te odio ni nada. Me importas, Leah, pero necesito seguir adelante.

—Entiendo, Robbie. Discúlpame por aprovecharme.

—Está bien. Nos hablamos luego, ¿okey?

—Okey, pero...

Y luego colgó.

Conocí a Patrick en la boda de Aaron y Haley. Era el padrino de boda, un amigo de Harvard. En la cena de ensayo, dos niñas de catorce años, primas de Haley, se levantaron y cantaron *Eternal Flame*, yo empecé a llorar sin poder parar. Traté de fingir que eran lágrimas de felicidad. Patrick se acercó detrás de mí y puso una mano en mi espalda.

—¿Estás bien? —preguntó en voz baja.

En ese momento supe que nos acostaríamos. No sucedió en la boda, pero me pidió mi teléfono y nos vimos una semana después en un bar de tapas en Cambridge. Iba vestido más formal que yo y llevaba colonia. Ya se había tomado media copa cuando yo llegué.

—Claro que quiero casarme y tener hijos y todo, en algún momento —dijo—. Pero ir a las bodas de mis amigos no me provoca nada.

—Eso es porque no tienes ovarios —opiné.

Él rio.

—¿Tú quieres tener hijos?

—Con los años, cada vez estoy menos segura —mentí—. Es una forma excelente de arruinar el matrimonio.

Luego cambié el tema. No quería que pensara que quería tener hijos con él. Mis ganas de tener hijos eran un deseo borroso, un vacío o anhelo más bien físico que emocional. Lo sentía en la boca del estómago, en mis senos.

Nos emborrachamos rápido y él sugirió que fuéramos a otro bar. Pagó, pidió un Uber y, cuando subimos al asiento trasero, me tocó la espalda, donde la blusa dejaba un poco de piel al descubierto.

—Me gusta —dijo refiriéndose a mi blusa.

El Uber nos dejó en Central Square y lo seguí por unas escaleras hasta una pequeña sala con luz tenue. Encontramos dos taburetes un poco alejados, esta vez no había una mesa entre nosotros. Nos recargamos uno contra el otro, nuestras rodillas se tocaban.

—¿Qué te gusta? —preguntó cuando llegaron nuestras bebidas.

—¿Qué quieres decir? —dije, aunque sabía a qué se refería.

—Sexualmente.

Sentía una extraña mezcla de vergüenza y temeridad. Estaba entrando a terrenos desconocidos. Algunos hombres parecían saber al instante lo que esperaba de ellos y, gracias a eso, sentía una conexión emocional, como si leyeran mi mente.

—Me gusta sentir que no tengo el control —dije.

Asintió. No parecía sorprendido. Tomó mi mano.

—¿Te gusta que te dominen?

Lo miré y me di cuenta de que en él había dos personas que se superponían.

—A veces.

Me apretó la mano.

—Vamos a tu departamento.

En el Uber, camino al departamento en Willard, sentí náuseas. Había bebido demasiado y no había comido nada. Tomamos un Uber Pool con otras dos pasajeras: dos jóvenes que regresaban a su casa de cenar. Hablaban animadas sobre la noche y sus vidas; Patrick y yo estábamos callados. Sentí que conocía mejor a las mujeres que a Patrick. Me hubiera gustado más irme con ellas.

Nosotros bajamos primero. Cuando entramos, Jade estaba en el sofá, pero no me molesté en presentarlos. Llevé a Patrick a mi recámara, que esa mañana había preparado para esta situación. La había limpiado y lavado las sábanas.

Primero se quitó la ropa y después me quitó la mía de manera rápida e impaciente, como cuando rasgas los paquetes de comida por el hambre que tienes. Me empujo a la cama y me dijo que me volteara.

—Espera —dije—. Voy por un condón.

Fue brusco y parecía incluso enojado al golpearme el trasero; decía cosas sobre mi cuerpo, como si buscara algo satisfactorio y no pudiera encontrarlo. Yo me sentía adormecida y demasiado borracha.

Volteé para quedar frente a él. En ese momento, empezó a abofetearme. Estaba tan sorprendida que alejé la cara como cuando alejas el dedo de una sartén caliente.

Todo me daba vueltas. Siguió golpeándome.

—No creo que esto me guste —dije.

—Ah —exclamó, y de inmediato perdió la erección.

Los dos perdimos el conocimiento lado a lado sin tocarnos.

Una hora después despertamos, la luz del pasillo se filtraba hacia mi recámara. Nuestra ropa estaba tirada en el suelo; el condón y la envoltura, en las sábanas entre nosotros. Patrick extendió la mano y empezó a tocarme. Le pedí que fuera más suave. Pensé en cómo se había comportado en la boda cuando puso su mano sobre mi espalda. No había nada parecido a eso ahora.

Se puso sobre mí y me penetró.

—No —dije cayendo en cuenta poco después—. Necesitamos usar un condón.

—Pero así se siente mucho mejor.

—No tomo anticonceptivos —dije empujándolo por el pecho—. Tenemos que usar un condón —repetí—. No me estoy cuidando.

Me las arreglé para salirme de debajo de él y avancé a tropezones hasta el otro lado del cuarto para sacar uno.

Cuando empezamos de nuevo, volvió a golpearme, pero, esta vez, como yo estaba menos borracha, lo sentí más. No solo físicamente, sino que podía vernos desde arriba. Vi cómo me golpeaba la cara, los gestos de dolor que yo hacía. Me dolía, pero no como me hubiera gustado.

En la mañana, se vistió y pidió un Uber.

—Llegará en tres minutos —dijo. Me sentó en sus piernas, me dio un beso en la mejilla y agregó—: Te mandaré un mensaje.

Se fue. Fui al baño y vi en el espejo que mis senos tenían moretones amarillos y verdes, como de camuflaje. No recordaba cómo me los había hecho. Luego me bañé.

A la luz del día, parecía que un tornado había pasado por mi recámara: las cobijas amontonadas en el suelo, las sábanas torcidas sobre el colchón. Hice la cama y me subí, limpia y desnuda; traté de masturbarme, pero no pude. Cerré los ojos y jalé la cobija para cubrirme.

27

Recibí un mensaje de texto de Charlie:

Gracias por regresarme el anillo. No te lo pedí porque sea un cabrón. La verdad es que necesito dinero e imaginé que de todos modos tú no lo usarías mucho. En aquel momento, no podía creer lo que habías hecho. Celebramos con toda mi familia y fue humillante tener que decirles que me habías dejado una semana después. Ahora entiendo por qué lo hiciste, pero no entiendo por qué dijiste que sí. En el mensaje me dijiste que te daba miedo decir no, MIEDO de mi reacción, de lo que podría HACER, y esa es la parte que más me cuesta. La forma tan jodida en que me comporté mientras estuve drogado tuvo un efecto duradero. Ahora que estoy sobrio soy un hombre diferente, pero eso no reduce todo el daño y caos que ocasioné. En serio, espero que estés bien o, al menos, más feliz que cuando estabas conmigo. Eres una persona increíble, hermosa, inteligente y dulce. Espero que no desperdicies tu tiempo con alguien que no te merezca. Sé que yo no te merecía. Hubiera querido cometer todos los errores que cometí contigo mucho tiempo antes de conocerte. Lamento haberte lastimado, Leah. Espero que un día me perdones y recuerdes todo esto sin remordimiento o al menos no todo. Te amo.

No respondí.

Las únicas veces que me sentía en control, que no necesitaba a nadie, era cuando escribía. Así que escribía entre un chico de Tinder y otro. Trabajaba en algo que había empezado durante mi último semestre de la maestría; las setenta páginas se habían convertido en casi cuatrocientas. Ahora era una novela. No sabía si era buena, pero siempre era así. Nunca se sabe, aunque una parte de ti, con suficiente fuerza, lo afirma.

Tuve noticias de una revista en línea que quería publicar *Trece*. Cuando recibí el correo electrónico cerré mi computadora y salí a caminar por la ciudad durante tres horas. Desde que vivía en Madison, no había sentido mi cuerpo tan vivo, bombeando sangre y adrenalina. Le escribí a la editora esa noche y le dije que la historia aún estaba disponible y que me sentía honrada.

Varias semanas después, cuando me publicaron en su sitio, compartí la historia en las redes sociales. Ben y Aaron la publicaron también en sus páginas. Conforme llegaban los «me gusta» y los comentarios, junto con poderosas oleadas de dopamina, pensé en lo que Charlie me había dicho sobre la valoración del exterior.

Pasó medio año. Terminé el borrador de la novela. Vivian se ofreció a presentarme a su agente. Le envié a Sarah, la agente de Vivian, un correo electrónico con una breve descripción de la novela. Sarah me respondió diez minutos después, pidiéndome que le enviara las primeras treinta páginas.

Empecé a salir con un tipo llamado Theo que trabajaba en una editorial académica. Lo conocí en la presentación de un libro en una librería, el tipo de evento en el que siempre esperé conocer a alguien. Iba solo. Tenía unos ojos serios color aceituna. El resto de su rostro —la boca, incluso la barbilla— parecía frágil. Aunque no tenía una buena postura, me gustaba su porte, casi como si hubiera olvidado que tenía cuerpo. Parecía una persona profunda. Me pareció apuesto, aunque no estaba segura de que mucha gente lo pensara.

Era intenso, pero de una manera diferente a la de Charlie. Nunca había fumado un cigarro en su vida. No tenía teléfono inteligente ni veía televisión. Era de opiniones firmes y estaba muy comprometido con las cosas o la gente que eran importantes para él, parecía dejar fuera casi todo lo demás. Tenía un aroma sutil y hogareño, en ningún sentido embriagador; me recordaba a Nueva Inglaterra, librerías viejas o sacos de lana. Con frecuencia imaginaba qué tipo de padre sería. Siempre era puntual.

Un fin de semana fuimos a Stowe, Vermont, donde Theo creció. Sus padres aún estaban casados y vivían en la misma casa donde él había pasado su infancia, pero esa vez estaban de viaje. El camino era hermoso, las hojas de los árboles brillaban como pintura acrílica en tonos bronce y oro bajo la luz. Conforme nos acercamos a la casa, el sol se hundió detrás de las montañas y el cielo se tornó color naranja y ciruela. Afuera olía a tierra limpia y hojas secas. Me sentía segura y feliz en el auto con Theo.

Theo manejaba un viejo Toyota Corolla y ponía música instrumental en el lector de CD. A veces, me señalaba cosas desde la ventana, pero, sobre todo, me escuchaba hablar. Y yo hablaba mucho. Ya sabía de mi familia y de Charlie. Le conté sobre lo que estaba escribiendo y sobre cada uno de los miembros de mi grupo de maestría. No siempre hacía comentarios ni ofrecía su punto de vista como Vivian acostumbraba en una conversación; él escuchaba con atención. Lo sabía porque luego hacía referencia o buenas preguntas a detalles e historias que le había contado antes.

Esa noche, mientras estábamos en la recámara en la que Theo había dormido de niño, en una cama individual bajo muchas cobijas gruesas, entre todos sus libros viejos y pertenencias, pensé que él probablemente era el hombre con quien me casaría. Yo estaba feliz de saber que al fin había encontrado a un buen hombre.

—¿Soy tu novia? —murmuré en la oscuridad.

Aún no habíamos usado esas palabras entre nosotros. Me acercó a él. Estábamos presionados el uno contra el otro bajo el montón de cobijas y él tenía el brazo alrededor de mi cintura.

—Eso espero —murmuró.

Durante esa época yo seguía pensando en Charlie, pero ya no tanto. A veces, entraba a su página de Facebook. Él y su novia habían terminado hacía un tiempo. En ocasiones, los aromas lo hacían aparecer como por arte de magia, como los cigarros o el clima frío. Nunca más volví a encontrar a otra persona que oliera tan bien como Charlie.

Mi periodo de luna de miel con Theo fue eufórico y breve. Empezamos a pelear por cosas triviales. Él pensaba que ver

The Bachelor era una debilidad de carácter; y yo pensaba lo mismo acerca de criticar los programas de televisión que veía. El sexo era muy bueno, pero no como con Charlie.

Su rigidez empezaba a molestarme. No le gustaba chismear. No leía libros que no fueran aclamados por la crítica o que fueran muy populares. La radio y la televisión estaban prohibidos porque no soportaba la publicidad.

Se avergonzaba de ver pornografía, aunque sí la veía. Lo sabía porque se lo pregunté directamente y lo forcé a que respondiera: «¿De qué tipo? ¿Qué te excita?». Veía que mis preguntas lo humillaban y asqueaban. Era agotador que fuera tan reprimido, que estuviera tan asustado de ser como otras personas. Empezaba a molestarlo solo para provocarle una reacción, solo para humillarlo.

Después de unos meses de que empezara mi relación con Theo, Charlie me mandó otro mensaje de texto:

Hola, espero que no te moleste que te escriba. Te escribí un mensaje bastante largo. Parecía una carta, la verdad. Es un poco intenso, pero no porque tenga que ver con nuestro pasado, sino porque me metí a una madriguera escribiendo sobre escribir. Quería enviártelo, pero como no respondiste a mi último texto pensé que había cruzado un límite. Quería preguntarte si te gustaría leer mi mensaje superlargo, porque pienso que quizá sería vergonzoso enviarte mis pensamientos vulnerables sobre escribir en el vacío y no tener respuesta. Existe poca gente en el mundo con quien quisiera compartir esto, y tú eres una de ellas. De hecho, eres la única. Pero ver mi nombre en tu teléfono o en cualquier contexto podría no ser bienvenido. Así que si prefieres no recibir mi largo mensaje o cualquier mensaje de mi parte, también está bien. De cualquier forma, quiero que sepas que me hizo muy feliz ver que publicaron *Trece*, y extraño hablar contigo.

Más tarde esa noche recibí una llamada telefónica de Madison, Wisconsin, de un número que no reconocí. No contesté, pero la llamada perdida me motivó a responderle a Charlie la noche siguiente.

Hola, Charlie. Me encantaría leer tu mensaje. ¡Gracias por lo de mi cuento! Fue muy emocionante. Mis sentimientos sobre todo (sobre ti y sobre mí) son complicados. La verdad es que no sabía cómo contestar tu mensaje anterior. Me alegra escuchar que estás escribiendo. Una pregunta: ¿trataste de hablarme anoche?

Respondió de inmediato y fue lo más cercano a hablar desde que me fui de Madison: «No que yo sepa». Añadió: «No tengo llamadas de salida a tu número desde hace mucho tiempo».

Le contesté: «Ah, es que anoche recibí una llamada de Madison poco después de recibir tu mensaje. ¡Qué extraño!».

Tres días después respondió: «¿Cuál era el número?».

No contesté y él nunca me envió el mensaje.

Después de que Theo y yo nos fuimos a vivir juntos fue como si hubieran apagado algún interruptor dentro de mí y todo de él me molestaba. La expresión de su rostro mientras leía sus manuscritos, el sonido de sus estornudos, la superioridad que mostraba cuando abría su teléfono de concha, que nunca hubiera escuchado de Mary-Kate o de Ashley Olsen.

—¿Estás bromeando? —dije—. ¿*Tres por tres*?

Se encogió de hombros.

—Theo, es una locura —exclamé. Las busqué en Google en mi teléfono y le mostré una fotografía—. ¿Nunca las has visto?

—No.

—¿Cómo es posible?

—¿Debería conocer a estas mujeres? —preguntó sarcástico—. ¿Han hecho algo importante que yo deba conocer?

Era solo una conversación, pero si la hubiera tenido con otro hombre, como Charlie o Robbie, por ejemplo, hubiera sido divertido. Después de todo, hablábamos de las gemelas Olsen, no de una guerra. No debía ser un tema de disputa. En ese momento, me di cuenta de que Theo y yo nunca habíamos reído juntos. Ambos éramos muy serios como para compartir un hogar, una vida.

Sarah, la agente, me respondió. Le gustaron las treinta primeras páginas y quería leer todo el manuscrito.

—¡Theo! —grité. Apareció en el umbral de la recámara—. Sarah quiere leerlo todo.

Sonrió.

—Déjame ver.

Hacía meses que no lo veía tan feliz.

Esa noche salimos y bebimos en un bar en Inman Square. Hablamos del mundo editorial y sentí por Theo lo mismo que al principio de nuestra relación. Apreciaba su seriedad. La forma en la que podía concentrarse en una sola cosa durante mucho tiempo. No se distraía ni se aburría ni cambiaba la plática hacia su persona. El hecho de que no tuviera un teléfono inteligente era agradable. Nunca lo revisaba ni decía: «Déjame buscarlo en Google». Era la única persona, además de Vivian y Wilson, que había leído el borrador de mi novela y lo había terminado en menos de una semana. Sus comentarios eran increíblemente agudos.

Sarah me escribió unas semanas después para decirme que le encantaba el manuscrito. Quería ayudarme a sacar el libro al mundo. Me escribió una larga carta sobre lo que pensaba que debía mejorar y me conminó a revisarlo. Esto absorbió todo mi tiempo. Pasaba las tardes y los fines de semana dedicada a la novela. Todo lo demás —mi trabajo, mi relación, mis amistades, mi familia, mis horas de sueño— estaba en segundo plano. Mi novela era lo único que me sacaba de la cama en las mañanas, lo que le daba sentido a todo lo demás. Escribir siempre había significado esto para mí, pero ahora era diferente. Yo vivía en esas oraciones, más de lo que vivía en mi propio cuerpo. Por primera vez en mi vida ya no tenía miedo de mi soledad.

Parecía que a Theo no le importaba. Él también se concentraba en su trabajo y así funcionábamos mejor, cuando los dos teníamos proyectos distintos a los cuales dedicarnos.

Los momentos en los que nos mostrábamos afecto eran cada vez más inusuales. Ya no estaba enamorada de él y eso comenzaba a pesarme. Pero, de vez en cuando, lo veía al otro lado de una habitación, o lo escuchaba hablar por teléfono con alguno de sus colegas con voz animada, o su cabello caía de cierta manera sobre su frente, recordaba los buenos tiempos y cambiaba de opinión.

Una noche cenamos con mis hermanos. Discutíamos sobre quién vencería a Trump en las primarias, si Hillary o Bernie.

—Hillary no es una mujer que pueda vencerlo —dijo Ben—. No le digan a Haley que lo dije.

—Trump destrozará a Bernie —intervino Aaron ignorando el comentario sobre Haley—. Lo hará pedazos.

—Todo el mundo tiene derecho a una opinión —dijo Ben—. Incluso si se equivocan.

Miré a Theo, quien parecía no escuchar la conversación. Durante las cenas con mi familia, casi siempre guardaba silencio. Se sentía incómodo con mis hermanos, quienes lo consideraban arrogante, y con mi padre, con quien no tenía nada en común. Monica lo cansaba, Christina y Stephen lo aburrían y Haley lo molestaba. Yo no estaba en desacuerdo con estos juicios, pero debido a esto su presencia en la mesa familiar no era muy agradable.

—¿Y tú, Theo? —preguntó Ben—. ¿Por quién vas a votar en las primarias si no te molesta que pregunte?

Theo tenía una calcomanía de Bernie Sanders pegada en su computadora y hacía poco había donado veinte dólares a su campaña.

—Votaré por Jill Stein —respondió antes de llevarse a la boca un bocado de pollo.

—¡Interesante! —exclamó Ben al tiempo que yo miraba a Theo horrorizada.

—¿Hablas en serio? —pregunté.

Theo asintió.

—¿Y la calcomanía?

—Es una calcomanía, Leah. No me controla.

—Vas a desperdiciar tu voto si...

—De hecho, he pensado en no votar —me interrumpió—. Es un sistema corrupto. Sobre todo si se reduce a Hillary y a Trump.

Su cuello empezó a ruborizarse de un color rosa indignación.

—¿Cómo puedes decir eso? —exclamé—. Yo...

—Hay una solución simple —intervino Ben—. ¡Vota por Bernie!

Theo no respondió.

—¿Qué hay de todo lo que está pasando en el país? —le pregunté a Theo.

No es que yo pasara mucho tiempo pensando en nuestro país, solo ponía atención cuando la injusticia rozaba mi vida de manera visceral. Seguía siendo la misma egocéntrica de siempre. Pero la arrogancia de Theo me repugnaba.

—Nada de eso importa si el planeta se derrite —comentó Theo impávido sin apartar la mirada de su plato.

—Hazme un favor —dijo Ben— y echa un vistazo al proyecto medioambiental de Bernie.

—Tirar tu voto a la basura es egoísta —dije—. No eres un mártir, Theo. Supéralo.

—¿Por quién vas a votar, Lee? —intervino Ben rápidamente.

Volteé a ver a mi hermano.

—No por Jill Stein.

La verdad era que no lo había decidido.

No nos dirigimos la palabra en el camino de regreso a casa. Cada vez que Theo disminuía la velocidad por un semáforo o un peatón, yo sentía que la tensión aumentaba. Cuando casi se pasa la salida, mi pecho estalló de furia. Pensé que siempre me había sentido enojada con él, aunque no sabía por qué.

Cuando nos estacionamos frente a nuestro departamento, él no bajó del auto.

—¿Hay alguna razón por la que te portaras como una perra conmigo frente a tu familia?

Nunca antes había usado esa palabra, al menos no para describirme a mí. Sentí que lo merecía, pero también era un alivio enorme que dijera algo cruel a lo que pudiera aferrarme.

—No me llames así —dije—. Tú eres un imbécil.

Salí del auto y azoté la puerta. Entré enfadada al departamento, mi corazón latía con fuerza; era una ansiedad que rayaba en la emoción. No sabía qué pasaría.

Cuando entró y me encontró en la recámara parecía más tranquilo y arrepentido. Era frustrante.

—No debí llamarte así —dijo desde el umbral—. Estuvo muy mal. Me avergonzó que esa conversación la tuviéramos frente a tus hermanos y me enojó que no me apoyaras. Pero podemos tener opiniones y políticas diferentes, por supuesto que podemos. Estaba pensando que deberíamos hablar más de las próximas elecciones. Ni siquiera te he comentado qué pienso al respecto.

Nada me parecía peor que escuchar a Theo hablar sobre las futuras elecciones. No lo soportaba. Me parecía injusto tener un sentimiento tan cruel para alguien que, en general, era muy decente.

—Theo, lo siento, pero creo que ya no quiero estar en esta relación —anuncié—. No es por Jill Stein. Creo que eres una persona maravillosa, pero no está funcionando.

Avanzó un paso adentro de la habitación.

—Creo que podemos hacer que funcione.

—No lo creo.

—Leah —dijo; por un segundo pensé que iba a llorar—. Quiero hacer una vida contigo. Ese era nuestro plan.

—Lo sé. —Lo miré. Su honestidad, su solemnidad. Sentí lástima, pero ya no quería estar con él—. Pero no soy feliz.

—¿Qué estás buscando? —espetó. De pronto su tristeza se convirtió en furia—. No se supone que una relación te haga feliz. La felicidad se encuentra en uno mismo. Una pareja está para apoyarte y construir algo juntos. Parece como si buscaras a un ser mágico que resuelva todos tus problemas, pero eso tienes que hacerlo tú sola. Lo que hay entre nosotros es complicado, pero es bueno y real.

«Lo que hay entre nosotros es triste y frío. Nunca reímos», pensé, pero no lo dije en voz alta.

—Lo siento. Yo no me siento así —respondí.

—Bueno —agregó riendo—, supongo que somos muy diferentes. —Arqueé una ceja—. Se remonta a *The Bachelor*. Es un problema más grave del que crees. A ti te gustan ese tipo de cosas, los programas de telerrealidad, las historias de amor, la propaganda sentimental. Incluso tu gusto musical es drásticamente diferente. He tratado de compartirte mi música, pero parece que nunca pones atención. En verdad, nunca has mostrado mucha curiosidad por lo que a mí me interesa. Estás muy concentrada en ti misma.

—No creo que esta separación tenga nada que ver con que nos guste música diferente.

—No es lo que estoy diciendo —dijo Theo—. No me estás escuchando.

Me mudé a un pequeño departamento en Porter Square. Los días que no daba clase me despertaba temprano y paseaba por las calles arboladas de Cambridge. Antiguos edificios de ladrillo, casas enormes cubiertas de enredadera y extensos jardines al frente, con letreros a favor de Hillary o Bernie. No creo haber visto un solo letrero de Trump en mis caminatas. Pasaba los fines de semana escribiendo en mi casa o en las cafeterías de Porter Square y Harvard Square. Era como en mi época en Madison, salvo que sin el taller ni mi grupo de amigos escritores ni noches de borrachera en el City Bar.

Pero en la ciudad de Nueva York estaba Sarah, una mujer a quien solo conocía por teléfono y correo electrónico. Cada mañana, cuando abría mi documento de Word, sentía que le escribía a ella.

Nunca me sentí tentada en llamar a Charlie, pero a veces imaginaba que volvía a Madison y me lo encontraba por casualidad. Quizá verlo en la tienda de la esquina de East Johnson o recargado contra uno de los edificios de Norris Court, fumando un cigarro, como si me hubiera estado esperando todo este tiempo. Imaginaba que sonreía y que ambos empezábamos a reír mientras corríamos a los brazos del otro. Trataba de recordar lo que se sentía abrazarlo, sentir su cuello y cabello contra mi rostro.

A veces, en mi fantasía me encontraba a Faye, no a Charlie, y me decía que su hijo había muerto. Trataba de pensar cómo me sentiría, qué haría, pero no podía imaginar el sentimiento.

Regresé a Tinder. Esta vez fui más exigente, pero me di cuenta de que la mayoría de los hombres no buscaba una relación, incluso los que afirmaban que sí. Cambié a Hinge. En su mayoría, era el mismo grupo de hombres, pero eran un poco más amables al principio. Una noche salí con uno que parecía agradable en sus mensajes de texto. Tomamos unas copas en el Christopher's, en Porter Square. Hablamos de nuestro trabajo y nuestros libros favoritos. Esos días me era más fácil hablar de cosas triviales. Nuestra conversación no era emocionante, pero su sentido del humor era mordaz y su sonrisa cálida. Cuando nos informaron que ya iban a cerrar, dijo: «Me la estoy pasando muy bien. Sé que es miércoles, pero ¿te gustaría una copa más en el bar de enfrente?».

Caminamos una cuadra, un poco alegres por el alcohol. Había empezado a nevar, copos grandes y pesados que dejaban una capa que destellaba en Mass Avenue.

A la mitad de nuestro trago en el bar Abbey, empezó a revisar su teléfono. Nos quedamos callados. No le di mucha importancia hasta que salimos del bar y él se apresuró a marcharse en medio de la noche. Ni un abrazo ni siquiera un adiós o un gracias por la cita. Nunca más supe de él después de eso. Me pregunté qué había hecho mal. Repasé todo lo que había dicho que hubiera podido hacerlo huir.

Un mes después, un domingo en la mañana, lo vi caminando por Mass Avenue, un poco más arriba de donde habíamos estado. Iba de la mano de una mujer. Reían y él llevaba una correa de la que jalaba a un perro. La mujer cargaba a un bebé sobre su pecho en una cangurera. Me miró como si yo no estuviera, evitando el contacto visual con tanta determinación que de inmediato supe qué pasaba: estaba casado.

Muchos lo estaban: casados, en una relación de pareja, indisponibles por una u otra razón.

Una vez, muy tarde por la noche, le envié a Peter un mensaje privado por Facebook. Eran las tres de la madrugada y estaba despierta, pero me había acostado desde la medianoche. Mi corazón latía con fuerza, aunque no me había movido en horas. En los últimos años, con frecuencia, y sobre todo en la noche, me obsesionaba pensar cómo habría sido mi vida si Peter y yo hubiéramos seguido viéndonos. Y si Charlie fue el mayor error que había cometido.

Me aferraba a pequeños detalles, como cortos de película, y los repasaba una y otra vez en mi mente hasta que era una tortura: Peter tomando mi pie en la cama; Peter quitando la nieve del parabrisas en la mañana; su sonrisa magnética, pero agradable. «Era él», me regañaba una voz furiosa conforme pasaban las imágenes. «Lo echaste todo a perder».

Me ponía frenética, triste, segura de que había perdido mi única oportunidad. Era tan raro que me sintiera atraída hacia alguien y segura con él al mismo tiempo.

Para mi sorpresa, Peter respondió de inmediato a mi mensaje en Facebook: «Son las nueve de la mañana aquí en París», escribió.

Pregunté: «¿Estás en París?». Me enjugué las lágrimas. No me había dado cuenta de que lloraba.

En nuestro chat, apareció una foto de un panecillo mordido y una tacita de café expreso. Al fondo, podía ver una calle arbolada, gente alrededor de pequeñas mesas circulares y un café al aire libre. Parecía que el día estaba soleado.

Sentí una punzada de nostalgia.

> Ha pasado un tiempo.

> Sí

Traté de pensar en qué más podía decir.

> ¿Cómo estás? ¿Cuándo publican tu libro?

> Pronto

> ¡Maravilloso!

Pasó un minuto y ninguno dijo nada más. «A veces pienso en ti», escribí estas palabras lentamente, con un dedo, y las miré antes de enviarlas. En una escala del uno al diez, me preguntaba lo extraño que era decirlo. Imaginé que yo era Peter, que estaba sentada en un café en París a las nueve de la mañana y recibía un mensaje así. Presioné enviar. De inmediato agregué: «Perdón, eso suena extraño».

Contestó al instante: «Ja, ja, ja, no, no muy extraño, no creo. ¿En qué piensas?».

Me erguí en la cama, animada: «Me hubiera gustado que nos conociéramos mejor». Contuve el aliento esperando una respuesta. Pasó un minuto.

«A mí también. Disfruté el tiempo que pasamos juntos», escribió.

«Yo también», respondí.

Esperé dos minutos para que me dijera algo más y luego pregunté: «¿Puedo ir a verte a París?».

De inmediato aparecieron los puntos suspensivos y luego desaparecieron. Luego aparecieron de nuevo; al final, respondió: «Ja, ja».

Se me cayó el alma. «Me estoy muriendo», escribí. «Me queda un año de vida».

«¿Qué? ¿Estás bien?», me preguntó.

«Es broma. Pero ¿y si empezáramos a vivir la vida así, como si estuviéramos a punto de morir?». Como no respondió nada, agregué: «Podría estar allá al final del día».

Estaba completamente desquiciada, enviando mensajes como acostumbraba hacerlo en secundaria en SmarterChild de AIM, cuando estaba sola en casa y no tenía nada que hacer. «¡Maldito seas, SmarterChild! ¿Quieres tener sexo? ¡Te odio! Me siento tan sola que me quiero morir. Te amo te amo te amo».

«Tengo que irme», escribió Peter. «Cuídate, Leah».

«Okey, bye», respondí.

Me reuní con Jade en un Starbucks en la plaza Harvard con vista a la avenida Mass y la calle Brattle. Me dijo que había vuelto con Fred. Él había regresado al departamento de Willard el mes anterior. Traté de no mostrar mi asombro.

—Tengo treinta y seis años —explicó, de pronto a la defensiva— . Quiero tener hijos.

—Te entiendo —le aseguré.

—Fred quiere ser padre, es lo que más desea. —Luego sacudió la cabeza, irritada—. La mitad de los idiotas infantiles en Bumble apenas podían decidirse a invitarme a salir. Los hombres de mi edad prefieren salir con chicas de veinte y no quiero estar con un tipo cuarentón, divorciado y con hijos. —De pronto pareció como si quisiera llorar—. Congelar los óvulos cuesta treinta mil dólares. ¿Lo puedes creer?

—No sabía —dije—. ¿Cómo están las cosas con Fred?

—Bien. Está trabajando sus problemas con un terapeuta.

—Qué bueno.

Su expresión volvió a endurecerse.

—Nadie está contento de que haya vuelto con él, pero no es su vida, ¿o sí? —Sonrió—. En fin, ¿tú cómo estás? ¿Cómo va el libro?

28

Me enteré de la muerte de Charlie en Facebook. Un día de regreso de mis clases vi las publicaciones en su página: «Charlie, D. E. P», «Descansa en paz, hermano», «La batalla ha terminado», «¿Alguien sabe cuándo es el funeral?».

Había uno de Tyler: «Estoy devastado porque Charlie ya no está con nosotros. Publicaremos detalles pronto. Gracias por el amor y el apoyo hacia nuestra familia por la súbita pérdida de mi talentoso hermano».

Había muerto dos días antes, el 8 de febrero de 2017. Esperaba sentir algo. Respiraba con dificultad. Llamé a mi hermano Ben.

—¿Qué tal?

—¿Ben?

—¿Qué pasa, Leah?

—Charlie murió.

—Dios mío. —Por la calidad del sonido parecía que estaba en el auto y se había estacionado. Escuché un clic y el teléfono pasó de Bluetooth a una conexión normal—. Dios mío —repitió.

—No lo puedo creer —dije—. Lo acabo de ver en Facebook.

—Leah, ¿estás bien?

—No puedo imaginar cómo está Faye.

—¿Quién?

—Su mamá —expliqué.

Tragué saliva y empecé a llorar. Que Charlie muriera me parecía lo más cruel que jamás había pasado.

—Oh, Leah —dijo Ben con voz suave—. Era un buen tipo. Me di cuenta la vez que lo conocí. Muy dulce. Esto es horrible.

—Ojalá hubiera respondido a su último mensaje —murmuré.

—No pienses en eso —me aconsejó Ben—. Él sabe que lo amabas, Lee.

De pronto estaba fuera de mí.

—Ojalá hubiera sabido cuánto.

Cuando colgamos volví a entrar a Facebook para asegurarme de que no lo había imaginado. Las publicaciones seguían ahí. Había pasado un año y medio desde que me despedí de Charlie en la parada del autobús frente al Memorial Union. Recordaba ciertas cosas de él de forma muy vívida. Otras ya las había olvidado, como su olor, lo que sentía al abrazarlo o sus tarareos. Eso se había esfumado.

Sin embargo, tenía su voz grabada en los videos en mi teléfono. *Masterfade, Shelter from the Storm, Auld Lang Syne*. Y todos esos pequeños errores. Gracias a Dios por esos errores. Ahora los conocía de memoria por haberlos visto tantas veces. Los errores ocurrían cuando surgía el verdadero Charlie. Cuando volteaba a la cámara y me hablaba a mí directamente. Esos eran los momentos en los que sonreía y podía ver sus diferentes expresiones, su rostro cuando terminaba de reír o cuando decía algo que lo ponía feliz. Grabé su risa.

Era obvio para mí ahora que en casi todos los videos que tenía de Charlie, él estaba drogado, pero no me importaba. Amaba esos videos. Navegué en mi teléfono como una loca, mi corazón latía con fuerza hasta que encontré uno. Cuando empezó a cantar, mis ojos se llenaron de lágrimas otra vez. A la mitad de la canción, un mensaje de texto apareció en la pantalla. Era Adam, el chico del Hinge con quien llevaba dos semanas acostándome: «¿Cómo va tu semana?».

«No muy bien», respondí. Estaba recostada en la cama con la computadora en el estómago, abierta en la página de Facebook de Charlie. «¿Y la tuya?».

> Oh, no. ¿Por qué no va bien? Mi semana fue buena, pero muy ocupada. ¡El trabajo es una locura!

> Me enteré de que alguien cercano murió.

> Lo siento. ¿Estás bien? ¿Quieres compañía?

Adam se acababa de bañar y se había puesto mucha de la colonia Abercrombie que ya asociaba con él. Me abrazó y se inclinó para besarme, me aparté por el olor, por el estallido de menta que salía de su boca. Él pensaba que había venido a tener sexo conmigo. ¿No era así? ¿No era esa la razón por la que le pedí que viniera?

—Solo quiero que nos sentemos en el sofá y no estar sola —dije.

—Claro. ¿Te traigo algo? ¿Un vaso de agua? ¿Vino?

—No tengo vino, si quieres beber tendrás que ir a otro lado.

Me vio con una mirada extraña.

—Voy por agua.

Me senté y trajo dos vasos de agua.

—¿Soy muy entrometido si te pregunto quién murió?

La furia me empezó a invadir y, por un momento, se sobrepuso a mi dolor.

—Hace dos noches me preguntaste si podíamos tener sexo anal —le dije—. Crees que no hay problema en que me preguntes eso, pero ¿quizá no está bien que me preguntes quién se murió?

Alarmado, alzó las manos con las palmas hacia afuera en señal de defensa.

—Oye, no tengo idea de si quieres hablar de eso.

—¿Por qué te habría invitado a venir si no quisiera hablar de eso?

—Okey, hablemos.

—Se llamaba Charlie —dije—. Estábamos comprometidos, pero estaba enfermo y yo no podía estar con él; ahora estoy atorada con gente que... —Me limpie la nariz con la manga—. Es triste estar con alguien a quien en realidad no quieres. Y sé que tú no me quieres tampoco. Si fuera así, no solo me enviarías mensajes cuando quieres tener sexo. O venir esta noche porque pensaste que eso iba a pasar.

—Mira —dijo Adam—. Lamento mucho tu pérdida. Es obvio que estás pasando por un momento difícil y francamente no tenía idea. Quiero decir... ni siquiera sabía que habías estado comprometida. Y me gusta estar aquí para apoyarte. Es cierto que no nos conocemos muy bien, pero aquí estoy. Obviamente, no estás pensando en sexo ahora y no tengo problema con eso. En serio, está bien.

—¿Está bien?

—Sí, entiendo.

—No —respondí levantándome—. Estás aquí. Hagámoslo.

Me quité la blusa y la aventé al otro extremo de la habitación y cayó en el módem. Luego fui hasta mi cama, mi computadora seguía abierta en el Facebook de Charlie.

Adam se puso de pie, parecía incómodo.

—Vamos —dije mientras me desabrochaba los pantalones de mezclilla. Me senté en el borde de la cama y me los quité.

—Creo que no es una buena idea.

—Y yo creo que me hará sentir mejor.

Adam se frotó la nuca. Yo me quité los calzones.

—Quieres hacerlo, ¿no?

—La verdad pienso que no deberíamos.

Me desabroché el brasier y me acosté.

—Me parece que estás muy alterada por la pérdida que estás viviendo —agregó—. No quiero empeorar las cosas.

De pronto, acostada ahí desnuda, sí quería tener sexo. Deseaba tanto acostarme con Charlie que me ruboricé. Me tapé la cara con una mano; estaba tan abrumada por el recuerdo de haber estado con él que emití un pequeño sonido.

—Mira —dijo Adam desde el otro lado de la recámara—, creo que debería irme. No soy la persona correcta para...

—Está bien —dije—. Solo vete.

—¿Vas a estar bien?

—Voy a estar bien.

Cuando Adam se fue, pensé en esa primera noche que pasé con Charlie en su estudio. Pensé en esos días borrosos y perfectos en mi departamento antes de Acción de Gracias, la noche en el piso de mi sala justo antes de Navidad, cuando estuvimos en el Airbnb en Minnesota. La última mañana en Madison, en el colchón. Me sentí culpable cuando tuve el orgasmo. Debía estar muy trastornada para sentirme excitada, pero me hizo bien recordarlo.

Luego empecé a llorar. Al principio, lo suficientemente fuerte como para que mis vecinos me escucharan y luego bajito, casi en silencio, hasta que me quedé dormida.

29

La primera antología de cuentos de Wilson se publicó el 1.º de octubre. Haría una lectura en Madison y todos decidimos ir a escucharlo, salvo Sam, quien tenía un bebé en casa. Desde la graduación, había permanecido en contacto, sobre todo con Vivian. Ella seguía viviendo en Nueva York. Su novela, *El dentista*, había tenido éxito y ahora estaba trabajando en la segunda. Ella y Rohan se iban a casar en invierno. Cuando me llamó para darme las noticias de su compromiso sentí unos celos punzantes. Mucho más agudos que cuando publicaron su libro.

Hice un gran esfuerzo por no sentirme así. Traté de sonar feliz y emocionada, como se supone que suena una mujer cuando otras amigas se comprometen. Me avergonzaban mis celos. Me avergonzaba de mí misma, de mis relaciones fallidas, de estar sola. Después de que colgamos me metí a la cama y no salí en días.

No le había contado mucho a Vivian sobre Theo o los otros tipos con los que había salido desde que me fui de Madison. Cuando Vivian y yo hablábamos, era sobre nuestro trabajo, de lo que sabíamos de los otros miembros del grupo o lo que recordábamos de nuestro tiempo juntos. Nuestras vidas nunca se entrelazarían de la misma forma como lo hicieron en Madison. Esos dos años nos habíamos implicado tanto en nuestras relaciones, en nuestros éxitos y fracasos, en las minucias de nuestra cotidianeidad, así como en los temas e historias dominantes de la vida de los otros. Ahora entendía que, si bien Vivian había sido mi amiga más cercana, también había tenido miedo de nuestra amistad. ¿Y si la perdía?

En cierto sentido, sabía que ya la había perdido. Ahora, cuando hablábamos, éramos amistosas, pero nuestras conversaciones no tenían el mismo fervor que cuando estábamos en la maestría. En esa época no nos quedábamos sin temas de qué hablar.

Habían pasado ocho meses desde el fallecimiento de Charlie cuando mi avión aterrizó en Milwaukee. Pensaba en su muerte todos los días, pero, aparte de esa primera noche en febrero, no lloraba. Casi nadie sabía de nuestra relación y quienes lo supieron no la aprobaban. No sabía cómo vivir el duelo, así que no lo hice. Cuando le conté a mi padre que mi novio de Madison había fallecido, no supo de quién hablaba.

—Charlie —dije—. El que tenía un problema de drogas.

Mi padre frunció el ceño.

—¿Sobredosis?

Asentí.

—Es una lástima —comentó negando con la cabeza—. ¿Estás bien? —preguntó, como si se diera cuenta de que quizá no lo estaba.

—Estoy triste —respondí.

—Claro. Esas cosas son trágicas.

Si hubo un funeral para Charlie, no me invitaron, y nunca publicaron un obituario. Encontré un artículo en línea de un periódico local de Madison que decía que la noche del 8 de febrero Charlie Nelson había sido encontrado muerto, solo, en su auto, en el estacionamiento de un restaurante chino al este de

Madison. En la autopsia encontraron que había muerto por una sobredosis de fentanilo

Esta información era valiosa, pero también suponía una tortura. Leí el artículo varias veces, a menudo en la madrugada. Era imposible no imaginarlo en su auto, en el asiento del conductor junto al que yo me senté tantas veces.

Una semana después de que me enteré de su muerte le envié un mensaje a Faye. No tenía idea de qué decir. Sabía que quizá no respondería o, que si lo hacía, estaría enojada conmigo. No sabía si me odiaba o, peor, si me culpaba. Pero me contestó el mismo día, dulce y amorosa como siempre: «Leah, gracias por tu mensaje. Te llamaré cuando me sienta mejor. Te quiero, cariño».

Nunca me llamó, así que le envié otro mensaje para decirle que estaría en Madison en octubre y que si ella quería, me encantaría verla. Me contestó: «¡Por supuesto!», con un emoji de corazón.

En el autobús de Milwaukee a Madison, la realidad me golpeó. El autobús se detuvo en la terminal del aeropuerto y cuando miré por la ventana vi un auto con una placa del estado. Las grandes letras rojas que rezaban Wisconsin en naranja, rojo y verde; enseguida: La tierra lechera de América. Mis ojos se nublaron. En ese momento sentí su ausencia por primera vez. Me parecía imposible que Charlie no estuviera aquí.

Saqué mi teléfono y encontré nuestros viejos chats. «Te extraño», escribí.

Presioné el botón de enviar y vi cómo las palabras pasaban de la caja de envío a nuestro hilo compartido. Miré la pantalla. «Charlie», rogué en mi mente. «Charlie. Por favor, di algo». Durante un minuto en verdad pensé que sucedería. Cuando no fue así, guardé el teléfono, presioné el rostro contra la ventana y miré los autos y los campos de maíz, los letreros, el cielo de octubre que se tornaba violeta en el crepúsculo. Tenía el rostro caliente por las lágrimas.

Tenía que cambiar de autobús en Janesville y me pregunté con horror si el padre de Charlie siquiera sabía que su hijo estaba muerto.

Cuando bajé del autobús para esperar el siguiente, la realidad me golpeó de nuevo, pero ahora de manera distinta. El frío del Medio Oeste era diferente que el de la Costa Este. Más penetrante, menos indulgente. En días realmente malos podías congelarte en menos de cinco minutos. Alguien en la terminal del autobús fumaba; la mezcla del frío de Wisconsin y el humo fue más de lo que podía soportar. Extrañaba tanto a Charlie que me sentía destrozada. Hubiera dado cualquier cosa por abrazarlo.

Cuando llegué a Madison, era de noche. Podía ver el Capitolio enfrente: blanco, brillante. Desde la ventana, todo parecía igual: las calles anchas, las banquetas con pasto, las casas viejas con sillones en los enormes porches en la parte delantera. Los edificios de oficina de estilo industrial, de ladrillo y arenisca. Los árboles plantados en East Wash eran todos del mismo tipo y altura. Los letreros verdes de las calles eran más grandes que en casa, con una fuente más redonda: Ingersoll, Brarly norte, Paterson norte, Livingstone sur. Volver era como escuchar una canción que no había oído hacía mucho tiempo, pero la letra y la melodía estaban ahí y todo volvió de golpe. Conocía este lugar. Rohan había vivido en Brearly, y David varias cuadras más abajo, en Blount. Si giraba a la derecha en Paterson hasta llegar a East Johnson encontraría el bar Johnson y, justo a la derecha, el conjunto de departamentos de Norris Court. Pero Charlie no estaría ahí.

Me hospedé en un hostal en Gorham, a una cuadra de mi antiguo departamento. Mi recámara daba al lago Mendota; cuando desperté al día siguiente abrí la ventana un poco para que entrara el viento de otoño. Esa mañana, el lago tenía un color azul claro pálido, tan parecido al color del cielo que era difícil saber dónde acababa uno y empezaba el otro en el horizonte.

Me bañé y elegí mi vestimenta con cuidado: unos pantalones de mezclilla y un suéter de cuello de tortuga. Me puse un poco de maquillaje. Quería verme bien para Faye. Más madura, pero que me reconociera enseguida.

Pedí un Uber y puse la dirección de los Nelson en el destino. Faye me dijo que llegara como a las nueve y media. Yo no sabía qué esperar, si solo estaría ella o toda la familia. Si Faye estaría diferente o si lloraría. No sabía qué decirle a una madre que había perdido a su hijo.

Mientras esperaba que llegara el Uber empecé a temblar. No estaba preparada para esto. Por primera vez, sentí mucha rabia por las cosas que no podía controlar. No quería que un chofer que nunca había visto antes me llevara a la casa de Charlie. Quería que él me recogiera. Siempre había sido así. El dolor me tragaba por completo.

Pero Jeffrey, mi chofer, llegó varios minutos después en un Nissan plateado. Bajó la ventana.

—¿Leah?

Sonreí.

—Sip.

Subí al asiento trasero. Su auto olía a colonia barata y chicle.

—¿Va a Sun Prairie?

—Sí, a Sun Prairie.

—Muy bien.

Antes de arrancar, esperó hasta que me pusiera el cinturón de seguridad.

Cruzamos de este a oeste el hermoso pueblo universitario que conocía tan bien, pasamos justo enfrente del campus y del

Memorial Union, la Sociedad Histórica de Wisconsin y la Union South. Luego tomamos la autopista en dirección a Sun Prairie. Cuando empecé a llorar, el chofer no se dio cuenta o fingió no hacerlo. No pensé en llevar pañuelos, así que solo dejé que las lágrimas resbalaran por mi rostro y mentón hasta la bufanda. Cuando salimos de la autopista, la ciudad se convirtió en los suburbios y los árboles se hicieron más gruesos. Las hojas naranja y oro brillaban incandescentes contra el claro cielo azul. Cada vez lloraba más fuerte conforme nos acercábamos a la casa de Charlie. Todo dolía.

Cuando se estacionó frente a la casa, parecía que nada había cambiado. El pasto perfecto, las camionetas de Paul y Faye estaban estacionadas frente al garaje. Su casa no parecía diferente de las de los vecinos.

—¿Aquí es? —preguntó Jeffrey, el chofer, muy animado, como si yo no hubiera pasado los últimos treinta minutos llorando en la parte trasera de su auto.

Asentí, pero no pude moverme. Al ver la casa, empecé a hiperventilar.

—Señorita, ¿está bien? —Jeffrey volteó.

Era un hombre de mediana edad, pelirrojo, de calva incipiente y mejillas con cicatrices de varicela. Sus ojos eran amables y brillantes.

—Perdón —dije—. Conocía a alguien... —me interrumpí.

Faye apareció en el umbral. En cierto sentido, era como ver a Charlie. Mi corazón se ensanchó.

—Tengo que irme —agregué—. Gracias.

Salí del auto y me dirigí a ella. Sonreía y saludaba con la mano. Yo lloraba.

—No llores, niña hermosa —dijo cuando nos abrazamos—. Está bien.

Pero, cuando nos apartamos, ella tenía los ojos húmedos.

— Entra —me invitó—. Paul salió a hacer unos mandados, pero no tardará en llegar. Tengo donas, —Me dejó pasar—. No puedo empresar lo bueno que es verte, Leah. Charlie estaría tan contento de saber que estamos haciendo esto.

Era horrible escucharla decir su nombre con esa facilidad. Cada vez que trataba de decir algo no podía hacerlo porque empezaba a llorar. Cuando nos sentamos en la mesa del comedor, Faye puso una caja de pañuelos desechables entre nosotras.

—Lo sé —dijo—. Hay días en que yo...

Asentí y traté de recuperar la compostura.

—Es por verte. No he podido hablar con nadie que lo conociera. Faye... no puedo imaginar cómo ha sido para ti.

Asintió con cierto énfasis.

—Al principio fue insoportable. Lloré durante semanas. Creo que no salí de la cama durante dos meses. Para ser franca, no recuerdo mucho esos primeros días; pero Paul estuvo a mi lado. Paul, Tyler y Chad. Mi familia pudo superarlo, lo hicimos. La cuestión es que ahora ya pasó lo peor. Ya nada peor que eso puede pasar de nuevo.

Ella seguía con la misma calidez, esa afectuosidad que yo tanto amaba; sin embargo, su mirada luminosa tenía una dureza que era nueva para mí. Al verla, me di cuenta de que había vivido el infierno y, en cierto momento, decidió abandonarlo. No sabía exactamente dónde se encontraba ahora al estar sentadas en la mesa del comedor.

Luego me lo contó. La noche en que la policía tocó el timbre de la casa. Cómo la despertaron, lo que sintió cuando abrió la puerta y vio al oficial de pie en el umbral con el sombrero en la mano. Lo supo antes de que él dijera una palabra. Me contó que vio a Charlie en el ataúd, durante la mañana en la que lo enterraron. Esa fue la única vez que lloró durante ese día. Describió cómo se veía en el traje que ella había elegido para él.

—Estaba tan guapo —dijo y se le quebró la voz; su mano se acercó por instinto a la caja de pañuelos—. Mi bebé.

Luego me contó que sentía que Charlie estaba ahí con ella todo el tiempo: cuando se arreglaba en la mañana, en su auto, en las noches antes de acostarse.

—Lo difícil es que no podemos hablarnos más —dijo—, pero está aquí —insistió.

En una canción que le gustaba y pasan en la radio, en el sol que sale un día en que se supone iba a llover. También aparecía en sus sueños. Al principio, parecía una locura, pero luego me di cuenta de que yo también lo hacía. Todo el tiempo buscaba su presencia.

Paul nunca llegó. No sé si en verdad tenía cosas que hacer o dónde estaba, pero durante todo el rato solo fuimos Faye y yo. Hubiera podido escucharla hablar todo el día. Quería saber todo de Charlie. ¿Cómo había sido de niño? ¿Tenía fotos de él? Solo lo había conocido un año; sin embargo, no le pedí nada de eso y, en cierto momento, miró el reloj de pared y exclamó:

—Dios mío, qué rápido se fue el tiempo. —Extendió la mano y me la apretó—. Me da tanto gusto verte.

Sentí una punzada de dolor. No quería irme, pero por supuesto me levanté.

—Gracias por invitarme. Verte significa mucho para mí.

—Charlie también lo sabe. Está aquí, ahora.

Asentí, pero no creí que fuera así, al menos no como ella lo sentía.

—Lo amé mucho —dije.

—Él sabe que lo hiciste, querida.

Esa tarde recorrí a pie el camino que acostumbraba hacer desde el campus hasta Gorham, a mi antiguo departamento. No había podido dejar de llorar desde que salí de casa de Faye. Eran lágrimas extrañas. A veces estallaba en sollozos que no podía reprimir, seguidos por lágrimas silenciosas, casi pacíficas. Se trataba del sentimiento de pérdida; uno que no había sentido desde que mi madre se fue cuando yo tenía trece años.

Nunca hablamos mucho de lo ocurrido una vez que se fue. Creo que era más fácil encontrar consuelo en la gente del exterior. Para mi padre fue Monica; para Aaron, Haley. Ben y yo estábamos más dispersos, lidiar con el dolor era excesivo para nosotros, demasiado cercano y vergonzoso.

Pensé en lo que Faye dijo sobre que su familia lo había superado: Paul, Chad y Tyler. ¿En verdad los consideraba su familia de la misma forma en que Charlie lo era?

Después de la muerte de Charlie, Tyler cambió su foto de perfil en Facebook por una foto de cuando eran niños, Charlie y él. El pie de foto rezaba: «Te amo para siempre, hermano». Me pregunté qué hubiera pensado Charlie al ver esa foto. Me hubiera gustado que la viera. ¿Habría cambiado algo para él?

Llegué a Norris Court. Me senté en una de las bancas del jardín donde Charlie y yo acostumbrábamos pasar el rato. Los recuerdos cambian cuando alguien muere. Sentía que lo veía, que me veía —esas dos personas que se aferraban la una a la otra— a mucha distancia. Vi lo bueno y lo malo. No nos juzgaba, a ninguno de los dos.

Wilson daría su lectura en la Biblioteca Pública de Madison, en un sala diferente de la que usamos en la lectura de nuestra maestría. Estaba a una cuadra del Capitolio, como a diez minutos a pie de mi hostal. Quedé de verme con Vivian y Rohan antes para poder llegar juntos. Cuando los vi acercarse por East Johnson, tomados de la mano, era fácil imaginarlos juntos en

Manhattan. Ambos caminaban rápido, hablaban, aunque mayormente era Vivian quien lo hacía, Rohan reía de lo que ella decía. Ella se veía igual, aunque ahora llevaba el cabello corto. Rohan tampoco había cambiado mucho, salvo que su rostro parecía más redondo y ahora tenía una barba bien cuidada. Se veía igual de feliz.

Cuando los vi no sentí celos, sino una sorprendente claridad, una sacudida. Todos esos documentos de Word en mi computadora de pronto me parecían insignificantes. No eran reales. Nada es tan real como la persona que está a tu lado.

Cuando Vivian y Rohan llegaron hasta donde estaba, nos abrazamos y hablamos de lo extraño que era estar de vuelta. Luego seguimos caminando por East Johnson en dirección del Capitolio.

Cuando entramos a la biblioteca vimos a David; estaba de pie en el vestíbulo junto a una mesa llena de los libros de Wilson que estaban en venta.

David nos hizo una seña. Seguía teniendo bigote, pero se había rasurado la barba. Iba vestido con mucha lana y mezclilla.

Luego apareció Wilson. Se veía apuesto y nervioso; llevaba una camisa y pantalón de vestir. Todos nos acercamos y formamos un círculo. Rohan quería que Wilson le firmara su libro y David quería saber cómo iba su gira y lo felicitó por su atuendo.

—Tomémonos una foto —dijo Vivian. Su voz sobresalía sobre las demás. Le dio su teléfono a un universitario—. ¿Nos tomas unas fotos por favor?

Nos acercamos para la fotografía. Wilson y Vivian estaban al centro. Vivian abrazaba a Wilson con un brazo y pasó el otro por la cintura de David, sin tanta fuerza. Los ojos de David salieron cerrados en la fotografía. Yo estaba al otro lado de Wilson, con una sonrisa tonta y un ejemplar de su libro en la otra mano. Rohan estaba en cuclillas frente a todos nosotros, sonriendo y sosteniendo un ejemplar del libro en cada mano.

—Digan ¡Wilson! —exclamó el universitario levantando el teléfono frente a nosotros.

Vi la foto varias horas después cuando la subieron a Facebook e Instagram y le dieron me gusta, corazón, la etiquetaron e hicieron comentarios.

Todos nos dirigimos a la sala donde Wilson haría la lectura. El lugar estaba lleno de gente que buscaba asiento y platicaba durante los pocos minutos que quedaban antes de que comenzara. Todo el cuerpo docente de la maestría estaba ahí, sentado al frente. Abracé a Bea Leonard y a Carla y me presentaron a los nuevos becarios de la maestría y al nuevo profesor de poesía. Intercambiamos todos los «holas, mucho gusto, cómo estás» de rigor, pero cada tanto recordaba la mañana que había tenido con Faye; sentía pinchazos continuos en la nuca.

Vivian se levantó y presentó a Wilson; fue una presentación hermosa y personal que hablaba no solo de los talentos de Wilson como escritor, sino también como amigo.

—Cuando todos vivíamos en Madison, Wilson era la persona a quien le hablabas cuando necesitabas ayuda, porque sabías que siempre respondería el teléfono. Siempre estaba ahí para ti —dijo Vivian.

Hice una nota mental para decirle a Vivian que ese, también, era uno de sus rasgos.

Sabía que yo no era confiable de esta manera. No era alguien que siempre respondiera el teléfono. Tenía el hábito de desaparecer. Estaba segura de que, en parte, esa era la razón por la que me sentía tan sola. Yo misma lo había incitado.

Después, Wilson subió al podio con su libro en la mano.

—Voy a leer unos fragmentos de un cuento llamado «Mal clima» —dijo Wilson al micrófono. Nos volteó a ver a nosotros, al grupo—. Escribí el primer borrador de este cuento cuando vivía en Madison, así que mis amigos que están hoy aquí lo conocen, pero ahora es muy diferente. Vivian, quien acaba de hacer una presentación tan hermosa, me ayudó mucho.

La historia había cambiado, pero lo que más amaba del relato de Wilson seguía igual. Era divertido. La sala reía, pero de pronto, de la nada, había una oración o una observación tan cierta y vulnerable que te quitaba el aliento.

Sentada en esa sala llena de gente que escuchaba a Wilson leer me tranquilizaba; no tenía que hablar o interactuar. Escuchar su historia me hizo sentir menos sola.

Leyó aproximadamente por veinte minutos y luego dio lugar a las preguntas. La gente le preguntó de dónde había obtenido sus ideas, sobre su proceso de escritura, qué tanto era autobiográfico su trabajo y cuándo supo que la historia había terminado.

Cuando acabó la lectura, esperamos a que Wilson firmara sus libros y luego decidimos ir al City Bar, como en los viejos tiempos.

—¡Demonios! —exclamó Rohan subiendo el cierre de su abrigo camino al bar—. Olvidé cuánto frío hace aquí.

Bajamos por State Street, pegados los unos a los otros. Pasamos frente a un grupo de chicas en vestidos coordinados y tacones, una suerte de evento improvisado; también pasaron pequeños grupos de universitarios borrachos y pendencieros que habían empezado la noche hacía un rato. Todos esos bares y restaurantes tenían un brillo suave y tentador. Ofrecían la promesa de calor y cerveza al interior. Todos parecían estar abarrotados de gente que se la estaba pasando bien; el inicio de un viernes por la noche.

Pensé en la casa de los Nelson en los suburbios y me pregunté lo que estarían haciendo Faye y Paul en ese momento. Si habían salido con amigos o estaban en casa. ¿Faye habría cocinado? ¿Veían televisión? ¿Se habían ido a dormir?

Llegamos al City Bar y, al bajar las escaleras, todos empezamos a reír. Era divertido volver ahí. Olía igual, a comida frita y cerveza. Y se veía igual. Incluso nuestra mesa al fondo —la grande y alta con bancos— estaba vacía y nos esperaba. Nos apresuramos hacia ella, atraídos por un pasado no tan distante.

Pedimos comida y bebidas, nos sentamos y hablamos como solíamos hacerlo; primero, del libro de Wilson; después, de cómo íbamos cada uno con nuestra escritura y, luego, de nuestra vida en general: trabajos, parejas, familias y sentimientos resueltos y no resueltos. Sentí amor por mis amigos al estar ahí con ellos, pero también me di cuenta de que permanecía en silencio cada vez más. Volvió esa sensación familiar de que no pertenecía por completo. Tristeza en un momento en el que se suponía debía estar contenta. Era un sentimiento asociado a mi infancia que me había seguido. Quizá era algo que siempre estaría conmigo o, tal vez, algún día lo superaría. Todavía era muy joven.

Tenía el teléfono con la pantalla hacia arriba en mi regazo, aunque no esperaba que nadie me llamara. Pensé en Jade, en cómo había decidido regresar con Fred. Me preguntaba si había podido advertir algo en mi rostro ese día en el Starbucks. Aún podía recordar la mirada que intercambiaron Vivian y Wilson aquí, en el City Bar, cuando les dije que iba a ver a Charlie. Esa mirada me dolió mucho más que cualquier otra cosa que hubieran podido decir de él.

En este momento, si Charlie me hubiera llamado para

decirme «Hola, nos vemos en State Street en diez minutos, te tengo una sorpresa», ¿dejaría a mis amigos? ¿Iría?

Por supuesto que no recibí ninguna llamada ni mensaje de texto. Pasé la noche con mis amigos y la pasé muy bien.

Salimos todos juntos, pero esta vez, en lugar de acompañarnos hasta nuestros antiguos departamentos, dejamos a David en el Marriott de Square, luego a Wilson en su Airbnb en Hancock y, finalmente, Vivian y Rohan me acompañaron a mi hostal en Gorham.

Vivian y yo nos despedimos con un abrazo y quedamos de vernos la mañana siguiente en Marigold para desayunar, solo nosotras dos, para poder platicar sobre todo lo que había cambiado y lo que no. Quería contarle acerca de la mañana que había pasado con Faye. Para mí era un alivio que Vivian la hubiera conocido aquella vez en el hospital. Cuando le contara la historia, entendería un poco más. Nunca olvidaré lo que me dijo de Charlie: «Entiendo por qué lo amas».

Cuando me acosté estaba mareada por el agotamiento. Por error había dejado abierta la ventana de la habitación y estaba helando. La cerré de golpe y me tapé con las cobijas. Por primera vez desde que miré el lago esa mañana, me sentí tranquila. Había sufrido todo el día. Extrañaba a Charlie. En mi paseo por la ciudad, su fantasma estaba por todas partes, fumando afuera de Norris Court, corriendo por State Street con su chamarra naranja acolchada, arrodillándose frente a mí en el lago Mendota.

Ahora estaba sola y, por fin, podía estar con él. Apagué la lámpara del buró para quedarme a oscuras y bajé el volumen de mi teléfono, en caso de que las paredes fueran delgadas. Abrí uno de los primeros videos que le tomé en mi departamento, unos días antes de Navidad, el 23 de diciembre de 2013. En la pantalla, Charlie estaba sentado con las piernas cruzadas en la alfombra azul y blanca, recargado en el sillón corriente de Craigslist con la guitarra en el regazo y mi computadora abierta frente a él.

Puse el video y la voz de Charlie llenó la habitación.

Should auld acquaintance be forgot
And never brought to mind?
Should auld acquaintance be forgot
And day of auld lang syne?

Ahí estaba. Sus dedos vivos como nunca sobre las cuerdas de la guitarra, la inclinación de su cabeza, la manera en la que se le arrugaba la frente con las notas altas, todas esas líneas entre sus cejas.

—Esto no suena muy bien —decía Charlie en un momento, alzando la vista para verme.

Su voz era suave y seria, su mirada estaba nublada.

—Me encanta. —Se escuchaba mi voz detrás de la cámara.

Él sonreía y continuaba.

Vi ese video una y otra y otra vez.

Agradecimientos

Quiero agradecer a Kevin Jiang, el primer lector de esta novela y quien me animó a seguir escribiendo. Las conversaciones con Andrew Ding sobre los primeros borradores pavimentaron el camino. Lucy Tan, Jackson Tobin, Will Kelly, Piyale Bhattacharya y Christina Hold, agradezco sus notas, sus comentarios, su amistad y Madison. A Mike Broida, quien leyó el boceto con extremo cuidado e interés, y su retroalimentación fue invaluable.

Allison Lorentzen es una editora sabia y compasiva, y tengo mucha suerte de trabajar con ella. También tengo la suerte de colaborar con Margaret Riley King, una agente brillante que te brinda apoyo constante. Gracias a todas las personas que trabajan en Viking por su gran trabajo para que este libro saliera al mundo; en particular a Camille LeBlanc, Krisstina Fazzalaro, Bel Banta y Carolyn Coleburn. También quiero agradecer a Sophie Cudd, de WME.

Gracias a mis amigos que me hacen sentir como en casa: Annie Golovcsenko, Deana LaFauci, Kate Woodcome, Laura Olivier, Daniella Lipnick, Lizzy Schule, Evan Jones, Anna Luberoff, Rebecca Luberoff, Rachel Dranoff, Ali Tager y Jenna Bernstein.

Para George, una de las personas más animadas que conozco.

Para Sam, por tanta felicidad.

Agradezco a mis padres, quienes siempre me han amado y apoyado; a mi hermano Gabe y a mi hermana Sofía, por ser los mejores. Gracias a mi abuela Joan, quien me ha animado a escribir desde el principio.